Les Silencieux n'en pensent pas moins

Azelma Sigaux

Les Silencieux
n'en pensent pas moins

En application de l'art. L.137-2.-I. du code de la propriété intellectuelle, toute reproduction et/ou divulgation de parties de l'œuvre dépassant le volume prévu par la loi est expressément interdite.

© Azelma Sigaux, 2025

Illustration de couverture générée par l'IA via Canva.com

Édition : BoD · Books on Demand, 31 avenue Saint-Rémy, 57600 Forbach, bod@bod.fr
Impression : Libri Plureos GmbH, Friedensallee 273, 22763 Hamburg (Allemagne)

ISBN : 978-2-3225-3330-5
Dépôt légal : janvier 2025

CHAPITRE 1

La carte postale

— Ça c'est du cadeau d'anniversaire, tiens ! Tu vas rendre visite à ton grand-père... Tu fais l'effort de prendre le métro. Tu te lèves aux aurores. Pour la bonne cause, tu subis les émotions de la foule. Tu serres les dents jusqu'à la chambre de soins, parce que c'est pour son bien. Tu penses à son bonheur avant le tien, parce que c'est bientôt la fin. Et là, alors que tu pensais enfin pouvoir te relâcher auprès d'un papi attentionné, qu'est-ce que tu découvres ? Pas un gâteau, pas un cadeau, pas une bougie. Pas même un câlin de bienvenue. Oh non, ce serait trop simple ! À la place, tu as le privilège de découvrir ton grand-père mort dans son lit d'hôpital. Personne d'autre n'est au courant. C'est donc à toi de l'annoncer aux infirmières. Aux proches. Avec la douleur que ça implique. Puis, comble de l'horreur : tu apprends qu'il avait tout orchestré. Le gars qui dit t'aimer avait sciemment prémédité ta blessure psychologique. Le traumatisme de son propre petit-fils. Et au cas où tu n'étais pas assez secoué par la trouvaille morbide, le type t'annonce, dans une lettre posée à côté de son cadavre, qu'il a également mis fin à l'ensemble de tes projets d'avenir. Mais vu qu'il est mort, tu ne peux pas lui casser la gueule ! Magnifique ! Orchestral ! Splendide ! ... Ouais... D'accord... Ah c'est vrai, j'avais oublié que tu étais de mèche toi aussi... C'est ça, à vendredi. Si ça me dit... Mais non pas samedi ! Merde. Allez à un de ces quatre, vous me fatiguez tous.

Harold raccrocha violemment le combiné. L'onde de choc se propagea jusqu'au seul cadre qui ornait les murs pâles de son studio. Le clou mal enfoncé ne résista pas. Au milieu des bris de verre, sur le sol plastifié, une photo digne d'une carte postale : la plage infinie, le soleil éclatant. La nature à perte de vue. Voilà bien le genre d'endroit dont le jeune homme avait besoin en ces temps déplaisants. Une île déserte. Personne pour lui pomper l'air. Personne pour puiser son énergie.

Dès qu'il avait été en âge d'écrire, sa courte existence, pourtant bien commencée, s'était assombrie. Les années étaient alors devenues compliquées, difficiles, puis impossibles à gérer. Ses facultés mentales exceptionnelles l'avaient parasité. Ce que tout le monde appelait « don », Harold le traînait comme un boulet. Chaque année, le poids sur ses épaules augmentait. Et alors qu'il croyait avoir trouvé la solution pour se débarrasser définitivement de son fardeau, voilà que son grand-père avait tout fait capoter. Il se sentait à la fois trahi, incompris et hors de lui. Passée la tristesse de la perte de son aïeul, c'était désormais la colère qui s'emparait de son être. Et maintenant, il devait se rendre à son enterrement ? Lui, l'hyperempathique condamné à ressentir les émotions des autres comme s'il s'agissait des siennes ? Lui, pour qui le calvaire s'amplifiait chaque fois qu'il croisait un nouvel individu ? Des funérailles ?!

Les émois environnants venaient heurter le cerveau d'Harold comme un aimant sur un réfrigérateur. Brutalement. Le bonheur et la tristesse représentaient pour lui la même violence. La même agression. Surtout lorsqu'il s'agissait d'un sentiment profond et partagé par une masse d'êtres vivants. L'enterrement, c'était un peu l'ultime challenge. Celui qui le ferait craquer à coup sûr. Le must du must. L'Enfer après une vie déjà tourmentée. Toutefois, par respect envers sa famille, et malgré sa vive rancœur, Harold devait se résoudre à plonger tout droit dans la gueule du loup. Il se rendrait aux obsèques, coûte que coûte.

« L'endroit où tout le monde chiale. Autrement dit, là où je vais morfler. Comment l'Homme a-t-il pu être assez con pour inventer un genre de cérémonie pareil ? », songea-t-il. « La perte d'un proche n'est-elle pas déjà assez terrible pour soi-même ? Pourquoi ressent-on ce besoin de partager son chagrin avec d'autres âmes en peine ? Bon sang, mais quelle absurdité ! Vous reprendrez bien un peu de sanglots, n'est-ce pas ? Voyons, une petite tranche de larmes, ça ne se refuse pas ! Un cœur brisé en dessert ? »

Trop de folie pour un seul homme. Seul dans son deux-pièces, Harold fut pris d'un rire nerveux. Une hilarité hystérique. Électrique. Au bout de quelques dizaines de secondes, les gloussements devinrent spasmes, puis plaintes. En pleurs, effaré, il mira un instant l'île déserte échouée sur le lino de la cuisine. Un bonheur inatteignable. Le verre pilé crissa sous sa semelle alors qu'il se dirigeait vers la salle de bains. Dans le miroir sale, un visage tiraillé. Les poches qui soulignaient ses deux billes noires s'alourdissaient à mesure qu'il sanglotait, immobile. Ses pupilles dilatées reflétaient la démence. Obscure et circulaire. Harold appuya ses paumes sur la vitre réfléchissante et hurla à pleins poumons. La douleur ne voulait pas le quitter. Aucun cri n'égalait la détresse qui habitait ses entrailles. Et celle-ci y restait fermement agrippée. Alors, se cassant les dents à tenter d'évacuer son désespoir, il se brisa la voix. De rage, le jeune homme arracha la glace du mur et la balança furieusement derrière lui. Au fond de la baignoire-sabot. La puissance de son lancer le fit vaciller à son tour. Le garçon tomba à la renverse dans le bac en fonte. L'émail blanc rougit en un fragment de secondes.

L'excès d'émotions, combiné à la situation, tétanisait Harold. Coincé dans une baignoire glissante et minuscule, il ne pouvait exécuter un seul geste sans écarter ses plaies déjà béantes. À chaque mouvement, les particules de miroir s'enfonçaient davantage dans ses bras nus et sa joue humide. Écrasé latéralement contre la paroi froide,

Harold scrutait son poignet. Un morceau de verre y demeurait planté, laissant s'écouler le peu de couleurs qui émanait de lui. Le sursaut de vie qui l'agitait encore. Le rouge cinglant qui perlait le long de ses doigts inertes contrastait avec son teint blafard. Harold mirait en silence son visage dans le bris de glace. Sa vue se troubla, son audition l'imita. Seul le goutte-à-goutte sanguin contre la bonde métallique résonnait dans le cerveau du jeune homme. À moins que ce ne fussent les battements de son cœur, retentissant dans le réseau veineux. Les deux sons sinuaient à l'unisson et au détour d'un hoquet, formèrent une berceuse enivrante. La douleur, vive au moment de la chute, s'éloignait tranquillement. Comme si le choc avait permis à l'homme en souffrance de se libérer. Le réel supplice, le mal qui le rongeait depuis tant d'années et qui raccourcissait ses nuits, s'était comme anesthésié. Mis en veille. La blessure morale s'effaçait sous les écorchures physiques.

Toc. Toc. Toc. À chaque à-coup, les sens d'Harold s'atténuèrent. Toc. L'air frais de la salle d'eau cessa de mordre sa peau. Toc. L'odeur âpre de l'humidité se transforma en parfum printanier. Toc. La vue sanguinaire devint vision onirique. Celle d'un champ de fleurs rouges à perte de vue. Toc. La palpitation pressée ralentit sa course effrénée, pour se muer en un délicat bruit de fond. Toc. L'acide salive, exhortée plus tôt par la colère, esquissa un semblant de note citronnée. Toc. Les piqûres épidermiques se changèrent en caresses duveteuses.

Le coma dans lequel venait de sombrer Harold, ressemblait à s'y méprendre à un édredon moelleux. Le jeune homme y avait enfoui sa tête toute entière. Le clapotis qui l'entraînait toujours plus profondément dans la ouate s'apparentait désormais à une musique interne. Un hymne ensorcelant. Le bruit régulier naissait au plus proche de son cerveau. Au cœur même de son essence. Soudain, loin, très loin derrière l'édredon, par-delà l'épais et assourdissant coma, un autre son émergea. Un léger tintement répétitif, lui aussi, mais plus aigu. L'onde sonore ne parvint pas à traverser le duvet imaginaire. Le sommeil artificiel dans lequel la cervelle d'Harold l'avait trempé demeurait imperméable aux aléas extérieurs. Ainsi, la sonnerie de téléphone fut bientôt remplacée par celle de la porte d'entrée, sans que le blessé n'y vît de différence.

La porte plia sous le poids de Varek. Pour le bonhomme, grand et costaud, nul besoin de produire d'effort particulier. Pas en ce qui concernait la destruction, en tout cas. En termes de discrétion, c'était autre chose. En revanche, on pouvait toujours compter sur lui pour la reconstruction.

Si une cloison avait été enfoncée par erreur, Varek la remplaçait sur-le-champ. Il en avait l'habitude. Cette fois, si la porte céda, c'était de plein gré. Bien que la porte n'eût pas donné son accord, nous sommes bien d'accord.

L'homme avait hérité du don de son père : une musculature hyperdéveloppée. Comme son géniteur, le cinquantenaire n'était pas passé par la case gonflette. Aucun haltère n'avait sculpté son corps de rêve. Varek devait son apparence hors-norme à la génétique, seule instigatrice. Pour l'accompagner, Colette avait immédiatement pensé aux deux baraqués. Elle s'en était doutée : face à l'entêtement de son fils, il n'y aurait d'autre choix que d'entrer chez lui par effraction. Toutefois, rien ne l'avait préparée à une telle découverte.

Harold, vingt-trois ans, replié dans une baignoire-sabot pleine de verre morcelé, baignait dans son propre sang, Paralysée par la vision d'horreur, la maman porta les mains à sa bouche. L'espace d'un instant, une vague d'images du passé la submergea.

À commencer par la naissance de son fils. Cette clinique blanchâtre où les apprenties sages-femmes le reluquaient comme s'il s'agissait d'une bête de foire. Le petit se portait parfaitement bien, mais à cette époque, les bébés représentaient une denrée rare. Observer un nourrisson de ses propres yeux n'était pas donné à tout le monde. Selon à quelle classe sociale on appartenait, ou quel genre de personne on fréquentait, l'accès à ces choses-là demeurait soit restreint, soit banni. Après deux siècles sans accouchement légal, les naissances n'étaient autorisées, et donc encadrées, que depuis seize ans. Seize ans que les professionnels devaient tout réapprendre. De la couche-culotte aux premiers pleurs, en passant par l'enfantement lui-même. Autant dire que les sages-femmes avaient du pain sur la planche. Bébé Harold, qui représentait sur cette immense planche une infime miette de ce pain, fut scruté dans les moindres détails. Une soignante mesurait ses orteils tandis qu'une autre mirait la couleur de ses amygdales. Heureusement, pour pallier le manque de connaissances de l'équipe présente, Loula avait fait le déplacement. La guérisseuse aguerrie, accessoirement grand-mère du nouveau-né, avait largement facilité l'extraction. Elle avait décelé la gêne respiratoire du bambin et avait même dirigé l'application des premiers soins. Le personnel médical n'avait eu qu'à suivre ses instructions. Colette se souvint de ce jour avec exactitude. La réaction touchante de son papa, à la découverte du poupon rose, lui revint au mot près : « En voilà un qui connaîtra le confort et la facilité. Un monde où il pourra se sentir libre, libre de ses opinions et de ses mouvements», avait-il déclaré, la larme à l'œil, alors que le minuscule être humain remuait dans ses bras.

Après une petite enfance idéale, baignée d'amour et de plaisirs simples, Harold connut ses premières embûches. À l'âge de six ans, il se confronta aux maux de tête. Presque tous les Éphémères étaient passés par là, cela n'alerta donc pas sa mère.

Les facultés extrasensorielles des mortels se présentaient d'abord comme des fardeaux et se traduisaient souvent en crises d'angoisse ou douleurs physiques. Et puis, avec le temps et l'entraînement, le handicap se transformait inévitablement en une aide précieuse. Varek en était un bon exemple : après avoir cassé des centaines d'objets, il avait fini par comprendre que sa force lui permettrait de protéger les plus faibles. Ce n'était pas le cas d'Harold. Frustré et défaitiste, ce dernier refusa le moindre exercice, convaincu que cela ne servirait à rien. Ni Colette ni Varek n'osa insister. Ils préférèrent attendre la décision que leur fils prendrait au lendemain de ses vingt-trois ans. En attendant, les pouvoirs d'Harold furent laissés à l'abandon, et comme des mauvaises herbes qu'on ne coupe jamais, envahirent tout le terrain. Depuis, le jardin secret d'Harold demeurait en friche. Au regard de sa propre inaction, Colette culpabilisait. Mais incapable de réagir, elle continuait à se passer le film de l'existence de son fiston.

Année après année, le garçon emprisonné par son mental se renferma davantage sur lui-même. Coupé du monde extérieur, dans son studio insalubre, lui aussi misa sur la fameuse date du 11 novembre 2279. Celle-ci allait changer les choses, d'une façon ou d'une autre. Choisirait-il la difficulté d'une vie éphémère risquée, mais pimentée ? Opterait-il pour la facilité d'une vie éternelle sans enfant ni don particulier, avec le travail comme seul moteur ? Colette, Varek et tous les Éphémères gardèrent espoir, se disant que le petit cachait son jeu et qu'un sursaut de bon sens le remettrait sur le droit chemin. Alors, ils l'aidèrent financièrement, afin qu'il tînt jusqu'à son anniversaire.

Seul June connaissait à l'avance la décision de son petit-fils. Mais le devin préféra la garder secrète. À quoi bon révéler la vérité, puisque de toute façon les cartes seraient renversées ? Car les mortels étaient à l'origine d'un coup de maître, il ne fallait pas l'oublier. Après la destruction de la source de l'immortalité et le remplacement de toutes les fioles de Bogolux par un remède cérébral, les Éphémères bouleversèrent les repères du monde. Personne ne pouvant plus devenir éternel, l'équilibre de l'humanité était sauvé. Harold était sauvé.

Ce dernier ne l'entendit pas de cette oreille. Alors qu'il venait tout juste de signer pour une vie infinie, délestée du don d'hyperempathie qu'il n'arrivait pas à gérer, le jeune adulte ne tarda pas à découvrir le pot-aux-roses. Il se sentit alors trahi. Détruit. Assassiné. L'issue de secours qu'il croyait avoir ouvert se referma sur ses doigts. Les faibles espoirs qui lui avaient permis de survivre toutes ces années s'effacèrent en un instant. Comble de l'horreur : ceux qui avaient osé gâcher sa vie n'étaient autres que ses proches. L'ensemble de sa famille avait entaché l'existence des milliards d'Éternels qui subsistaient en ce monde divisé. Harold descendait directement du noyau dur des Éphémères. Ses grands-parents et leurs frères et sœurs adoptifs avaient vécu dans le fameux Repaire. L'endroit où tout avait commencé. Sa mère y était née. Ici, s'étaient organisées les missions les plus périlleuses. Dans ce lieu, s'était dessinée cette envie fulgurante de révolutionner le monde. Là était apparue l'idée de dissoudre le système dictatorial des immortels – l'éternité obligatoire d'abord, l'immortalité « choisie » ensuite.

— Son cœur bat ! On fait quoi Colette ? Colette ?!

L'esprit embué de la maman d'Harold s'éclaircit progressivement. Les souvenirs et histoires anciennes s'évaporèrent pour laisser place à un présent bien moins reluisant : une vision directe sur la baignoire sanguinolente.

Peu à peu, Colette reprit possession de son corps et put enfin formuler un mot. Un seul.

— Hein ?

— Notre fils ! Son cœur ! Il bat ! Le temps presse, chérie, répéta Varek, la main posée sur le cœur blême et froid du garçon.

— Il a perdu beaucoup de sang… Tu le téléportes ? demanda le grand-père paternel d'Harold, prénommé Accident.

Colette remua ses lèvres asséchées.

— Oui, bien sûr ! Où avais-je la tête ?!

Elle se précipita auprès des trois hommes, posa son front contre celui de son fils et attrapa la main des deux autres. Un fragment de seconde plus tard, les quatre Éphémères rouvraient les yeux au milieu d'une cuisine aux murs fleuris, jaunis par le temps.

CHAPITRE 2

La quarantaine

— MA VAISSELLE ! MA VAISSELLE TOUTE NEUVE ! hurla la vieille dame en ramassant de justesse un mug qui s'apprêtait à tomber.
— Maman, tu rigoles j'espère ! Tu sauverais une tasse ridicule à l'effigie d'un canard, plutôt que ton petit-fils à l'agonie ?
— Pardon, mais c'est quand même le troisième service en deux semaines... Ça commence à me coûter, vos affaires. Allez, bas les pattes !

Alors que le petit groupe s'écartait, la femme aux longs cheveux blancs et au tablier à pois rouges se précipita aussi vite que possible auprès du jeune blessé, c'est-à-dire lentement. Attentionné, son gendre en profita pour placer une chaise à l'endroit où elle s'assit. Harold, inconscient, demeurait couché sur le carrelage. Sa tête inerte reposait sur le cale-porte en mousse qu'Accident avait déplacé sans demander l'avis de la propriétaire. Cette dernière lui jeta un coup d'œil sévère, puis se focalisa sur son petit-fils.

Elle réalisa d'abord une « photographie » générale du garçon. Cela consistait à lui poser un doigt sur le front, à fermer les paupières et à observer.

— Rien de cassé, rien du côté des organes, rien au cerveau... La priorité, c'est les veines, conclut-elle, tout bas.

En une poignée de minutes, tous les bouts de verre furent éjectés de la peau du jeune homme. Du plus gros éclat au plus microscopique fragment. Loula utilisait sa vision interne avec précision et efficacité. Elle se déplaçait mentalement sous la surface cutanée de son patient. Parcelle après parcelle, elle inspectait l'état des tissus organiques. La circulation sanguine, la présence ou non de corps étrangers. Pour chaque blessure, la même suite d'actions : expulsion du bris de verre par l'effet des cellules macrophages, soudure des vaisseaux endommagés, nettoyage de la plaie et prolifération cellulaire. Tout cela sans le moindre contact physique. La guérisseuse agissait par la seule force de la pensée. Elle activait le processus naturel d'autoguérison et de cicatrisation, par un moyen qu'elle ignorait elle-même, mais qu'elle maniait à la perfection. Elle s'infiltrait dans la matière grise du malade, en prenait les commandes et en accélérait les ordres. Ainsi, en un temps record, la peau mutilée d'Harold avait retrouvé son aspect d'origine. Le sol disparaissait sous les fragments de miroirs rougeâtres. Ne disposant pas du don de télékinésie – on ne peut pas tout avoir – Loula demanda à ses assistants de ramasser les objets coupants qui s'accumulaient. Ils furent prévenus : elle ne guérirait personne d'autre ce soir. Pendant que Colette s'exécutait, la veuve scanna à nouveau le jeune homme inerte à distance. Les lésions ayant été traitées, la grand-mère y vit plus clair. Au sens littéral. Le liquide qui circulait dans les veines du pauvre Harold ressemblait plus à du sirop de grenadine qu'à du sang flamboyant de jouvence. À cause de l'anémie, de l'eau avait été puisée dans les tissus musculaires, provoquant une dilution bien visible – à ses yeux seulement. La pression artérielle commençant à faiblir, il fallait agir.

Loula plissa les yeux.

— Comment diable l'organisme humain produit-il sa sève ? Comme les arbres ? Par les racines ? Ne me dis pas que...

Elle jeta un œil furtif vers les pieds du malade, avant de se reprendre.

La femme âgée avait rarement eu recours à la conception de globules rouges. Se rappeler de la bonne méthode lui coûtait un véritable effort de concentration. La dernière fois que la question s'était posée remontait à quarante ans, à l'époque où l'on devait encore choisir entre vivre caché et mourir à découvert. Parfois, on tentait l'entre-deux, mais l'expérience ne durait alors jamais bien longtemps. Au cours de l'une de ces missions délicates, justement, Quatrième s'était fait tirer dessus par un policier. Le risque du métier, aurait-on commenté, si seulement celui-ci avait été reconnu comme tel. En fait, il s'agissait plutôt d'une vocation, dont la rémunération se rapportait au fruit de l'effort commun. Avec de la patience, grâce à leurs missions, les mortels avaient obtenu le plus beau des salaires : celui de la prise de conscience populaire et générale. Au moment de soigner Quatrième au Repaire, Loula avait rencontré un problème similaire à celui d'Harold : une hémorragie importante engendrant une perte considérable de sang. Elle avait alors ouvert le Grand Ouvrage des Soins, son livre de chevet, et y avait trouvé le terme qu'elle cherchait.

— Hématopoïèse ! se souvint la guérisseuse en brandissant son index.

— À tes souhaits ! répondit Colette.

— Tu utilises des formules magiques, pour travailler, maintenant ? demanda Accident, le plus sérieusement du monde.

— Arrêtez d'être bêtes, vous allez faire fuir ma lucidité... Hématopoïèse... Hématopoïèse... répéta Loula en fermant les yeux.

La fameuse page de la bible médicinale s'inséra enfin dans son cerveau, comme une diapositive dans un rétroprojecteur. L'esprit de la guérisseuse s'illumina. Elle l'avait lu et feuilleté des centaines de fois mais l'épaisseur du bouquin ne facilitait pas son impression mentale. Les idées enfin claires, elle put s'atteler à la mise en pratique du chapitre de l'hématopoïèse. Le terme barbare qui lui était revenu définissait le processus de production du sang par l'organisme. Tout se jouait au cœur de la moelle osseuse. Voilà où les cellules sanguines naissaient. Avant qu'il ne fût trop tard, la doyenne plongea son attention au centre du bassin d'Harold. Comme si elle avait subitement rétréci et s'était téléportée dans la matière blanche. En réalité, c'était sa « consistance », la pointe invisible de sa « baguette magique», qu'elle agitait au sein même de l'être de son patient. La consistance n'était autre que le prolongement des cinq sens. Une sorte de perche télescopique ultrasensible. Chaque Éphémère disposant de facultés extraordinaires en était doté. Les télékinésistes s'en servaient pour déplacer les objets, les hyperempathiques pour capter les émotions environnantes. Quant aux télépathes, ils l'utilisaient pour entendre et voir à travers les oreilles et les yeux de leurs cibles. Loula, elle, se munissait de son outil mental pour mettre en branle des phénomènes tout à fait naturels. En l'occurrence, il s'agissait d'accélérer la production de globules rouges, de globules blancs et de plaquettes dans les cellules souches. Une fois le processus lancé dans la région du bas-ventre, la guérisseuse déplaça son action vers les côtes, puis se focalisa sur la moelle du sternum. L'afflux de cellules sanguines s'accrut tellement qu'il ne tarda pas à regagner les micro-vaisseaux et, baignant dans le plasma, à rejoindre le système de circulation générale. Le cœur, enfin rassasié de sa sève, palpita de plus belle, rechargeant d'oxygène et de nutriments les organes affamés.

Dès lors, Loula n'eut plus besoin d'agir. D'actrice, elle devint spectatrice de l'irrigation vitale. À chaque battement, le flot sanguin colora un peu plus la ramification humaine, comme les nervures d'une feuille d'arbre, de la plus grosse artère à la plus petite veinule.

— La tension remonte, il devrait reprendre conscience d'un instant à l'autre, annonça la guérisseuse en s'essuyant le front.

— Merci pour les infos, on commençait à s'impatienter, remarqua sa fille.

— Je n'osais pas le dire, murmura Varek, qui manifestement, n'osait toujours pas.

Trente secondes passèrent. Trente secondes qui semblèrent durer une éternité pour les parents inquiets. Colette et Varek se tenaient à genoux de chaque côté de leur enfant inconscient, les yeux rivés sur ses paupières immobiles. Quant à Accident, il restait à distance, paralysé par l'angoisse. Son petit-fils ne donnait toujours pas signe de vie. Loula se releva difficilement et alla se faire couler un café, sous le regard sidéré de sa fille.

— Ne fais pas cette tête, j'ai fait mon boulot. Ton gosse n'est pas mort, il est même tout à fait réveillé. Je ne peux rien contre les sales caractères. La mauvaise volonté est un mal inguérissable. S'il ne veut pas ouvrir les yeux, c'est son problème.

Colette secoua le bras de son enfant.

— Hééééééé, mugit-il, grimaçant.

Les yeux bleus d'Harold rencontrèrent enfin ceux, larmoyants, de ses parents. Ces derniers l'étreignirent vigoureusement et déversèrent leurs sanglots contenus sur les épaules du fils qu'ils croyaient perdu.

— C'est terminé, mon petit. Terminé.

— Nous sommes là, maintenant, ta mère et moi.

Harold resta un instant coi avant de reprendre ses anciennes habitudes. Celles de la fuite et de l'insolence. Il se dégagea de l'emprise parentale et recula vers un angle libre de la pièce.

— Si vous croyez sérieusement que c'est fini, alors vous n'avez rien compris. Vous ne me connaissez manifestement pas, c'est quand même incroyable après vingt-trois ans ! Je me tue à vous répéter que ma saloperie de capacité est ingérable, que je veux m'en débarrasser, que je ne peux supporter la proximité d'humains, et vous venez pleurer dans mes bras ?!Vous vous sentez mieux maintenant que j'ai pompé votre émotion ? Égoïstes ! J'étais en train de mourir, et vous m'avez ramené à la vie ! Ma vie de merde! Vous n'êtes qu'une bande de chimistes amateurs, vous jouez avec la nature et ses règles qui vous dépassent... Vous vous êtes ligués contre la volonté du peuple, vous l'avez trahi... Tous ces individus qui avaient choisi l'immortalité, pour des raisons qui les regardent, découvriront bientôt qu'ils décéderont tôt ou tard ! Et alors, vous récolterez la haine du monde... ET CE SERA BIEN FAIT !

Les yeux rougis par la rage, Harold tenta d'ouvrir la porte d'entrée pour s'échapper, mais elle se révéla fermée à double tour.

— LAISSEZ-MOI SORTIR !!! hurla-t-il, défiguré par le désespoir et la terreur. NE VOUS APPROCHEZ PAS DE MOI !!!

Varek et Colette tentèrent de le calmer, de le rassurer. De lui répéter qu'ils ne voulaient rien d'autre que son bonheur. Que le véritable coupable était celui qui avait démocratisé la prise de Bogolux, ce poison d'immortalité engendrant l'intoxication de la masse citoyenne. C'était à ce produit et à lui seul qu'il fallait reprocher l'apparition des facultés mentales, pas à ceux qui l'avaient détruit. Qu'il se trompait d'ennemis, comme d'habitude, et que les capacités extrasensorielles n'étaient autres que les conséquences de deux siècles d'éternité. Et qu'il pourrait avoir la décence de pleurer son grand-père, « merde ».

— Il ne s'agit pas de fuir le problème, mais de le dompter, de le voir comme un don, une chance ! Harold, tu dois vivre ! ajouta la mère.

Tandis que les deux costauds maîtrisaient physiquement l'animal déchaîné, Colette continuait de prêcher la bonne parole auprès d'un garçon sourd à tout propos. La peine de sa mère, ajoutée à la panique des deux hommes, accaparait bien trop le jeune homme pour pouvoir se recentrer. Cela faisait des années qu'il ne voyait plus personne. La soudaine proximité de trois individus nerveux n'aidait pas l'hyperempathique à se calmer. Bien au contraire.

Loula, qui avait fini son café, vint à la rescousse de ses comparses.

— Laissez-le-moi. Je tâcherai de limiter mes émotions. Je le garde jusqu'à l'enterrement. À compter de maintenant, il est en quarantaine.

— Mais...

— Il n'y a pas de « mais ». Tu vois bien que c'est la seule option. Allez, fais-moi confiance, souffla-t-elle à sa fille. Reposez-vous, ne vous faites pas de souci. Je m'en occupe. À samedi !

Accident et Varek portèrent Harold vers un fauteuil où ils l'assirent de force, avant de s'empresser de sortir en compagnie de Colette.

— Merci... Je suppose... lança cette dernière avant de se voir claquer la porte au nez.

La septuagénaire s'était dépêchée de verrouiller l'issue avant que son petit-fils ne la franchît à son tour. Celui-ci comprit très vite qu'il ne pourrait s'en aller et agrippa sa grand-mère par le bras.

— À QUOI TU JOUES? LAISSE-MOI SORTIR !

— Je ne te parlerai pas tant que tu te mettras dans cet état.

Harold ne lâcha pas l'avant-bras de sa guérisseuse. Il comptait en découdre et serait prêt à tout. Après un bref instant de réflexion, Loula employa les grands moyens. Elle détestait utiliser ses facultés comme une arme, mais elle s'en trouva contrainte.

« Un mal pour un bien », se dit-elle.

— AÏE !!! cria Harold avant de s'effondrer par terre. Comment ai-je pu me tordre la cheville sans marcher ?!... Ne me dis pas que... c'est toi ?!!!

— Ne te plains pas trop, jeune homme, j'aurais pu te tordre bien d'autres choses, crois-moi. Maintenant, tu sais que je ne me laisserai pas faire. Alors autant qu'on arrive à s'entendre, tu ne penses pas ?

La veuve laissa son petit-fils se relever tout seul et alla s'asseoir dans le canapé du salon. Les bras croisés, elle attendit patiemment qu'il la rejoignît.

CHAPITRE 3

Patience

« Mes chers citoyens. Vous le savez, il y a plus de deux siècles, l'immortalité était rendue obligatoire dans tous les pays du monde. Il y a trente-neuf ans, nous avons décidé de modifier l'ensemble des constitutions de façon à offrir le choix aux individus. Certains continuent de préférer l'Éternité, d'autres optent pour l'Éphémérité, chacun acceptant les droits et les devoirs qui incombent à sa propre condition. Cela fonctionne parfaitement ainsi, et depuis lors, nous n'avons rencontré aucune difficulté notoire. Mes chers citoyens, j'ai le regret de vous annoncer que cet idéal n'existe plus. Nous affrontons aujourd'hui notre première embûche. Le bogo, ce poisson qui nous permettait de concevoir la fameuse injection de jouvence, a disparu. Il est mort sous les yeux impuissants de nos scientifiques lundi dernier, dans les locaux du Centre Pharmabion de Paris. Pensant alors que l'animal allait renaître de ses cendres, comme il est d'usage, nous n'avons pas souhaité vous en informer. Désormais, après trois jours d'attente, le verdict est sans appel : le bogo ne sera plus jamais exploitable. Nous tentons à présent de comprendre l'inexplicable. Comment un être immortel a-t-il pu décéder ? Seule l'enquête, qui vient d'être ouverte, nous le dira. Conscient de l'enjeu économique qu'il représentait, ainsi que des conséquences désastreuses sur la population, j'ai immédiatement alerté les autorités internationales. À l'unanimité, tous ont répondu à mon appel et se joignent à nous dans notre engagement pour la recherche d'un bogo de rechange. Car vous le savez, notre établissement parisien constitue la source de toutes les exportations. Dès demain, des équipes de plongeurs inspecteront l'ensemble des océans, mers, rivières et fleuves de notre planète afin de trouver rapidement un nouveau cobaye. Les pêcheurs déjà en place depuis deux cents ans redoubleront d'efforts pour mener à bien cette mission. Mes chers Éternels, je fais appel à votre générosité. À votre émotion. À votre solidarité. À votre bon sens. Je vous demande de faire un geste pour l'avenir de notre espèce. L'heure est grave. L'immortalité joue un rôle essentiel dans l'équilibre de notre humanité. Notre productivisme historique et la paix mondiale qui caractérisent notre époque ne seraient rien sans l'absence de mort. Il est de notre devoir d'agir pour la retrouver. Même partielle, l'Éternité offrait aux humains leur éclat. Une cagnotte est donc mise en ligne sur le site du Palais. Je vous invite à y mettre du vôtre pour participer à l'effort collectif. Ensemble, nous donnerons l'impulsion nécessaire au travail de nos équipes. En attendant de trouver une solution à long terme, nos stocks de Bogolux restants suffisent à assurer six mois d'injection planétaire. Tout n'est donc pas perdu. Ceux pour qui la date d'anniversaire coïncide avec cet arrêt de production forcé comprendront toutefois qu'une hausse tarifaire n'a pu être évitée. Évidemment, il ne s'agit là que d'une répercussion fortuite. Les bénéfices seront intégralement reversés à la recherche du futur bogo et à l'enquête sur les causes de la disparition de l'original. À ce sujet, les premiers indices semblent orienter la piste vers une cause accidentelle. L'autopsie n'a révélé aucun corps étranger ni trace de coup. Merci de votre attention. Vive la monarchie, vive la France, éternellement ! »

— Ils auraient quand même pu le dire avant que je m'y pointe !
Bob arrivait tout juste à l'usine. Ses collègues, stupéfaits par l'annonce télévisée du dirigeant détournèrent finalement leur regard

de l'écran mural. Vêtu d'un uniforme gris et usé aux genoux, l'homme arborait un visage similaire. Gris et usé. Mais surtout, désabusé. Il venait de s'endetter pour cinquante ans de plus.

— Les gars, je viens de repousser ma liberté financière à l'année 2450.

— 171 ans de dettes ?

— Tu comptes bien.

— Mais comment c'est possible ? demanda Jean-Louis.

— 70 000 balles pour l'injection, et 10 000 pour mon classement personnel. Ils m'ont expliqué qu'un petit don supplémentaire me permettrait de remonter ma note sur l'échelle des identités. Je serai prioritaire pour mes futures demandes d'accès à la propriété, par exemple. Et puis, j'effacerai quelques lignes de mon casier judiciaire. Enfin, tu vois le topo, quoi. Vu que je dois bientôt changer de bagnole, j'ai craqué. Par contre, ils ont intérêt à trouver très vite un autre poisson…

— Inquiétant, tout ça, lança Hélène, alors qu'elle récurait à la main l'immense cuve à métaux.

Les pauses avaient été abolies en même temps que les vacances, deux siècles plus tôt. Seul le dimanche avait été conservé contre vents et marées. Question de garder une illusion de souplesse. Toutefois, depuis qu'ils étaient tolérés dans la société, les Éphémères tentaient de faire changer les lois, toujours aussi rigides qu'avant. Pour l'heure, les institutions avaient encore du mal à s'adapter au changement démographique. Alors, pour s'extraire de leurs interminables journées de boulot, les ouvriers discutaient tout en travaillant. Cependant, ils tâchaient de rester discrets, car le surveillant robotique ne cillait pas. Quant à la télévision, elle n'était pas considérée comme un loisir, mais comme une nécessité. La diffusion continue des images participait à l'abreuvage mental des employés. En s'alimentant quotidiennement de propagande médiatique et commerciale – car la séparation des Finances et de l'État n'était toujours pas à l'ordre du jour – les salariés restaient généralement dociles et soumis. Les statistiques le démontraient : regarder les chaînes nationales sur le lieu de travail réduisait considérablement l'envie de démissionner.

— Faudrait pas qu'ils traînent trop, mon injection est prévue pour dans huit mois et cinq jours. Sans nouvelle ressource, n'y aura plus de stocks d'ici là, s'inquiéta l'ouvrière.

Ses paupières tremblaient.

— Pour tout vous dire, je suspecte certains hippies de la première heure d'avoir fait le coup, lança Bob, alors qu'il s'empressait de rejoindre son poste.

— Tu me vises personnellement ? rétorqua Gino, le seul mortel de l'équipe du matin.

L'employé se tenait prêt à mordre. La tension qui divisait les deux grandes classes sociales de l'Humanité l'épuisait énormément, d'autant qu'à l'usine, elle se ressentait davantage. Certains immortels, fatigués par des siècles de labeur, entretenaient secrètement une jalousie envers la fougue des jeunes Éphémères. Pour autant, seule une minorité d'Éternels avait eu le courage de perdre son invincibilité. Même si parfois ils voulaient en finir, tant leur vie avait été longue et rude, la mort effrayait encore bien trop les anciens de ce monde. Quant aux humains issus de la dernière génération, ils souffraient des inégalités sociales qui les touchaient de plein fouet. Même s'ils bénéficiaient du droit d'enfanter, l'accès aux soins et aux autres libertés fondamentales restait limité. Pour ne rien arranger, les mortels subissaient chaque jour des regards curieux, pesants et méprisants, ce qui les rendait souvent paranoïaques.

Face au silence de celui qui lui avait envoyé la première pique, Gino tenta une attaque plus personnelle.

— Tu es assez mal placé pour me juger... Ton fils faisait partie des plus illustres Éphémères... N'est-ce pas ? Si je ne m'abuse, ta progéniture a tué Charles Venture, l'ancien chef des immortels... Celui qu'on nommait l'Éternité ! Il me semble que s'il fallait suspecter quelqu'un d'avoir détruit le bogo, ce serait bien June Tag... Ton épouse et toi l'avez conçu illégalement. Ta femme étant morte, c'est donc à toi que revient la responsabilité de cet acte ignoble... À ta place, je la fermerais définitivement.

Bob lâcha les bocaux qu'il était en train de contrôler et se jeta au cou de Gino. Sa détermination n'avait jamais été si grande. Maître de ses gestes comme rarement, il appuya de toutes ses forces sur la trachée du mortel. Juste avant le drame, trois collègues réussirent à le décrocher de sa victime, qui suffoquait. Tandis que celle-ci reprenait sa respiration et retournait à sa machine en toussant, Jean-Louis interpella Bob.

— C'est étonnant, une telle agressivité, venant de ta part... D'habitude, l'injection de Bogolux, ça rend guilleret...

Soudain, une voix monocorde résonna dans la manufacture métallique.

« Bob Tag, votre acte de violence est contraire au règlement intérieur de Lavana Enterprise. Un avertissement vient d'être rajouté à votre dossier mensuel. Veuillez rejoindre le poste 1252 immédiatement ».

Sans un mot, Bob se remit au bout de la chaîne de haricots en boîtes et tenta de rattraper son retard. Les récipients pas assez remplis d'un côté, ceux sans étiquette de l'autre. Les bons n'avaient qu'à rester sur le tapis. Une chaîne infinie de bocaux à vérifier s'étalait devant ses yeux bouffis par la rage. À chaque seconde, de nouveaux exemplaires apparaissaient au loin, à l'angle que formait le convoyeur. Les pots en verre à peine scellés étaient projetés par une souffleuse sur le tapis roulant. Bob ne réfléchissait plus : ses gestes, il les avait répétés inlassablement depuis quatre-vingts ans. Son cerveau s'était tellement habitué à reproduire la même suite d'actions, à détecter le moindre défaut visuel, qu'il pouvait se permettre de penser à autre chose sans interrompre son travail.

Ce jour-là, en effet, Bob se sentait particulièrement énervé. À vrai dire, cet état le torturait depuis un mois environ. Il en était de même tous les trois ans à la même période, peu avant la prise de Bogolux.

Son organisme de toxicomane criait famine, et cela se traduisait par une humeur irritable. Son corps en manque lui réclamait sa dose.

Mais alors qu'il avait perdu deux heures de rémunération à faire la queue au Centre Pharmabion, et s'était endetté pour recevoir la drogue tant attendue, Bob se sentait toujours aussi fébrile. Le remède contre la vieillesse et l'échéance ultime, une fois dans les veines et le système nerveux, aurait dû déclencher en lui un sentiment de sérénité. D'ordinaire, le Bogolux agissait comme la morphine, provoquant chez ses consommateurs une sensation instantanée de bien-être absolu, de jouissance inavouée. Le produit fraîchement injecté anesthésiait chaque parcelle de peau, chaque muscle, chaque organe. Les paupières des Éternels, qui se mettaient à trembler à mesure que la date de leur convocation approchait, retrouvaient immédiatement leur stabilité.

Bob porta ses mains à ses paupières. Elles vibraient toujours. Un frisson parcourut son échine. Après un sursaut et un haut-le-cœur, l'homme au teint subitement blême fut contraint de quitter son poste. Alors qu'il courait vers les toilettes, la voix robotique retentit à nouveau dans les haut-parleurs de l'usine.

« Bob Tag, entré en fonction à 10 h 48, sorti à 11 h 25.

Retrait de 73 euros sur son salaire du jour ».

Au son du surveillant automatique, malgré la douleur qui comprimait son abdomen, l'ouvrier fit demi-tour. Mais la voix ne voulait rien savoir.

« Bob Tag, vous avez fini votre journée chez Lavana Enterprise. Cependant, vous pouvez travailler gratuitement jusqu'à demain, 7 heures ».

En sueur, l'homme eut beau passer son badge devant le lecteur, la même annonce résonna en boucle, ce qui le mit hors de lui. Désespéré, Bob attrapa l'un des bocaux sur le tapis, et d'un geste, l'explosa au sol.

« Un second avertissement pour Bob Tag. Rappel du premier : violence sur autrui. Au bout de dix… ».

— OH ! TU VEUX TE FAIRE VIRER ?! hurla Jean-Louis par-dessus la voix amplifiée.

Le comportement excessif de son collègue, si discret d'habitude, l'atterrait.

— Sors d'ici avant de te retrouver sans emploi, stupide que tu es ! T'es surendetté, n'oublie pas ! aboya-t-il.

Bob, grelottant, finit par suivre les conseils de son co-équipier et claqua la porte en fer.

Les jours suivants, la santé du trieur de bocaux n'alla pas en s'arrangeant. De massacrante, son humeur devint changeante, puis carrément menaçante. Pour les autres comme pour lui-même. Les souffrances physiques qu'il endurait le rendaient odieux. Il était devenu si imbuvable qu'il commençait à développer des idées suicidaires, bien qu'il fût contraint de les abandonner. La mort se dessinait comme le seul moyen d'échapper à lui-même. Car son corps et son esprit étaient devenus ses propres ennemis. Malgré sa bonne volonté, il quittait l'usine de plus en plus tôt chaque jour. Ses finances, déjà catastrophiques, se dégradaient à vue d'œil. Fatigué par les humiliations quotidiennes du surveillant robotique, las de ses coups d'épée dans l'eau, Bob préféra finalement rester chez lui. Au moins, cela lui permettait de retarder le licenciement pour faute grave qui lui pendait au nez – le dixième avertissement n'allait pas tarder à tomber. Manquer le travail, éviter de se confronter à d'autres humains : cela garantissait surtout le maintien de ses points. Chaque fois qu'il vociférait une insulte ou qu'il tentait d'étrangler un collègue, sa note au classement des identités en prenait pour son grade, tout comme ses projets d'avenir. De toute façon, ses crampes intestinales, ses vertiges permanents et ses changements de température l'empêchaient de produire le moindre effort. Il décida de se terrer chez lui, le temps pour son malaise de prendre fin.

Au bout d'une semaine à tourner en rond, à claquer des dents et à dégobiller aux quatre coins de sa maison pavillonnaire, Bob commença à se poser de sérieuses questions. Car manifestement, le trouble qui l'habitait ne cesserait pas de sitôt. Avant tout, comment pouvait-il pâtir d'une quelconque maladie alors que son statut d'Éternel, par définition, l'en empêchait ? Son organisme censé autoguérir à la moindre attaque de virus, dès l'apparition de la plus minuscule bactérie, se soumettait à une puissance inconnue. Voilà que les symptômes de Bob s'apparentaient à ceux de la malaria. Un comble pour un homme qui avait signé pour ne jamais partir en vacances. Certes, en confirmant son souhait de rester immortel, il avait fait une croix sur quelques libertés. Mais jamais, au grand jamais, il ne s'était engagé à éprouver la souffrance physique. En tout cas pas dans ces proportions. Au contraire : si les Éternels préféraient leur situation à celle des mortels, c'était précisément parce qu'ils pâtissaient le moins longtemps possible. Lorsque les bogoluxés se blessaient, ce qui pouvait évidemment arriver, l'autocicatrisation prenait un jour, deux au maximum. Rien à voir avec le supplice infernal que Bob endurait depuis si longtemps. D'autant que le calvaire qu'il traversait n'avait pas été initié par un accident, ni même par une intoxication alimentaire. Son état s'était empiré précisément depuis l'injection du remède contre la mort. Un comble.

Amaigri, affaibli, l'homme de deux cent quarante-sept ans tenta le tout pour le tout. Le dernier recours avant l'immolation par le feu – la seule façon de tuer un Éternel. Il se confronta péniblement à la lumière du jour et se traîna jusqu'à l'entrée du Centre Pharmabion. Bravant le vent et les nausées, son front dégoulinant de sueur, il s'assit dès qu'il en eut la possibilité. Bob connaissait les lieux par cœur. Pourtant, à première vue, il crut s'être trompé d'endroit. Tout avait drastiquement changé. La porte, d'habitude grande ouverte sur le parvis, demeurait fermement cadenassée. Des palettes en flamme avaient remplacé l'éternelle file indienne de patients. Ces derniers, vraisemblablement impatients, occupaient la place Bolteau avec véhémence et amertume. Des policiers par dizaines longeaient les murs. Les citoyens, visiblement en colère, arboraient un teint similaire au sien. Blancs, frémissants, titubants, les zombies semblaient sur le point d'attaquer.

— Que se passe-t-il ? demanda Bob à une dame, assise sur le même bloc de béton que lui.

Les yeux vitreux, la femme d'apparence juvénile lui répondit d'une voix cassée.

— On est tous malades depuis notre dernière injection. Vous n'avez pas regardé les infos ?

Bob réalisa qu'à part le fond de ses toilettes, il n'avait pas lorgné grand-chose ces derniers jours.

— Non... En fait, j'étais venu pour demander réparation... Je pense qu'ils se sont trompés de produit quand ils m'ont piqué.

— Alors ils se seraient trompés pour nous tous ? Allons bon, ce n'est certainement pas un hasard. Regardez autour de vous, fit la dame entre deux quintes de toux. Nous sommes plusieurs centaines, ici. Combien d'autres n'ont pu se déplacer jusque là ? Et puis il y a ceux des villes alentour, des pays étrangers... Vous imaginez le nombre de personnes déjà atteintes ? Et celles qui vont suivre ?

— Est-ce que le labo a donné une explication ?

— Ce serait trop beau ! Pas moyen de les faire parler. Leur seule réponse : fermer le centre à double tour et sortir les chiens de garde.

Bob suivit des yeux la direction indiquée par l'index de la « jeune » femme. L'un des policiers croisa son regard. Lui et ses collègues faisaient le tour de la place comme des surveillants de prison. Au moindre signal, ils passeraient à l'acte à coup sûr. Leur main posée sur le lance-flammes accroché à la ceinture en témoignait.

— Quel poison nous avez-vous injecté ? Du Bogolux périmé ?

— On a le droit de savoir ce qui circule dans nos veines !

— Deux semaines qu'on se vide pendant que le peuple vous engraisse !

— Escrocs ! Rendez-moi mon argent !

Le mégaphone passa de main en main, chacun désirant hurler son incompréhension. Mais face aux lamentations, le personnel du laboratoire resta sourd. Les rideaux opaques ne laissaient rien transparaître. La poignée de la porte principale, figée, se montrait insensible aux cris de désespoir. Seuls quelques individus purent s'engouffrer subrepticement, et de façon intermittente, par l'entrée arrière du bâtiment. Il s'agissait des équipes du laboratoire et de quelques personnalités importantes. Un mur d'hommes casqués, uniformes, interdisait toute intrusion extérieure. Les seuls qui avaient essayé s'étaient vu recevoir une belle brûlure à l'épaule en guise d'avertissement. Toutefois, la foule, qui ressemblait de plus en plus à une horde de morts-vivants, ne lâchait pas le morceau. Ils voulaient en découdre, et surtout obtenir des explications. Des solutions à leur mal-être croissant.

Un homme, plié en deux par la douleur, attrapa le mégaphone.

— Pourquoi tant de mystères ?! C'est pourtant dans votre intérêt de nous vendre du Bogolux ! Avec votre silence, vous semez le doute dans nos esprits. Comment vous faire confiance à présent ?

Bob observait les individus en détresse autour de lui. Au vu de la colère ambiante, sa propre contrariété s'estompa brièvement.

Un riche entrepreneur, connu pour diriger de nombreuses sociétés dans le pays, passa devant les Éternels et se fit conduire sous haute escorte à l'intérieur du laboratoire sécurisé. Un quart d'heure plus tard, il ressortait frustré par ce qu'il venait de vivre. Décontenancé, l'homme ne put s'empêcher de s'adresser aux citoyens qui l'observaient.

— Je ne pensais pas vous confier quoi que ce soit, mais franchement, je suis d'accord avec vous. Il y a quelque chose qui ne tourne pas rond chez Pharmabion. Je n'ai rien ressenti quand ils m'ont piqué. Rien !

— Pas d'étoiles dans les yeux ? demanda une femme dans la foule.

— Pas d'étoiles dans les yeux.

— Pas de papillons dans le ventre ?

— Rien de tout ça. Par contre, je me sens aussi mal qu'à mon arrivée. Il n'y a pas eu cet apaisement immédiat que l'on connaît tous.

J'ai l'impression qu'on m'a juste fait une prise de sang. Sauf qu'on m'a bien injecté un liquide jaune...

Les yeux du milliardaire croisèrent ceux des centaines d'endettés qui lui faisaient face. Une lueur de fraternité improbable les lia un instant. Boris Billcoin s'était jusque-là toujours senti au-dessus de la mêlée. Désormais, une injustice les unissait. Ils se trouvaient sur le même pied d'égalité. Entraîné par la puissance de l'instant, Boris arracha le mégaphone des mains d'un manifestant, et après s'être retourné vers la porte du bâtiment, y cracha sa consternation.

— Comment avez-vous osé me faire ça à moi ? Je fais partie de vos plus gros clients ! Vous aviez promis qu'il vous resterait au moins du stock pour vos fidèles et loyaux acheteurs ! Menteurs ! Vous me connaissez, je ne laisserai pas ce scandale sous silence !

Les caméras des médias nationaux tournaient à plein régime. Les journalistes n'auraient raté la séquence pour rien au monde : ils tenaient le scoop du siècle. Pharmabion recevait les foudres de l'un des hommes les plus riches et influents du pays. En ces temps ultra-capitalistes, c'était comme si Dieu lui-même avait remonté les bretelles au président de la République. L'argent dominait le monde, y compris les plus grands dirigeants. Il y avait bien longtemps que l'expression « start-up nation » n'en était plus une. Toutes les nations ou presque étaient désormais inscrites au Registre du Commerce et des Sociétés. À chaque patrie son numéro SIRET, ses clients, ses employés, ses partenaires, ses actionnaires et son chiffre d'affaires.

Un homme ne tarda pas à sortir de l'issue de secours du laboratoire. C'était monsieur Bion en personne, le PDG de l'institut pharmaceutique. Celui-là même qui avait œuvré pour rendre le Bogolux obligatoire en 2042, alors que le produit n'était encore réservé qu'à une élite.

Tandis que le milliardaire continuait à vociférer dans l'appareil, sous les objectifs médiatiques et les regards statiques, le chef d'entreprise s'empressa d'aller à sa rencontre. Encadré par la police, il posa une main sur l'épaule de son collaborateur.

— Boris, Boris… Voyons, pas d'esclandre entre nous…
— Je ne me tairai pas, Jean. Pas tant que tu me cacheras la vérité. M'aurais-tu trahi ? Tu oublies tous les milliards que j'ai injectés dans ton business, alors que le Bogolux était à peine lancé ! Toutes ces soirées mondaines où j'ai fait appel à tes services ! Ces litres de produit que je t'ai commandés pour mes fêtes privées ! Et voilà comme tu me remercies… Félon !
— Baisse ton mégaphone, veux-tu ? Les gens n'ont pas à entendre tout ça.
— Réponds d'abord !
— Fais-moi confiance, je te rembourserai…

L'investisseur rendit le micro à l'un des mourants condamnés à vivre. Monsieur Bion tira alors son partenaire par le bras vers un espace à l'écart de la foule. Il se voulait pudique et amical. Alertés, les policiers l'aidèrent en protégeant le duo des oreilles indiscrètes.

— Écoute, Boris. Pour être tout à fait honnêtes, nous ne comprenons pas nous-mêmes ce qui se passe. Depuis que le bogo a été détruit, il semblerait que les patients ne réagissent plus comme avant au sérum. Aucune sensation de bien-être, aucun sentiment de satiété. Je l'ai moi-même expérimenté ce matin lors de mon injection quotidienne. Pourtant, je peux t'assurer que les stocks sont suffisants et que les fioles sont pleines…
— Invraisemblable ! Et ce bogo ? Vous allez en trouver un autre rapidement ?
— On fait de notre mieux, crois-moi. Pharmabion ne serait plus rien sans ce poisson. C'est une question de vie ou de mort pour l'entreprise.
— C'est le cas de le dire… Bon, je veux bien te croire pour cette fois, mais j'exige le remboursement de ma dernière injection et des analyses détaillées sur le contenu des stocks restants. J'attends les résultats sous huit jours. Sinon, tu peux dire adieu à l'immeuble que je devais te faire construire. Et par la même occasion, si tu me déçois, tu

ne me reverras plus en tant que client ou ami, mais comme adversaire juridique.

— Compte sur moi.

Le PDG tendit une main que le milliardaire secoua énergiquement avant de faire demi-tour. Ce dernier rejoignit son chauffeur. Sans un regard, il quitta la foule dans le silence le plus total. Et pour cause : sa voiture, 100% autonome, fonctionnait à l'énergie solaire. Seule l'élite avait accès à de tels véhicules. Malgré le Grand Plan de Sauvegarde de l'Environnement des années 2050, grâce auquel la planète avait été sauvée de peu, l'Humain n'avait pas tardé à retomber dans ses travers. Si bien que deux siècles plus tard, les citoyens lambda achetaient à nouveau des bagnoles polluantes et coûteuses. Un moyen pour les gouvernements de maintenir leurs populations sous emprise. Ainsi, elles restaient dépendantes à l'électricité et au bioéthanol. Contrairement aux panneaux solaires et hydroliennes, les batteries au lithium et les réservoirs ne se rechargeaient pas tout seuls. Là encore, il fallait mettre la main au portefeuille. En investissant dans des véhicules autosuffisants, les plus fortunés s'enrichissaient d'autant plus qu'ils bénéficiaient d'une exonération sur les carburants. Ceux qu'ils utilisaient leur étaient gracieusement fournis par la Terre. Ainsi, aucune taxe ne leur était allouée.

La question n'avait d'ailleurs pas tardé à séduire monsieur Billcoin. Depuis plusieurs années déjà, il réfléchissait secrètement au profit inexploité que ce marché représentait. Créer une société, la baptiser « Dame Nature », et taxer les conducteurs sur l'air, le soleil et l'eau utilisés : voilà une idée qui excitait sérieusement l'homme d'affaires.

Monsieur Bion ne rentra pas immédiatement à l'intérieur du bâtiment vitré. Immuable sur le seuil, face au regard interrogateur des policiers, le patron observa un temps l'attroupement. Bien que moins utiles que Boris, les individus qui s'agitaient devant lui représentaient tout de même une clientèle. Il n'était pas question de les perdre.

Comme le commandant de bord d'un paquebot à la dérive, l'homme se laissa bercer par le brouhaha ambiant de la marée humaine. Son esprit captivé l'empêcha de discerner les revendications qui surgissaient de la masse. Pourtant, celles-ci se teintaient d'une vive émotion. Les cœurs criaient leur détresse.

— Nous exigeons des réponses ! Nous avons payé assez cher !
— Quel poison y a-t-il dans vos fioles de Bogolux ?!
— Laissez-nous aller travailler !
— Redonnez-nous la force de bosser !

À l'arrière de la foule éloquente d'Éternels, les Éphémères, curieux et muets, observaient la scène. Ils étaient facilement reconnaissables : leur peau, plus colorée, attestait de leur excellente santé. Pourtant, leur âge apparaissait souvent plus avancé que celui des immortels. En réalité, les mortels n'excédaient jamais les quatre-vingts ans – une durée insignifiante aux yeux d'un Éternel. L'œil plus vif, ils impressionnaient par leur silence. Cette fois, il ne s'agissait pas de leur combat, mais de celui du camp opposé. Les Éphémères, qui avaient tant milité pour les Droits de l'Humanité, devaient à présent laisser la parole à ceux qui ne s'étaient jamais rebellés. À la fois heureux et inquiets, les anciens combattants se tenaient prêts à porter main forte à leurs homologues si la situation venait à dégénérer. Car l'ennemi, la cause du malheur, était commun à l'ensemble des populations.

D'autres immortels se tenaient à l'écart des premiers. Non pas pour manifester, mais pour recevoir leur injection. Pour la plupart, ils attendaient depuis la veille et n'en pouvaient plus. Les manifestants tentaient de les dissuader de payer Pharmabion tant que des réponses n'auraient pas été apportées, mais la soif de Bogolux était devenue trop forte. Elle prenait le pas sur la raison, et devait être assouvie, quel que fût le prix à payer en contrepartie.

Monsieur Bion décida finalement de s'exprimer publiquement. Animé par le challenge qu'il s'apprêtait à relever, l'homme refusa le mégaphone qu'on lui tendit et parla à voix haute. Cela faisait si longtemps que la foule attendait ne fût-ce qu'un mot de la part du patron de Pharmabion, qu'elle se tut immédiatement.

— Messieurs-dames, me voilà navré. Pour l'instant, nous n'avons aucune explication précise à vous donner au sujet des effets secondaires.

Quelques protestations se firent entendre. Le directeur continua sur sa lancée.

— Nous avons néanmoins une théorie. Nous supposons qu'avec le temps, notre organisme s'habitue à la substance avec laquelle nous l'abreuvons depuis des siècles. Voilà pourquoi, sans doute, vous ne ressentez pas encore la sensation habituelle liée à la prise de Bogolux. Ne vous inquiétez pas, le mal-être et la déception que vous ressentez finiront par vous passer. Le plus important, c'est que chacun puisse obtenir sa dose jusqu'au prochain bogo. Je le dis et le répète, nous disposons de suffisamment de fioles pour tenir jusque-là. Nos donateurs n'ont jamais été aussi nombreux ni si généreux. Bientôt, cet épisode stressant ne sera qu'un désagréable souvenir. Je vous le promets, chers amis. C'est de patience et de sang-froid dont il faut faire preuve, désormais. Les symptômes que vous ressentez ne sont autres que ceux générés par l'angoisse. La peur à l'idée de manquer de Bogolux, à l'avenir. Tout est sous contrôle, inutile de s'inquiéter. Ceci étant dit, nous allons rouvrir notre centre d'injection au grand public. Celui-ci avait été fermé par mesure de sécurité du fait des manifestations. J'appelle au calme. Les personnes pour lesquelles l'échéance est passée ou arrive à son terme aujourd'hui sont invitées à se rendre devant les grilles, à l'entrée du bâtiment. Les autres sont priées de rentrer chez elles et d'attendre que les effets du Bogolux apparaissent enfin. Merci de votre compréhension.

Le discours solennel rassura Bob. Pourtant, sa santé empirait. La sueur continuait de perler le long de son front. La température de son corps chutait à une vitesse folle. Mais l'espoir faisait vivre. Après tout, monsieur Bion était un homme intelligent et il n'avait pas intérêt à mentir. Sans bogo, il perdrait son entreprise. Il avait certainement raison, il ne s'agissait que d'une mauvaise passe.

Comme Bob, beaucoup s'exécutèrent et quittèrent la Place Bolteau, tandis que les personnes convoquées pour l'injection faisaient déjà la queue devant l'entrée. Seule une minorité resta mobilisée. Mais alors qu'ils tentaient de s'immiscer à l'intérieur du centre, ces individus affaiblis, bien que déterminés, furent facilement interceptés par les forces de l'ordre. Des Éphémères tentèrent de leur venir en aide mais les policiers armés paraissaient décidés à user de la force, et autorisés à le faire. En tant que mortels, il fallait rester prudent.

Les Éternels déçus par leur injection, puis éblouis par le tour de passe-passe rhétorique du PDG, se dispersèrent lentement, laborieusement. Ils arpentèrent les rues, aidés par les rafales de vent. Se dirigèrent vers leurs maisons en traînant des pieds. En cours de route, ils s'arrêtaient régulièrement pour reprendre leur souffle. Ou pour vomir. Pour boire. Leur gorge s'asséchait à une allure déraisonnable. Leurs paupières vibraient tellement qu'elles finissaient par leur brouiller la vue. Mais pour l'heure, cela ne les inquiétait plus.

Depuis leur banc, deux Éphémères aux cheveux virevoltants regardaient le parvis se vider.

— À ton avis ? demanda Lisa à son amie.

— C'est étrange, leurs symptômes me rappellent un trouble que j'ai étudié, mais je ne me souviens plus duquel…

— Oui, moi aussi, ça me dit quelque chose. Ça remonte à un cours d'il y a cinq ans, par là.

— Oui, à l'époque où Loula Riviera animait encore les séances du lundi soir…

— Attends, ça me revient… Sueurs froides, paupières tremblantes, sautes d'humeur… Ce sont les symptômes du sevrage, tout simplement ! s'écria Clémentine. Souviens-toi, on avait étudié le cas d'un cocaïnomane !

— Exact ! Mais alors c'est sûr : s'ils sont en crise de manque, c'est qu'ils n'ont plus de Bogolux dans le sang depuis un moment !

— Et à part s'en injecter à nouveau, c'est quoi déjà, le remède ?

— En tant que guérisseurs, on ne peut rien faire, il faut attendre plusieurs semaines, que les effets ne se fassent plus ressentir. En général, quelle que soit la substance, au bout de trois à quatre semaines, les effets disparaissent complètement.

— Le type n'avait pas totalement tort finalement, il faut se montrer patient.

CHAPITRE 4

Les mangues

— Tu peux aller nous chercher quelques mangues, Yepa ?
— D'accord, mais je n'y vais pas seule. La dernière fois, j'ai eu affaire à un macaque, il m'a volé toute ma récolte. Et après, vous n'avez pas voulu me croire. Au cas où ça se reproduise, il me faut au moins un témoin.
— Allez viens, Timi. Lâche donc ce bambou et va rejoindre ta sœur.

La maman leur donna deux paniers tressés et les embrassa sur le front.

— Rentrez avant la nuit, lança-t-elle avant de retourner à la consolidation d'un abri.

Malgré sa forme arrondie étudiée pour résister au vent quotidien, celui-ci avait été abîmé par un ouragan. Ce genre d'événements n'était pas exceptionnel. C'était l'une des conséquences du dérèglement climatique : il fallait faire avec, trouver des solutions. Améliorer ses techniques de fabrication, adopter les bons réflexes pour se protéger, puis transmettre toutes ces astuces aux plus jeunes. Les Zingas en étaient bien conscients : dans la nature, ceux qui survivaient étaient ceux qui savaient s'adapter.

Pour aller cueillir des mangues, les deux bambins s'apprêtaient à traverser une bonne partie de la forêt, de l'ouest à l'est de l'île. Ils en avaient l'habitude. Pourtant, le périple s'avérait toujours aussi rude. Aussi épuisant. Mais ça faisait partie des corvées indispensables. Sans cueillette, pas de dessert. Sans difficulté, pas de récompense. La route serait longue, sans doute, mais productive. Plus l'aventure était périlleuse, plus les fruits étaient savoureux. D'ailleurs, avec un peu de chance, les manguiers déborderaient de victuailles. Cela faisait plusieurs semaines que personne ne s'était rendu de ce côté du territoire et ces derniers jours, la pluie n'avait pas manqué. Peut-être que d'autres trésors de la nature se présenteraient à eux. Souvent, c'était ainsi : ils partaient pêcher et revenaient avec des cailloux pour fabriquer de nouveaux outils. Ils s'en allaient à la recherche de feuilles de bananiers et finissaient le panier rempli de maniocs. Le principal étant de ne jamais rentrer les mains vides. Du moment que l'on rapportait quelque chose au camp, la sortie devenait fructueuse. Et si l'on revenait avec des connaissances en plus, c'était presque plus utile que de la nourriture. Moins périssable en tout cas. L'optimisation restait le mot d'ordre, car chaque périple faisait appel aux plus précieuses denrées : le temps et l'énergie.

Une demi-heure et seulement cent mètres plus tard, Timi s'était déjà pris les pieds dans une racine. C'était un palmier à échasses. Le genre d'arbres qui semblait vouloir courir, et à défaut d'y parvenir, faisait des croche-pieds.

— Ça va que l'île n'est pas grande. À cette allure, on n'arrivera jamais à temps aux manguiers. Lève les pieds plus hauts, Timi !

Yepa aida son petit frère à se relever. Mais quelques secondes après, il s'était à nouveau immobilisé.

— Hé, tu avances ?! Bon sang, si j'avais su, je me serais passée de témoin ! Je préfère encore négocier avec les macaques !

— Serpent ! lança le petit de quatre ans.

— Attention, ne l'embête pas, sinon il va se défendre. Ne touche à rien !

Le trigonocéphale observa un temps les deux enfants, et se sentant hors de danger, reprit tranquillement son chemin à travers les hautes herbes. Il passa élégamment devant leurs pieds nus et remonta le long d'un tronc.

— Allez, reste près de moi maintenant. D'accord ? Dès que tu repères la couleur orange dans un arbre, tu me dis. Ça sera soit une mangue bien mûre, soit un cocona. Dans tous les cas, c'est sucré et ça se mange.

Main dans la main, le frère et la sœur passèrent sous les lianes, enjambèrent les racines d'acajou, contournèrent les fougères arborescentes. Leur escapade s'accompagna du chant des oiseaux et des cris des singes.

— Moi, j'aime pas les mangues, annonça Timi.

— Ben ça, c'est la meilleure, tiens ! Un coup c'est le crabe, un coup c'est les mangues. Tu aimes quoi alors, dis-moi ?

— Les fourmiliers. C'est mignon, les fourmiliers.

— Oui, mais ça ne se mange pas !

— Moi, j'aime pas manger.

Yepa soupira. Son frangin n'avait ni le sens des priorités, ni des réalités. À son âge, elle savait déjà décrocher des noix de coco, prévoir la météo en observant les grenouilles et construire des petits enclos à poules. Lui, se faisait remarquer d'une autre manière : il sortait du lot. Voilà sa spécialité. Agir constamment à l'opposé des autres. Tout le monde aimait les mangues, personne n'aimait les fourmiliers. Il ne l'exaspérait pas, il l'inquiétait.

— Cinq ans et demi, incapable de marcher seul dans la forêt. Qu'est-ce que tu vas devenir ?

— Je peux marcher seul ! s'indigna le petit garçon en lâchant la main de sa sœur.

— Oui, mais tu te feras dévorer tout cru par la première bestiole venue, et tu y resteras, dans la forêt. La nuit tombe vite, je te le répète ! Si on ne se dépêche pas maintenant, on peut dire adieu aux mangues !

— Adieu, les mangues ! chantonna-t-il avec effronterie, avant de s'élancer droit devant lui.

Prise de court, Yepa marqua quelques secondes d'arrêt avant de le poursuivre. L'agacement de la frangine se transforma rapidement en excitation. Une franche rigolade s'initia, pour ne plus cesser. Cela faisait un moment que la petite fille modèle ne s'était pas lâchée. Elle en oublia presque pourquoi elle était venue.

— Mais c'est qu'il court vite quand il veut ! Le filou !

— Tu ne m'auras pas !

Les herbes atteignaient souvent les visages. Parfois, les branches descendaient sous les genoux. Compliqué de se repérer dans ces conditions. Facile de se perdre de vue. Après les rires, le silence. Humain, seulement. La nature, elle, restait bavarde, inlassablement. Par milliers, les insectes bourdonnaient, sifflaient, craquaient. Chenilles, serpents et autres rampants faisaient crisser les feuilles à leur passage. Le battement des ailes des aras, le croassement d'un crapaud, le frottement d'un opossum sur le tronc d'un arbre... La forêt formait une créature aux mille visages. Mais dans ce brouhaha, Yepa ne décela pas la respiration de son frère. Rapidement, elle abandonna son sourire.

— Timi ?... TIMI ?!

Semblant lui répondre, un cri retentit. Ce n'était qu'un ouistiti, au passage d'un tamanoir.

— Fourmilier !!

Le petit garçon ne put s'empêcher de quitter sa cachette pour observer son animal fétiche.

— Attrapé ! hurla Yepa en empoignant son frère, dès qu'il apparut à l'arrière d'un arbre.

Après une belle séance de chatouilles, les deux frangins reprirent leur sérieux. Ils regardèrent autour d'eux.

Des baies rouges. Du guarana sans doute, ou de l'acerola. Trop loin pour trancher. En tout cas, la fratrie en avait rarement découvert en si grand nombre. Au-dessus d'eux, des singes à crinière les regardaient avec le même étonnement. La forêt, particulièrement dense en cet endroit, se dissimulait sous un toit de feuilles. Longues, larges, claires, foncées : l'ensemble tissait un magnifique paravent translucide. Ou plutôt un immense panneau solaire naturel, captant l'énergie vitale de la forêt. Ici, un arbre mort s'était comme sacrifié pour laisser la lumière entrer : une percée dans la toile si utile aux quelques fleurs s'élevant dans le faisceau lumineux. Quant aux branches, elles faisaient office de ponts. Les plantes grimpantes et les animaux s'en servaient pour voguer d'un arbre à un autre sans même toucher le sol. Les racines, puisant l'eau de la terre, coloraient par capillarité le feuillage luxuriant. Mais sans le savoir, elles étaient à l'origine de bien d'autres miracles, et non des moindres. Entremêlées, elles créaient aléatoirement des creux, qui tous sans exception, abritaient un écosystème microscopique essentiel. Plongeant dans la terre meuble comme dans l'océan, les pieds des arbres se rejoignaient dans un ailleurs que nul n'avait encore décelé.

Cette ambiance si chaude et fertile laissait les enfants pantois. Ils n'étaient jamais passés par là. Certes, la taille de l'île avait réduit ce dernier siècle, à cause de la montée des eaux. Mais il restait tout de même 12 000 m² à explorer. Yepa et Timi n'en connaissaient qu'un quart.

— Nous voilà bien... Avec tout ça, nous sommes perdus.

Ça te dit quelque chose, ce baobab, à toi ?

— Euh... Oui... Non... Peut-être...

— Et ce tamarin-lion ? On n'en voit pas, des tamarins-lions, quand on va aux mangues !

— Ils sont beaux ! s'extasia le garçon.

Étrangement, ses cheveux longs jaunis par le soleil lui donnaient le même air hirsute que celui des primates qu'il admirait.

— Allez, on n'a pas le temps d'observer la faune, Timi ! Viens, il faut qu'on sache l'heure et la direction à prendre.

Yepa examina le sol, et y piocha quelques grains de sable. La côte se trouvait à proximité. Après avoir cueilli des baies de guarana – c'était toujours ça de pris – les deux mouflets avancèrent à mesure que la texture de la terre se transformait sous leurs pieds. Bientôt, les arbres se raréfièrent et l'environnement changea de tonalité. Au lieu de l'ambiance sourde et grave de la jungle, les Zingas entrèrent dans une atmosphère plus claire. Plus aiguë. Comme s'ils avaient ouvert une brèche sur le dehors. Au bruit de vagues se mêla le sifflement de la brise et des oiseaux-pêcheurs. Il ne s'agissait pas de la plage du campement. Celle qui se présentait à eux était couverte de puces de sable et de déchets venus de contrées lointaines. Le constat fait, Yepa ne perdit pas plus de temps et tendit sa main devant elle, sous le soleil. Elle pencha ses doigts à l'horizontale entre la sphère jaune et l'horizon.

— Un, deux, trois, quatre… Quatre et demi… Timi, il nous reste seulement une heure et quart avant le coucher du sol… QUOI?! JE NE T'ENTENDS PAS, TU ES TROP LOIN !

Yepa courut dans la direction de son petit-frère, déjà au bout de la plage. Il montrait du doigt un arbre et criait un mot incompréhensible.

« Comment un gosse aussi lent peut-il courir aussi vite ? », pensa la fillette, en se rapprochant de lui.

— Orange ! Un truc orange dans l'arbre, comme tu m'as demandé ! fit le petit garçon, désormais à quelques mètres de sa sœur.

— Tu crois que c'est une mangue? demanda celle-ci avant de se figer brusquement.

— Non… Ou alors une très très grosse mangue !

Les yeux de la gamine passaient de l'arbre à l'horizon, et de l'horizon à l'arbre. La brume s'était évaporée et laissait apparaître un immense bateau amarré. Dans les branchages, un homme avec des jumelles. C'était le gilet de sauvetage que Timi avait aperçu en premier. Le garçon comprit immédiatement que quelque chose ne tournait pas rond. L'intrus à la peau blanche perché en haut du cèdre missionnaire ne lui était pas apparu comme un danger. Non. Les yeux écarquillés de sa sœur, en revanche, l'inquiétaient.

— C'est bien orange, non ? J'ai fait comme t'as dit !!

— CACHE-TOI DERRIÈRE MOI, TU ENTENDS ?!!

Le petit n'attendit pas son reste. Le ton employé par Yepa n'avait rien d'habituel. Même lorsqu'elle critiquait ses goûts pour les fourmiliers, ou sa lenteur, elle ne s'adressait pas à lui de cette façon. Là, c'était plus froid, plus grave.

En quelques secondes, une dizaine de visages pâles apparurent. Un en haut de l'arbre, neuf sur le bateau. Tous fixaient la petite autochtone qui brandit immédiatement son arc. La main tremblante, elle logea l'une de ses flèches et visa. Elle hésitait encore entre l'arbre et le bateau. Tout en basculant de cible, l'enfant recula. Son frère la mima.

— ATTENDS ! NETIRE PAS ! hurla l'un des hommes du bateau. TOI NON PLUS ! fit-il à l'un de ses collègues qui s'apprêtait à sortir un revolver. Il faut la jouer fine, il y a de l'enjeu. Pas de connerie, les gars.

Pensant être discret, l'homme blanc avait utilisé un langage que Yepa connaissait parfaitement. C'était la langue des ennemis. Tous les membres des Zingas étaient bilingues, ou presque. L'anglais s'enseignait dès le plus jeune âge, en souvenir des expériences du passé, afin de ne pas les revivre.

— TOI COMPRENDRE MOI, PETITE ?
— JE VOUS COMPRENDS TOUT À FAIT, CHER MONSIEUR.

L'homme resta coi quelques secondes. La gamine devait avoir huit ans, tout au plus.

— ALORS POURQUOI N'ABAISSES-TU PAS TON ARC ?
— JE N'EN RESSENS PAS LE BESOIN !
— POURQUOI TOUT LE MONDE CRIE ??? demanda Timi, en passant sa tête sur le côté de sa sœur.
— TON FRÈRE A RAISON, C'EST RIDICULE, RAPPROCHONS-NOUS !
— Tu ne veux pas te taire ? Tu vois bien que ce sont des ennemis !
— Ils n'ont encore rien fait !
— Ils sont armés !

— Nous aussi !
— T'as vraiment réponse à tout, c'est épuisant.
Les enfants laissèrent les adultes s'approcher d'eux, mais ils restaient sur leurs gardes. Surtout la fillette.
— Nous venons en paix. Nous voulons juste poser une question à ta tribu, et nous repartirons. Un petit coup de main, rien de plus.
L'arc toujours tendu devant elle, Yepa leva les sourcils.
— Tu es en train de me dire, ennemi, que tu viens chercher notre aide. Nous, les « sauvages », nous, les « incivilisés », les êtres « ridiculement vêtus », aurions quelque chose à vous apporter ?
— Nous ne vous avons jamais appelés ainsi !
— Peut-être pas vous, mais vos ancêtres, oui.
— Les temps changent, petite. Regarde, nous ne pointons pas nos fusils, nous venons en amis. Nous ne demandons rien, sauf la réponse à une simple question. C'est promis.
Celui qui avait précédemment brandi son arme à feu la rangea subrepticement dans sa sacoche.
— Ne me regarde pas comme ça, sœur. Je ne sais pas quoi te dire !
N'ayant personne vers qui se tourner pour prendre sa décision, perdue entre le cœur et la raison, la fillette posa son regard vers le ciel. Le soleil s'approchait dangereusement de l'horizon, loin derrière l'océan. Autour de lui, les quelques nuages qui voguaient doucement au gré du vent se teintaient de rose et d'orangé. Il n'y aurait pas de mangues, ce soir au campement. Mais cette fois, Yepa voulait bien revenir les mains vides. Cela valait toujours mieux que de passer la nuit en terre inconnue. Le sable s'assombrissait. Il se gorgeait d'eau. L'arbre, à leur gauche, transpirait. La rosée du soir perlait le long de ses belles et grandes feuilles. Comme un appel à la nuit, à l'obscurité.
Répondant ainsi aux doutes de la jeune indigène, à peine descendu de l'arbre, l'homme articula :
— Nous avons des lampes de poche.
— Des quoi ?
Il alluma sa torche.

— Nous pouvons vous aider à rentrer.

Yepa retira la flèche de son arc et la glissa dans son étui en peau de bison. Il n'en fallait pas plus pour faire craquer l'enfant faussement assurée. En réalité, elle n'en menait pas large.

— D'accord, mais déposez vos armes sur le bateau, et n'abîmez ni les arbres, ni les animaux. On m'a dit que vous aviez tendance à détruire tout ce qui vous entourait. Pas de ça sur la Terre d'Amande.

Les hommes acquiescèrent et serrèrent solennellement les petites mains brunes qui se présentaient à eux.

CHAPITRE 5

La couleur du ciel

Il boitait. Son esprit flanchait davantage que sa cheville. Tel un prisonnier devant son gardien de cellule, il espérait qu'elle lui ouvrirait la porte. Mais de sa
grand-mère, il n'y avait rien à espérer.

— Plus que deux jours avant la liberté, jeune homme !

— Tu parles d'une liberté. Je vais péter un plomb, oui !

— C'est déjà fait, me semble-t-il. Écoute : dans quarante-huit heures, tu pourras rester sur tes positions, t'enfermer toujours plus dans ton isolement maladif, ou bien décider de te prendre en main. Tenter de voir la vie autrement. En attendant, il faut qu'on parle. Sérieusement.

— J'imagine que je n'ai pas le choix…

Harold se tint la tête. Il percevait la moindre émotion de Loula, et cela le torturait profondément. Sa phobie sociale décuplait ses sens et son mal-être. Un cercle vicieux ingérable. Pourtant, comme promis à sa fille, la grand-mère contrôlait ses émois autant qu'elle le pouvait. Mais elle voyait bien que son hôte se trouvait mal en sa présence. Elle culpabilisait, malgré la nécessité de crever l'abcès.

— Reste à distance, si tu préfères. Il y a une chaise là-bas. Le garçon s'assit et baissa les yeux.

— Tu t'es séquestré tout seul, Harold. Le verrou sur ma porte d'entrée n'a rien à envier à tes œillères. Regarde comme elles sont rigides... C'est une véritable forteresse, que tu as bâtie autour de ton cœur. Que faut-il pour t'en libérer ?
— Du Bogolux, tout simplement. La clé était là, à portée de main, et grand-père a tout fait capoter, avec vous comme complices.
— Le Bogolux aurait étouffé le problème, mon grand. Pour toi comme pour le reste de la population. De tout temps, les humains se laissent embobiner par la facilité. Ils choisissent la voie la plus lisse, la plus simple. Ils n'osent se confronter à leurs peurs et aux tracas de l'existence. Or, ce n'est qu'en les embrassant qu'on les domine définitivement.
— Comme si je ne m'y étais pas confronté...
— Pas assez, sans doute. Et sans conviction. Au lieu de marcher à contre-courant, tu t'es laissé porter par le flot de la propagande.
— Jusqu'ici, la propagande que j'ai subie, elle venait de votre camp ! Pas de ceux que vous condamnez...
Harold replia ses bras et ses jambes sur la chaise. Avec ses cheveux longs et sa barbe de trois jours, il ressemblait à un animal captif. Prêt à bondir au moindre faux pas de l'humaine. En attendant, il aboyait.
— Ce n'est pas parce que tu es vieille que tu as tout compris !
— En effet, ce n'est pas parce que je suis vieille.
— Tu n'as pas tout compris non plus !
— Je te charrie, garçon. Personne n'a percé l'ensemble des mystères de l'univers, et heureusement. Je te donne juste mon opinion sur notre société. D'après mon expérience, mes rencontres, les épisodes que j'ai traversés. J'ai pu échanger avec de nombreuses personnes, qui, comme toi, ne parvenaient pas à dompter leurs capacités au départ. Et finalement, elles ont eu le déclic, devant mes yeux. J'ai aussi côtoyé des immortels malheureux. Par contre, je n'ai jamais vu de bogoluxés comblés. Jamais. Mais il m'est arrivé de croiser quelques Éphémères tristes. Ça s'appelle la dépression, un mal universel. Le point commun

à toutes ces personnalités en crise, c'est soit l'absence d'amour, soit le poids des injustices sociales, soit la quête de sens. En ce qui te concerne, je pense que tu fais partie de la troisième catégorie. Tu as été désiré, aimé, entouré. Par contre, tu ne te trouves pas utile. Il te faut trouver tes propres réponses. Mais pour cela, tu dois chercher. En rien, le Bogolux ne t'aurait sauvé. Il aurait seulement mis en sourdine les questions existentielles qui t'habitent.

— Au moins, j'en aurais été débarrassé.

— Elles seraient revenues te hanter et tu n'aurais pas eu la capacité mentale pour y faire face.

Harold cherchait par tous les moyens à fuir le regard intense de sa grand-mère. Les yeux de celle-ci n'étaient pas seulement bleus. Leurs pupilles, si noires et concentrées, semblaient vous transpercer l'âme. Lorsque Loula s'en servait pour guérir, elle y arrivait presque. Son petit-fils, qui pensait encore à sa cheville foulée, avait de quoi se méfier.

Harold mira les murs fleuris du salon. Un cadre se perdait au milieu des motifs déjà encombrants. C'était une photo de June. Le cliché avait certainement été pris au Repaire, durant une récolte de pommes de terre. La Salle Naturelle en était garnie. June, alors âgé d'environ vingt-cinq ans, tenait fièrement les tubercules dans ses mains et souriait face à l'objectif. Ses yeux humides en disaient long sur son énergie. Ses projets. Une quinzaine d'années plus tard, il rencontrait le dictateur du pays et, par un incroyable stratagème, négociait avec l'héritier au trône une toute nouvelle constitution. Trente-neuf ans plus tard, il réussissait depuis son lit de mort à orchestrer la destruction du plus grand fléau : l'origine même de l'immortalité. La ressource économique la plus importante de la planète. Puis, il mourait. Se suicidait, presque. Devin, il connaissait de fait la date de son propre décès, mais n'avait rien fait pour la repousser. Harold se remémora sa dernière visite. C'était seulement quelques jours plus tôt. Il avait fait part à June de ses doutes quant au professionnalisme de l'infirmière. Le produit qu'elle lui avait injecté n'était pas le bon, et le vieil homme ne paraissait pas s'en inquiéter. Pire même : il avait déclaré qu'il fallait bien des cobayes comme lui pour faire avancer la science.

— Et voilà où tout ça l'a mené. Maintenant, le monde entier l'adule comme un héros. L'a bien réussi son coup, l'vieux.

— Pardon ? demanda Loula, toujours assise à quelques mètres de son petit-fils.

— Je dis qu'il a bien manœuvré son plan. Tout le monde l'admire.

— C'est là où tu te trompes, Harold. Personne n'admire personne ici. On laisse ça aux fanatiques, et ce n'est pas notre cas. June n'a mené que des actions collectives, même s'il a souvent pris le rôle de porte-parole. Il a agi de son mieux. Nous avons réalisé des projets selon notre sens de la justice. L'avenir nous dira si nous avons eu tort ou non. Mais tu ne peux pas nier les bonnes intentions de ton grand-père, en tout cas. Il voulait uniquement le bonheur des êtres humains sur le long terme. Toi, tu réagis à chaud et seulement sur ton présent. Tes intérêts.

— Qu'était-il pour savoir ce qui rendrait les Hommes meilleurs ?

— Devin.

Harold resta silencieux.

— Ne te manque-t-il pas, à la fin ? gémit Loula, les yeux prêts à lâcher.

Harold le remarqua immédiatement.

— Ah non, ne pleure pas ! Tu sais bien ce que ça me fait !

— Pardon... On va arrêter là.

Elle le laissa rejoindre la chambre d'amis. Était-il seulement leur ami ? L'allié des Éphémères ? Sur le papier, Harold était considéré comme un mortel qui avait renié sa condition première. Mais en pratique, désormais, le jeune homme valait n'importe quel autre individu vulnérable. Il lui manquait juste la volonté, la foi. Le garçon se réfugia sous la lourde couette.

Le lit qu'il occupait se trouvait toujours prêt à recevoir un invité de dernière minute. Avec la téléportation, on entrait chez le couple le plus connu des Éphémères comme dans un moulin. Alors, plutôt que de perdre de l'énergie à refouler les étrangers, June et Loula avaient pris le parti d'offrir hospitalité et chaleur à toute personne qui leur rendait visite. Évidemment, l'accueil connaissait ses limites. En cas de danger, June le pressentait, et alors il mettait son gendre et le père de celui-ci à contribution. Varek et Accident n'avaient qu'à donner un petit coup d'épaule à l'intrus pour l'éjecter de la maison, et le convaincre de ne jamais revenir. Heureusement, la téléportation en lieu inconnu n'était pas facile à réaliser. Depuis le décès de June, Loula n'avait reçu aucune mauvaise rencontre de ce type. De toute façon, les voyages instantanés n'étant réservés qu'aux Éphémères aguerris, cela limitait quand même pas mal la casse.

L'odeur des draps propres faisait remonter chez Harold un sentiment de nostalgie. Ou peut-être était-ce la faute à l'hyperempathie… Le doute persistait. Car même à l'autre bout de la maison, il ressentait encore les humeurs de sa grand-mère. Un subtil mélange de tristesse et de regret. Confus, Harold ne put savoir s'il s'agissait de ses propres sentiments ou de ceux de son hôte. Mais ce qu'il percevait ne lui parut pas étranger pour autant. Comme si ses propres émotions, celles qu'il enfouissait en permanence au fond de lui, se permettaient soudain de s'exprimer.

Oui, le June d'avant lui manquait. Il l'admettait intérieurement. L'homme qui s'était occupé de lui lorsqu'il était enfant. Celui qui lui avait appris quelques notions de jardinage, quand il venait passer ses week-ends chez ses grands-parents.

À cette époque, tous deux nouaient même d'étroits liens. Puis, apparurent les « dons ». Ses relations sociales furent alors anéanties. June tenta de le faire venir à une séance d'entraînement, mais Harold refusa. Plus les années passèrent, plus ils s'éloignèrent. Il fallut attendre l'entrée de l'aîné à l'hôpital pour se rapprocher. Les émotions se transmettaient difficilement par téléphone – pour une raison inconnue, le réseau satellite les atténuait. Une excellente nouvelle pour le jeune homme. De fil en aiguille, son grand-père devint alors son seul et unique confident. Tous deux, pour des motifs différents, souffraient de solitude et d'ennui. Par ces conversations téléphoniques, chacun répondait aux besoins de l'autre. Ils en profitèrent pour réapprendre à se connaître, construire une véritable relation de confiance. À vrai dire, June et Harold ne tombaient jamais vraiment d'accord, le dernier n'hésitant pas à blâmer le premier. Mais l'aîné faisait toujours preuve d'une grande écoute et d'une douce bienveillance. Les derniers mois, grand-père et petit-fils s'appelèrent tous les jours. Harold promit qu'il ferait l'effort de venir le voir. La veille du décès, le garçon tint sa promesse. Le jour suivant, après avoir fait le choix de l'immortalité, il retourna comme convenu au chevet de son aïeul pour lui annoncer sa décision. Le vieil Éphémère lui avait toujours dit qu'il respecterait son choix, quel qu'il fût. Arrivé dans la chambre, une douche froide. Un cataclysme. Déchirement, trahison, humiliation, dégoût, déception : à cet instant, un torrent d'émotions submergea Harold. Depuis ce jour, son état ne cessa d'empirer, jusqu'au fameux accident de baignoire.

En boule dans le lit propre et duveteux de la chambre d'amis de ses grands-parents, il éclata en sanglots. Son grand-père n'avait sans doute pas désiré lui faire du mal. Peut-être ses ambitions avaient-elles dépassé le bonheur immédiat de son petit-fils. Il était probable, en effet, que le futur s'embellirait. Toutes les hypothèses étaient possibles, finalement.

Mais en attendant, vers quelle direction devait-il aller ?

Quelle serait la clé de l'apaisement ?

« Toc toc ».

— Entre… grommela-t-il.

— Merci, petit, et désolée.

— Pourquoi ?

— Merci d'avoir supprimé ma peine, désolée de te l'avoir transmise.

— Y a vraiment pas de quoi.

La vieille dame s'assit sur le bord du lit. Une fois n'était pas coutume : elle parla à voix basse. Elle ressentait la migraine de son petit-fils.

— Grand-mère... Faut pas croire, il me manque aussi. Mais vous aurez beau me présenter toutes les solutions du monde, tant que je ne les expérimenterai pas moi-même, je n'y croirai pas.

— Tu lui ressembles beaucoup, tu sais...

— Pas du tout ! Regarde mes cheveux, mes yeux ! Rien à voir !

— Il était aussi têtu que toi... J'ai l'habitude de supporter ce genre de caractère. J'y arriverai pour toi aussi.

Harold s'assit et plaça son oreiller dans le dos.

— Que va-t-il se passer pour les Éternels ? Ceux qui croient encore qu'ils ne mourront jamais...

— June n'a rien voulu me dire. Il gardait ses visions pour lui. Mais d'après ce qu'il m'a dit, ils s'en remettront.

— Mais toi ! Toi ! Qu'en penses-tu ?

— Honnêtement ?

— Si tu mens, je le ressentirai de toute façon.

— Le mensonge n'est pas un sentiment, c'est un art...

— Grand-mèèèère !

— D'accord, d'accord...

Elle avala sa salive et se racla la gorge. Ses yeux bleu foncé se perdirent dans les rayures de la housse de couette.

— Pour moi, c'est la guerre civile qui se prépare. On a retiré de force la drogue des mains de milliards de toxicomanes. Certains d'entre eux sont ultra-puissants. La période de sevrage s'avérera particulièrement difficile. Mais elle n'égalera pas celle de la prise de conscience. On a endormi les esprits pendant deux cents ans. Le réveil sera brutal. Les Hommes vont enfin réaliser dans quel monde ils ont vécu. Les projets qu'ils ont abandonnés. Les années qu'ils ont perdues. La fin qui les attend. Ce que tu traverses toi, Harold, c'est le calme absolu, comparé à la tempête qu'ils subiront. Toi, tu n'as jamais goûté au Bogolux, tu n'auras pas besoin d'apprendre à t'en défaire. Après deux siècles et demi d'injection, à raison d'une tous les trois ans, les Éternels vont tomber de haut. Ce n'est qu'en le regardant de loin que l'on apprécie la couleur du ciel.

CHAPITRE 6

Le petit-lait

— Ça y est, les résultats viennent de tomber. Tu viens Ernest ?

Le vieil homme, enrobé dans un corps juvénile, prit tout son temps pour rejoindre son collègue. Il connaissait déjà la conclusion et n'avait donc aucune raison de se presser. Complice des actes des Éphémères, le scientifique appréhendait la riposte de ses supérieurs. Il craignait surtout la décision gouvernementale qui découlerait de la révélation. Quant au peuple, sa réaction s'apparenterait certainement à celle qui avait suivi la découverte du bogo. Aussi forte, mais sûrement pas aussi positive. Qu'adviendrait-il du laboratoire Pharmabion ? De sa carrière ? Il n'y tenait pas particulièrement, mais la transition l'effrayait. Malgré sa profonde envie de changement, sa vie avait stagné durant une éternité. Dans ce contexte particulier, le virage qu'il s'apprêtait à prendre ressemblait plutôt à un looping. De quoi avoir les chocottes.

Les pensées ralentissaient ses pas. Plus il réfléchissait, plus ses protège-chaussures en papier raclaient le sol.

— Dépêche-toi, Ernest ! On n'a pas que ça à faire !

Finalement rejoint par son confrère, Paul cliqua sur la souris d'ordinateur. Le sablier virtuel se retourna plusieurs fois, avant de laisser apparaître sur un fond vert, une liste de termes et de chiffres.

« Fiole A : Omega 3 : 35%, Ginkgo biloba 25%, Colorant E10x : 5%... Bogolux : nul ».

— Nul ?!
— On a les résultats des fioles B, C et D aussi ?
Après quelques minutes de comparaison, Paul s'exclama :
— Pareil ! Identique ! Pas une once de Bogolux, tu entends ?! Pas une once ! C'est fou !
— C'est fou.
— C'est tout ce que tu trouves à répondre, toi ? « C'est fou » ? C'est la catastrophe du siècle, oui !
Jean Bion, le directeur, fut alerté en premier. Il débarqua immédiatement dans la salle des analyses. Ses mains chevrotantes trahissaient son visage impassible.
— Pas une once, vous dites ?
— Pas une! Voyez par vous-même, on les a imprimés.
Les deux confrères se regardèrent, inquiets, pendant que le grand patron feuilletait les résultats. Les secondes passèrent, toutefois le temps s'était figé. Soudain, monsieur Bion sortit de sa torpeur et glissa les papiers dans une machine. Il appuya sur le bouton central et des milliers de copeaux de papiers apparurent dans le bac de sortie. En 2279, les destructeurs de documents existaient toujours.
— Supprimez le fichier informatique. Faites analyser toutes les fioles restantes.
— Mais, ça va nous prendre encore des semaines ! pesta Ernest.
— Si les conclusions sont identiques, détruisez-les aussi. Brûlez-les. Si l'une des fioles contient du Bogolux, alors mettez-la de côté, et conservez les résultats associés, ils nous seront utiles.
— Vous comptez cacher la vérité aux gens ? s'indigna Ernest.
— Ne commencez pas votre cinéma, docteur Floute, vous me fatiguez.
— Mais le peuple s'en rendra forcément compte !

— Et bien dans ce cas, il n'a pas besoin de nous.
— Que va-t-on devenir ? s'inquiéta Paul.
— Je vais contacter le gouvernement. Nous allons nous concerter et je reviendrai vers vous. Pour l'instant, motus et bouche cousue. Secret professionnel. C'est compris ? Il me reste quelques doses de Bogolux sous scellés. Celles-ci n'auront certainement pas été remplacées.

Le PDG cligna de l'œil à ses deux employés, leur serra la main et quitta la pièce.

Vingt minutes étaient passées et la courbure du dos de Paul augmentait à chaque instant. À cette allure, dix de plus suffiraient à le faire tomber de sa chaise. Les mains scotchées à ses joues, il ne cessait de se lamenter sur son sort. Ernest, plus paisible, scrutait l'aquarium vide. Depuis la mort du bogo, le récipient en verre reposait dans la salle des analyses. Sous le choc et dans la précipitation, les employés n'avaient pas pris le temps de le nettoyer. Les algues séchées sur les parois graisseuses témoignaient de la misérable existence du poisson. Mais également de sa valeur ridicule. Tandis que l'action Bogolux battait des records en bourse, à peine mort, l'être vivant indispensable au business juteux était aussitôt jeté à la benne à ordures. Pas de cérémonie pour l'animal torturé.

— Non mais, tu te rends compte? C'est la fin du monde !
— N'exagère pas, quand même...
— C'est la situation qui est exagérée ! Non seulement notre boulot est en jeu, mais l'humanité toute entière aussi ! On va mourir, Ernest !
— Oui, comme il y a quelques centaines d'années, tu sais... On mourra un jour certainement, mais c'est pour mieux laisser notre place à d'autres... Regarde : les chiens, les chats, ils vivent, puis ils meurent, et pourtant ils n'en font pas un drame !

Paul redressa son dos et recula au fond de sa chaise. C'en était trop pour lui. Plus de Bogolux, et maintenant un collègue injurieux ? Irrespectueux, en plus ?

— Ferme-la, tu veux ! Sinon, ça va mal tourner pour toi...
— Qu'est-ce que tu entends par là ?

— Des siècles que je bosse avec toi, des lustres que j'ai des doutes à ton sujet. Alors si maintenant tu m'affirmes que mourir, c'est pas grave, et que notre boulot, on s'en fout, c'est plus des doutes que j'ai, mais des certitudes !

Ernest se figea, dos à son collègue. Les yeux rivés vers l'aquarium, il murmura :

— Je n'ai jamais dit que ce n'était pas grave, j'ai dit que c'était normal. La mort, c'est la vie. On a juste perdu l'habitude. Mais ça va revenir... Il ne faut pas se sous-estimer ! Et puis entre nous, on a assez vécu, non ? Des vieux croûtons comme nous, il est bien temps qu'ils s'en aillent.

— Il est grand temps que TU t'en ailles.

Tandis que Paul lançait un regard noir à Ernest, celui-ci ne daigna toujours pas croiser le sien. Il le savait : sa rage rentrée, déjà au bord d'éclater, ne résisterait pas à un seul froncement de sourcils. Il posa tout de même ses mains rosies sur le rebord de l'aquarium.

— C'est la toute première fois, Paul. Oui, j'ai beau chercher, c'est la toute première fois que j'approuve ce que tu dis. Il est temps, en effet. Il est plus que temps. C'est peut-être pour cette raison que je prends si bien la situation. Voilà enfin l'issue de secours à la prison dans laquelle je me suis enfermé. Ma camisole va s'arracher pour de bon. Je vais enfin pouvoir bouger les bras, putain. Deux-cent-quarante ans que je me retiens de dire ce que je pense, qu'on m'en empêche, que je travaille pour et avec des gens que je méprise. Au quotidien. Un système qui me révolte. Il est grand temps que ça s'arrête. Oui, Paul.

À l'instant où il prononça le prénom de son adversaire, de la vapeur fumante sembla s'échapper de ses narines. Soudain, les deux paires d'yeux qui jusque-là s'évitaient se croisèrent. Un échange volcanique rompit le temps. Nul ne sut ce qui se serait passé à la seconde suivante, si Jean Bion n'avait pas ouvert la porte.

— Vous n'avez appelé personne ?

— Appelé ? s'étonna Ernest, comme sorti d'un mauvais rêve.

— Oui « appelé » ! Avez-vous passé un coup de fil depuis que je suis parti ?

— Non, pourquoi ?

— Dans ce cas, toute cette histoire reste entre nous. Écrémez les résultats.

Les deux scientifiques comprirent aussitôt où leur supérieur voulait en venir. Le verbe écrémer faisait partie de leur jargon. Pour ne pas dire de leur quotidien. L'écrémage des résultats, c'était une action banale dans les laboratoires pharmaceutiques. Cela consistait à retirer le superflu. Par superflu, il fallait entendre gênant, nuisible. Comme on retirerait la peau du lait à la surface d'une casserole, on retirait l'imbuvable vérité qui émanait des expériences. Les résultats des études étaient donc fréquemment transformés de façon à promouvoir telle ou telle théorie. En l'occurrence, l'objectif principal consistait à calmer les foules et assurer les ventes de Bogolux.

Rassuré par la perspective de ne pas perdre son emploi, Paul retrouva le sourire. Il en venait presque à imaginer que le mensonge qu'il s'apprêtait à retranscrire sur le papier se réaliserait. Or, comme les autres, il devrait sans doute dire adieu à l'immortalité. Aveuglé par sa mission et sa loyauté envers Pharmabion, Paul se faisait manipuler. La stratégie du laboratoire était finement élaborée. L'entreprise la plus rentable du monde n'avait pas obtenu son titre pour rien. Ernest, qui avait toujours eu beaucoup de recul sur sa profession, restait lucide. Quant à continuer à mentir, il ne l'entendait pas de cette oreille. Paul s'était déjà installé derrière l'ordinateur et monsieur Bion s'apprêtait à quitter la salle.

Ernest, immobile, lança sur un air de défi :

— Ça sera sans moi !

— Pardon ?

Le patron avait levé les sourcils. Ceux-ci s'étaient réfugiés sous sa charlotte en papier.

— L'écrémage se fera sans moi, cette fois. J'ai pas signé pour faire du petit-lait, monsieur. J'ai choisi cette noble profession pour apporter de la matière à la science. Si j'ai décidé d'embrasser ma carrière de scientifique, c'était pour réaliser de grandes découvertes. Procurer aux citoyens de nouvelles connaissances. Susciter la curiosité. Trouver des solutions, des remèdes. Améliorer les conditions de vie des humains, mais aussi du vivant sous toutes ses formes. Depuis la première étude du bogo, notre unique performance a été de nourrir l'ego de l'humanité, asservir l'homme, le rendre malade, accro à une substance nocive. Nous avons maltraité un poisson pendant des centaines d'années, juste pour fabriquer un poison. Nous avons menti aux hommes, nous leur avons promis la liberté, en les muselant toujours plus. Nous avons fait tuer tous ceux qui ne rentraient pas dans le moule. Nous avons massacré tous ceux qui tentaient de s'extraire de leur misère. Et si nous avons pris des mesures environnementales d'exception, ce n'était que par pure obligation. Uniquement pour répondre aux exigences des chefs d'État – car nous avions signé un pacte avec le diable. Ces élites ne se voyaient pas demeurer immortelles sur une planète détruite. Depuis la nouvelle constitution, la Terre et ses êtres vivants ont à nouveau été abandonnés. La pollution reprend de plus belle. Désormais, les puissants préfèrent tout miser sur la conquête spatiale plutôt que sur la reconstruction de notre territoire. Avouez-le, vous savez depuis longtemps que la plus grosse crise sociale de tous les temps est sur le point d'éclater. Vous vous étiez préparés à la menace anti-Bogolux. Le laboratoire préfère conserver ses intérêts financiers en s'alliant avec les gouvernements, au détriment du peuple. Je ne peux plus cautionner ça. Je ne peux plus travailler pour des principes aussi dégueulasses.

— Ça y est, Ernest ? Vous avez terminé ? Merci pour le cours d'histoire mais j'ai vécu autant que vous et je suis bien au courant de ce qui se passe. Pour ce qui est de la thèse complotiste, il va falloir arrêter la drogue, cher ami.

— Et c'est le plus gros dealer du monde qui me dit ça.

— Je ne vous permettrai pas…

— Je n'ai pas besoin de votre permission.

— DEHORS !

Impassible face à un directeur fou de rage, Ernest se tourna vers son collègue qui n'avait pipé mot.

— Alors Paul ? T'es droit dans tes bottes ? Tu vas réclamer ta dose clandestine ? Et en échange, tu continueras de mentir à toute l'humanité pour bosser sur la prochaine fusée, c'est ça ? Ou sur le produit chimique de rechange ? Celui qui détruira un peu plus ce monde au bord du gouffre ? Pour quelques années supplémentaires, tu vas te faire corrompre ? Ah elle est belle, ta carrière !

— Je t'emmerde, Ernest ! Traître ! Va donc rejoindre tes alliés, les Éphémères !

— Que dites-vous, Paul ? demanda monsieur Bion, intéressé.

— Je dis que ce scientifique, à qui vous avez octroyé toutes les responsabilités à chaque événement crucial de l'entreprise, n'est autre qu'une taupe !

— Tu n'as pas de preuve ! hurla Ernest.

— Aucun véritable Éternel ne pourrait agir comme toi. Tu n'étais pas surpris lorsqu'on a appris que les fioles de Bogolux avaient été remplacées par de l'oméga 3. Tu n'étais pas non plus étonné quand on a découvert l'étrange décès du bogo. Jouer un rôle, c'est bien, mais il faut savoir le tenir et l'assumer ! Ça n'est pas ton cas ! Qui sait si tu n'es pas aux manettes depuis le début ! Après tout, tu avais trouvé la bonne planque...

— Il a raison, Ernest, nota le supérieur hiérarchique. Ne croyez pas que j'ai oublié l'épisode de votre petite rébellion, il y a une éternité. Vous m'aviez personnellement fait part de votre indignation après votre étude sur les effets secondaires du Bogolux. Je vous avais alors mis en garde, vous vous souvenez ? Et voilà que vous recommencez ! Vous remettez en cause le bien-fondé de notre charte ? Vous m'insultez ?!

— « Dealer » n'a jamais été une insulte, surtout si c'est la pure vérité.

— Ernest Floute, vous êtes viré. Et vous serez surveillé de près afin d'éviter toute fuite d'informations. À la moindre erreur de votre part, vous serez abattu.
— Après tout ce que j'ai fait pour vous…
— Seule l'enquête déterminera ce que vous avez fait pour nous, exactement.

Monsieur Bion appuya sur le bouton rouge. Celui-ci activait un signal sonore dans les oreillettes des deux cent soixante gardes du bâtiment.

— Juste une chose avant de vous laisser tranquille, patron. Que comptez-vous faire pour trouver un second bogo ? Nous savons l'un comme l'autre que les eaux de notre planète ont déjà été fouillées à maintes reprises depuis deux siècles.

— Vous avez été mal renseigné. Une eau n'a pas été explorée, et pour cause. Mais je ne vous ferai pas l'honneur de vous en dire plus.

Trois hommes apparurent derrière la porte entrebâillée.

— Emmenez-le vers la sortie, et qu'il n'entre plus.

CHAPITRE 7

Tsika !

À mesure qu'ils s'approchaient du campement, le cœur de Yepa se serrait. Elle se trouvait partagée entre le soulagement de rentrer sains et saufs, et la peur de la réaction des Zingas. D'abord, ils leur en voudraient d'avoir attendu la tombée de la nuit pour revenir. Puis, ils leur reprocheraient d'avoir littéralement amené l'ennemi à eux. Et la sanction, d'où qu'elle vînt, serait terrible.

Cela faisait plusieurs siècles maintenant, qu'aucun étranger n'avait foulé la Terre d'Amande. Les dernières tentatives, par bateaux et par hélicoptères, s'étaient soldées par un demi-tour, quand elles n'avaient pas fini en bain de sang. Historiquement pacifistes, les Zingas avaient été contraints de se défendre. Désormais, lorsqu'ils devaient se confronter à des humains étrangers, les indigènes ne réfléchissaient plus. Ils tiraient. Jamais à balles réelles. Mais bien ciblées, les lances s'avéraient parfois plus efficaces. Surtout celles en métal. Les forgerons s'étaient améliorés avec le temps. Les autochtones ne brandissaient pas leurs armes par plaisir. Ils auraient préféré pouvoir offrir le gîte et le couvert aux visiteurs. Leurs ancêtres avaient choisi l'option de l'hospitalité, avant de le regretter amèrement. Les membres les plus âgés se souvenaient encore des récits de leurs grands-parents. Certains approchaient désormais les cent-trente ans.

Pas besoin de Bogolux pour vivre longtemps. Juste d'une alimentation saine, de la proximité avec la nature et d'un environnement non pollué. Les centenaires gardaient en tête les aventures de leurs aïeuls comme si elles avaient eu lieu la veille.

Ces voyageurs du millénaire dernier, si aimables au départ et devenus si cruels, profitèrent de leur générosité et de la différence de culture qui les séparait. Rapidement, les hommes blancs passèrent du petit séjour provisoire à l'hébergement gracieux, et du modeste emplacement de camping au champ de caravanes, rasant des centaines d'arbres. Bientôt, les fusils remplacèrent les mains tendues. Les colons menacèrent les Zingas de les tuer s'ils ne leur léguaient pas leurs fourrures, leurs chevaux, leurs terres. Les indigènes acceptèrent toutes les conditions, à l'exception de leur lieu de vie. Et pour cause : ils résidaient sur une île. La notion de propriété n'existant pas dans leur cœur, ils trouvèrent étrange cette passion de l'Homme blanc pour les conquêtes. Leur terre à eux n'était-elle pas à leur goût ? Pour leur part, si le Grand Esprit les avait fait naître sur cet endroit de l'archipel, cet espace ne leur appartenait pas pour autant. C'est pourquoi ils acceptèrent de laisser les nouveaux venus installer leurs logements, et se déplacèrent petit à petit. Les visages pâles se firent de plus en plus nombreux, envahissants. Ils arrivaient par cargos. Si bien que très vite, les Zingas n'eurent plus assez de place pour vivre. Les animaux qui peuplaient l'île furent presque tous exterminés. Les plantes, brûlées. La tribu se mit à travailler pour les Occidentaux afin de gagner les quelques vivres qu'on leur avait pillés. Les bouteilles d'alcool remplacèrent bientôt les aliments de première nécessité.

Elles leur permettaient de traverser les pires sévices sans broncher. Tortures, viols : les colons n'eurent plus aucun scrupule. Plus aucune limite. Les ressources naturelles de nourriture s'épuisaient à vue d'œil. La fin était proche. Sans prévenir, la maladie mit fin au calvaire des Zingas. À cause des importations, sans doute, et de l'écocide qui s'initiait, une terrible épidémie s'abattit sur les colons. Quelques indigènes l'attrapèrent aussi, mais pour la grande majorité, ils demeuraient bien plus résistants. Les Blancs, majoritairement catholiques, crurent à une punition divine. Au trentième décès, ils décidèrent finalement de lever le camp. Dès lors, les habitants de la Terre d'Amande mirent un point d'honneur à ne plus jamais se faire manipuler. Suite à cet épisode, leur détermination et leur stratégie de défense leur permirent l'impensable : survivre en autarcie dans un monde régi par la dictature.

Sans le savoir, les Zingas formaient à présent la toute dernière tribu libre et indépendante de la planète. La Terre d'Amande constituait le seul espace naturel non étudié, non « civilisé ». Depuis la dernière invasion, la biodiversité de l'île avait eu le temps de se reconstruire. Les animaux et les végétaux avaient repris leurs droits. Les autochtones, vivant en harmonie avec leur environnement et ne puisant en celui-ci que le strict nécessaire, jouissaient d'une excellente santé.

Et voilà que deux gosses avaient osé accueillir des Blancs sur cette terre interdite. En quelques heures, ils les avaient guidés jusqu'au campement le plus impénétrable du globe.

Yepa ne pouvait s'empêcher de culpabiliser. La grande invasion se racontait de père en fils comme une légende prête à refaire surface à tout instant. L'Histoire pesait sur chacune des têtes comme une épée, menaçant de tomber. Une peur sous-jacente, imprévisible et intemporelle. Pour se rassurer, la fillette tenta de se convaincre que les « ennemis » avaient changé. Timi, de son côté, ne se posait aucune question. Le garçon était doué d'une naïveté bienveillante dont ses parents auraient bien aimé se passer. Surtout dans de telles circonstances. Avec tous les prédateurs des environs, c'était un miracle qu'il fût encore en vie, du haut de ses cinq ans. Face aux crocs d'un félin affamé, ni la naïveté, ni la bienveillance n'avait sa place. Les dix Occidentaux qui suivaient les enfants n'étaient peut-être pas dotés de canines acérées mais le sourire qu'ils arboraient n'en restait pas moins inquiétant.

Yepa arrêta de marcher, stoppant par la même occasion l'ensemble du groupe.

— Nous y sommes presque. Je vais les prévenir. Restez ici, si vous ne voulez pas vous prendre un coup de fourche ou une lance dans le cœur...

Elle s'assura que les Occidentaux ne la suivaient plus, fit quelques pas supplémentaires dans la forêt et se retourna à nouveau vers les visiteurs.

— Une seule question et vous vous en irez n'est-ce pas ?
— C'est bien ça, répondit celui qui ressemblait au chef.
— Allez viens avec moi, Timi. On revient.

Le petit garçon rejoignit sa grande sœur à cloche-pied, comme pour aller jouer aux billes. Mais les Zingas n'apprécieraient sans doute pas d'être pris pour des billes.

Le cœur de Yepa restait fermement accroché aux parois supérieures de son thorax, en lévitation dans un corps angoissé. Elle était en train de faire une bêtise. Une grosse bêtise. La fillette en était consciente, mais ne pouvait rien contre ça. Bizarrement, une petite voix rassurante lui chuchotait que les étrangers étaient de bonne foi. Pas le temps de faire machine arrière, de toute façon.

— Fili ! Fay-pi ! Les petits sont rentrés ! Ils sont entiers ! C'était Jinn, l'un des guetteurs du camp.

— Vous le savez pourtant, qu'il ne faut pas attendre la nuit pour faire demi-tour ! On peut dire que vous avez eu de la chance. J'espère que vous avez trouvé des mangues au moins...

— Des grosses ! s'exclama Timi.
— Tais-toi ! fit sa sœur.

La petite accourut auprès de Jinn avant de lâcher la bombe, en un flot ininterrompu.

— On n'a pas de mangues. En fait, on s'est perdus et on est tombés sur des Blancs. Ils ont été très convaincants alors on ne les a pas tués. Ils nous ont assuré qu'ils n'auraient qu'une seule question à nous poser avant de repartir. Il faut dire au groupe de baisser leurs armes !

— Tu rigoles ?
— Pas du tout !
— TSIKA ! TSIKA ! TSIKA !
Au signal, l'ensemble de la tribu apparut, lance à la main, aux côtés de Jinn. Leur réactivité étonna Yepa. Pour être aussi rapides, elle se demanda s'ils n'avaient pas dormi avec leurs armes – ce qu'ils avaient certainement fait, d'ailleurs. La peur de l'étranger était ancrée en chaque Zinga. Telles des proies, ils restaient sans cesse sur le qui-vive, quitte à établir des roulements de garde nuit et jour. Ne pouvant fuir, ils misaient tout sur l'autodéfense.

— Ils nous ont aidés à rentrer ! On était perdus ! Sans eux et leurs lampes de poche, nous aurions sans doute été attaqués par un fauve ! Ou par un singe !

Timi s'était mis à pleurer. Quant à Yepa, elle était tétanisée par la peur. La fillette craignait de mettre en péril sa tribu, si les visiteurs se révélaient malhonnêtes. Et si ces mêmes étrangers finissaient sous les tirs des Zingas, elle se sentirait également coupable de les avoir jetés dans la gueule du loup.

— Où sont-ils ?! hurla Fay-pi à l'attention de ses enfants.
— Sous l'arbre à sève rouge, à deux cents pas d'ici. Papa, ne les tue pas avant d'avoir entendu leur question. Ils ne nous ont fait aucun mal et sont venus sans fusil.
— Faites-les venir !

Les deux enfants ne se firent pas prier. Leurs mains s'attrapèrent naturellement alors qu'ils couraient vers leurs invités.

— Suivez-nous, leur intima Yepa, essoufflée. Ils sont prévenus. Nous avons tout fait pour les mettre en confiance. Ne nous trahissez pas. Posez votre question et partez !

Les Blancs, guidés par les deux gamins, frissonnèrent. Sous leur apparence sereine, leur nervosité ne demandait qu'à éclater. Immortels, ils n'avaient pas peur de la mort, mais de l'échec. Ce qu'ils s'apprêtaient à réaliser rentrait dans le domaine de l'insolite. Le succès de leur périple entraînerait celui des Éternels. De même, leur défaite provoquerait la fin de l'ère qu'ils avaient toujours connue. John, le commandant, avait été informé de l'inefficacité du Bogolux. Par un souci de sécurité, le gouverneur s'était trouvé contraint de lui transmettre l'information confidentielle. Ce voyage en terre hostile représentait l'unique solution à la crise que le monde traversait. Secrètement, John savait donc qu'une partie de son équipe se trouvait en danger. Car si cinq de ses subalternes étaient encore immunisés contre le trépas, les quatre autres avaient reçu une injection inactive, sans le savoir. Leur chef n'étant pas autorisé à leur exposer la vérité, sous peine d'être démis de ses fonctions à son retour, l'équipe se croyait invincible. John, quant à lui, faisait partie des quelques-uns qui avaient bénéficié d'une injection clandestine, en échange d'une importante somme d'argent. Toutefois, pour protéger ses troupes et mener à bien sa mission, il était prêt à se montrer insensible. La main posée sur la fermeture éclair de sa sacoche, il s'accrochait à sa solution de repli comme à une bouée de sauvetage. Pas de noyade aujourd'hui. La vague d'indigènes s'annonçait imprévisible, mais John s'était préparé à braver la tempête. Pas de pitié pour les remous.

Les Peaux-Rouges rencontrèrent des visages blêmes. Sous les yeux noirs, des pigments verts sur un épiderme endurci. Sous les yeux bleus, des gouttes de sueur sur une peau si fine qu'elle laissait transparaître les veines. D'un côté, des pieds nus à la corne étanche et robuste, de l'autre, des chaussures imperméables et temporaires. Les pointes de silex et de fer forgé convergeaient vers la même cible.

Les mains en l'air, John prit la parole.

— Nous savons votre méfiance. Nous la comprenons. Mais nous ne représentons pas nos ancêtres, comme vous n'incarnez pas vos anciens. Tirons des leçons du passé tout en quittant ces peurs révolues. Nous avons besoin de vous, mais pas de votre terre. Soyez en paix. Vous êtes les seuls à pouvoir nous donner une réponse, qui une fois émise, garantira votre liberté.

— Une réponse ? Quel genre de réponse ? demanda Jumbo, dans un anglais aux accents londoniens – des restes du colonialisme, sans doute.

John jeta un œil à son équipe avant d'entrer dans le vif du sujet.

— Voilà : nous sommes à la recherche d'un animal. Peut-être l'avez-vous vu ? Un seul spécimen nous suffira.

Les Zingas se regardèrent, étonnés. Un éclat de rire se propagea alors dans l'assemblée qui, spontanément, baissa les armes.

— Humains ou non humains ?

Les hommes blancs se jetèrent des regards complices et avisés. Comme pour se rappeler que l'être humain faisait partie du règne animal.

— Non humains bien sûr.

Ce fut aux indigènes de se zyeuter.

— Tout ce chemin parcouru, une si dangereuse expédition pour un seul animal ? Vous qui détenez des usines à produire des milliers de créatures à la seconde ?

— C'est bien ça, un seul animal.

— Mais pas n'importe lequel ! souffla le plus jeune membre de l'équipage.

Son voisin de droite lui pinça le bras et rattrapa le coup.

— Le plus petit, misérable, insignifiant qui soit.

— Alors pourquoi le recherchez-vous ?

— C'est… l'anniversaire du gouverneur. Et nous voulons lui offrir sa bête préférée.

Côté képis, des raclements de gorge s'échappèrent. Côté plumes, les sourires déridèrent les dernières mines renfrognées. À défaut d'être crédible, l'annonce improvisée avait au moins eu le don d'apaiser les tensions.

Jinn, médusé, se retourna vers ses colocataires.

— C'est rigolo ce que les Blancs seraient capables de faire pour leur chef. Il leur demanderait de danser tous nus sur la neige avec une carotte dans le derrière, qu'ils s'exécuteraient sans hésiter !

Heureusement pour les Zingas, aucun membre de l'équipage ne pipait mot du patois local. En fait, personne au monde ne savait le décoder. Même les colons qui avaient réussi à dompter quelques habitants de l'île d'Amande trois siècles auparavant n'avaient pu capter la logique de ce langage étrange. Celui-ci se caractérisait par des sons claquants et gutturaux. Comme des onomatopées.

Tandis que les Zingas riaient de bon cœur face à l'absurde servilité des visages pâles envers leur gouverneur, ces derniers fouillaient dans leurs sacs pour retrouver l'objet de leur excursion. Malgré l'amusement général, Silk et quelques autres Peaux-Rouges restaient prêts à contre-attaquer au moindre faux pas. Les yeux rivés sur les bagages des étrangers, ils se demandaient quel genre d'outil allait en sortir. Les Blancs avaient juré s'être délestés de leurs armes sur le bateau, mais il fallait toujours douter de ce genre d'individus.

— Je l'ai, fit Kirsten.

La femme à l'uniforme brandit un cliché et le tourna vers les hôtes. Eux n'avaient jamais eu affaire à une photographie. Il leur fallut quelques minutes avant de comprendre ce qu'il fallait observer : ce n'était pas le papier, aussi brillant fût-il, mais ce qui figurait dessus.

L'œil rond et vitreux du poisson ne laissait transparaître aucune émotion. Vide. L'animal aux écailles grises et aux nageoires bleues semblait vide. S'il ne s'était pas trouvé dans un aquarium au moment de la prise de vue, le petit cyprinidé aurait pu passer pour une simple carapace.

— Alors ? s'impatienta John.

La foule d'hommes plumés qui, par leur nombre, cachait le bout de papier, se dispersa lentement.

— Alors quoi ? demanda Fay-pi.

— Et bien, ce poisson vous dit-il quelque chose ?

— S'il nous dit quelque chose ?

L'homme à la peau brune se tourna vers ses pairs. Tous firent la grimace en guise de réponse.

— Évidemment ! Et je peux vous dire qu'on s'en souviendra longtemps !
— Où ? Quand ? demanda précipitamment Fitz, l'allemand du groupe. Le soldat à l'œil cerné se réanima subitement.
— Hier, sur la plage, là-bas vers le rocher pointu.
— Hier ?!
— Oui, oui, hier, pas de quoi en faire un drame, ce n'est qu'un poisson !
— Vous êtes bien sûr de ne pas vous tromper d'espèce ?
— Aucun doute là-dessus !
— Aucun ?! Mais où est-il ?
— Oh, à cette heure-ci, il doit se trouver dans les intestins des frégates !
— Des frégates ?
— Bon, vous allez répéter absolument tout ce qu'on vous dit ? lança Makkitotosimew, une femme aux seins nus, derrière le groupe d'hommes.

John posa une main sur l'épaule de son subordonné et prit la parole.

— Pardonnez mon ami, mais nous recherchons ce poisson depuis bien trop longtemps pour rester calmes.
— Vous en trouverez d'autres dans l'océan. Vous n'avez pas de pic à pêche ?
— Tous les pics épeiches ont été décimés.
— Je parle des cannes à pêche, des outils pour pêcher en somme !
— Ah ! Mais vous savez, même avec le plus bel hameçon, je doute que nous puissions en attraper un autre… se lamenta Kirsten.
— Oui, c'est que nous sommes de piètres pêcheurs, précisa John, histoire de noyer le poisson.

La question de la valeur et de la rareté du bogo ne devait surtout pas être évoquée. Voilà l'une des règles d'or que l'équipage s'était fixée avant de démarrer cette mission à haut risque. D'une façon ou d'une autre, les voyageurs ne repartiraient pas sans l'objet de leur quête. Les Zingas les dirigeraient vers l'animal coûte que coûte, sans résistance ni coup fourré. Les indigènes ne bénéficieraient pas du précieux ingrédient à leur place. Hors de question. Et s'il n'existait qu'un seul exemplaire, même à moitié mâché, il leur reviendrait de plein droit.

Comprenant qu'ils ne pourraient échapper à la virée sur la plage en pleine nuit, les autochtones soupirèrent.

— On veut bien vous emmener là où on l'a jeté mais ça m'étonnerait qu'on retrouve grand-chose, fit Silk. Ici, un fruit mûr n'a pas le temps de pourrir, ni même de tomber au sol qu'il est aussitôt dévoré par la faune sauvage. Alors un poisson...

— Et puis, même si par chance, il était encore là, il serait mort! ajouta Fay-pi. Votre roi veut un poisson mort pour son anniversaire ?

Connaissant les capacités autorégénérantes de la créature aquatique, les militaires ne s'embarrassèrent pas avec ce genre de considération. La mort ne les inquiétait pas le moins du monde. Mais il fallait à nouveau mentir.

— Peu importe, notre gouverneur fait la collection des arêtes de poisson.

Les Zingas levèrent les sourcils, puis haussèrent les épaules. Ils ne songeaient qu'au départ des Occidentaux. Si pour cela, ils devaient les aider à trouver une carcasse vidée de sa substance, cela leur était égal.

— Mais pourquoi dites-vous que vous l'avez rejeté sur la plage, demanda finalement Fitz, alors que le groupe marchait vers la côte, à la lumière des torches.

— On a essayé de le manger mais son goût était infâme, répondit une aborigène.

À l'arrière du cortège, guidés par les Zingas les plus musclés, les Blancs marchaient dans la ligne de mire de dizaines de lances en mouvement. Aucun faux pas n'était possible.

— Vous en avez mangé ?

— On n'a pas pu, je vous dis. Même la méduse a meilleur goût.

— Même la pisse est plus savoureuse, ajouta Silk.

John se concentra pour ne pas éclater de rage. On venait d'insulter le joyau royal. Comparer le bogo à de l'urine, c'était comme assimiler un lingot d'or à un étron. L'insulte valait les pires blasphèmes. L'homme blond ravala sa salive et continua de suivre la file indienne. Régulièrement frôlé par une ou deux lames, il n'avait guère d'autres choix. Du moins en apparence. Toutefois, il gardait secrètement sa main posée sur sa sacoche. Juste au cas où.

CHAPITRE 8

Le prunier

Trois jours qu'il n'avait pas dormi. Il faut dire que sa grand-mère ronflait à en décrocher les tableaux des murs. Heureusement, il n'y en avait pas, hormis la fameuse photo du grand-père, qui résistait à toutes les épreuves. Si Harold ne parvenait pas à fermer l'œil, c'était surtout par angoisse. La journée, il devait subir les émotions de Loula. Il devait aussi supporter sa propagande pro-June, ce qui ne l'aidait pas à garder son calme. Et la nuit, alors que le sommeil de son hôte aurait pu lui permettre de relâcher la pression, voilà qu'il pensait à l'enterrement. L'appréhension grandissait. Plus la cérémonie approchait et plus Harold se tendait. Il redoutait la foule qu'il avait tant fuie, celle qu'il avait mis tant de soin à éviter ces dernières années. Il craignait également la confrontation avec les Éphémères à qui il reprochait son propre désespoir, celui de n'avoir pu changer de vie. Sa dernière immersion en masse humaine s'était conclue par la perte de son grand-père et celle de son avenir. Se retrouver à nouveau dans cette position l'épuisait d'avance.

— C'est le grand jour, Harold !
— Pas besoin de frapper à la porte, je te sens arriver, tu sais…
— Je ne peux pas être plus discrète. L'absence d'émotions, que tu le veuilles ou non, n'existe pas.

— Sauf quand on meurt.
— Pardon ?
— Rien.
— Pour quelqu'un qui voulait devenir immortel, ça me fait doucement rigoler. Allez, habille-toi et fais un effort s'il te plaît. Si tu ne viens pas par volonté, fais-le au moins en soutien à ceux qui seront présents.

Le garçon en caleçon se tut. Malgré la fierté et l'entêtement qui le caractérisaient, il savait bien l'importance de ce rassemblement. Il fut un temps où il estimait son grand-père. En mémoire de cette douce période, il voulait bien insuffler à son corps un ultime sursaut d'énergie.

— Après ça, qu'on ne me demande plus rien, déclara-t-il finalement, en enfilant son pantalon.

Loula partit chercher son sac et attendit son petit-fils. Celui-ci la rejoignit peu de temps après, les cheveux en pagaille.

— Je t'ai préparé du café !
— Tu aurais dû commencer par me dire ça...

Une goulée plus tard, on sonna à la porte. Avant même de les voir, Harold reconnut les individus. Sa mère et sa tristesse d'orpheline, son père et son éternelle douleur au poignet. Loula l'avait guéri des dizaines de fois, mais il se le coinçait régulièrement. Il faut dire que Varek n'hésitait pas à utiliser sa force surhumaine et les conséquences s'avéraient souvent douloureuses.

Immédiatement, Harold se prit d'un mal de tête.

— C'est parti, soupira-t-il.
— Courage, prononça tendrement sa grand-mère, alors qu'elle se dirigeait vers la porte d'entrée. Tu es costaud, tu vas t'en sortir comme un chef. Et plus tard, tu pourras dire que l'enterrement de ton grand-père a été ton meilleur entraînement. Ton don ne sera alors qu'une qualité de plus !

— Ouh là, ne t'emballe pas, mamie !

Loula remercia sa fille et son gendre d'avoir évité la cuisine pour leur atterrissage. Cette fois, ils s'étaient téléportés dans le salon. Ceux-ci rétorquèrent qu'ils en avaient marre de lui rembourser sa vaisselle. Le couple jeta un coup d'œil à leur fils et lui sourit. Ils n'osèrent pas l'étreindre et Harold apprécia cette petite attention. À ce même instant, un filet de joie atteignit son récepteur à émotions, comme un courant d'eau chaude dans un lac gelé.

— Alors, ça a été ? chuchota Colette à l'oreille de sa mère.

— Il n'a pas voulu comprendre, il n'a pas dormi, peu mangé, mais au moins il m'a écoutée. On verra bien si la graine que j'ai semée dans son esprit germe un jour...

— Pour l'heure, il faut y aller, on va être en retard, annonça Varek d'une voix grave. Fils, ta main.

Croyant d'abord que son père le prenait encore pour un gamin, Harold se souvint du contact obligatoire pour la téléportation. Lassé d'avance à l'idée de refuser, et heureux d'éviter les transports en commun, le jeune homme tendit sa paume. Son père l'attrapa avec vigueur et de l'autre, empoigna celle de sa femme. Le petit groupe avait formé un cercle. Quelques secondes plus tard, celui-ci apparut devant un immense portail en fer forgé. Les passants qui s'y trouvaient ne sursautèrent même pas. On commençait à s'habituer aux démonstrations publiques des Éphémères. Voir un mortel apparaître ainsi, c'était comme être arrosé par une soudaine averse tropicale. Au pire, ça faisait sursauter. Au mieux, le soleil effaçait toute trace de l'épisode aussitôt la pluie cessée.

Au-dessus du portail, Harold put lire « Cimetière des Éphémères ».

— Ah, parce qu'il y a des cimetières d'Éternels ? »Sont cons ces humains...

— Le Cimetière des Éphémères rassemble ceux qui ont participé de près ou de loin au changement de constitution. C'est un peu la première vague de mortels officiels, expliqua Loula. Maintenant, pardonne-moi, je vais aller saluer les amis. Tu peux me suivre, je ne t'en empêche pas, mais je te laisse prendre le temps nécessaire.

Harold tourna la tête et vit ses parents et sa grand-mère disparaître au milieu d'une foule d'individus. Il en reconnut la plupart. Certains l'avaient même gardé quand il était petit. À l'époque, le petit-fils Tag était encore sociable et plein d'entrain. Personne n'aurait alors parié sur sa future retraite en studio isolé. Non prévenues de son changement de comportement, plusieurs personnes le saluèrent déjà. À commencer par Jackpot. Le vieil homme le connaissait bien : son grand-père n'était autre que son meilleur ami.

— Harold, c'est bien toi ? Tu as grandi bonhomme !
Qu'est-ce que tu deviens ?

Loula lui avait déjà donné des nouvelles, mais Jackpot préférait connaître la version de l'intéressé. Harold ne put éviter la franche accolade. D'autant qu'il n'avait nulle part où fuir. Les funérailles ne faisaient que commencer et la foule grossissait à vue d'œil, occupant déjà une bonne partie du parvis.

— Pas grand-chose... Je suis... malade.
— Rien de grave, j'espère ?
— Ça dépend de votre notion de la gravité. Bref, on n'est pas là pour parler de moi aujourd'hui...
— Il faut me tutoyer Harold, je t'ai changé tes couches plus d'une fois !

Le garçon regardait au loin, assailli de toutes parts par un flot d'émois extérieurs. Un sentiment prenait le dessus sur le bouquet multicolore d'émotions. C'était celui du manque. Après le décès de Bernie, le père fondateur du Repaire, June avait fait partie des piliers de la communauté des mortels. Petits et grands regrettaient sa disparition. Quelques larmes commençaient déjà à recouvrir les joues des invités. Harold sentait son cœur accélérer dangereusement. La crise d'angoisse n'était pas loin.

— J'ai su que tu avais choisi l'immortalité... Désolé pour le changement de programme petit... Je suis sûr que tu trouveras ça chouette, l'éphémérité. Un peu de patience, ça va venir ! Tu vas faire de grandes choses, j'en suis sûr.

Jackpot lui gratta la tête, Harold ne répondit pas. Il regardait ses pieds.

— Allez, ne reste pas dans ton coin, je vais te présenter des amis. Tu ne dois pas te souvenir d'eux, tu étais bien trop jeune.

Jackpot attrapa le jeune homme par le bras. Celui-ci, perdu dans cet environnement qu'il jugeait hostile, se laissa faire. Son regard de noyé témoignait de son état de stupeur. Parmi les visages tristes, le sien passait tout de même inaperçu, à son grand soulagement. En quelques secondes, il se retrouva entouré de quatre personnes âgées. Celles-ci s'étaient manifestement mises sur leur trente-et-un et le reluquaient. Sous leurs yeux plissés, s'affichait un sourire fatigué.

— Harold, je te présente Quatrième, Paola, Lewis et Numéro-Deux. Les copains, voilà celui qui s'amusait à nous faire tourner en bourrique dans les grandes salles du Repaire quand il avait deux ans. Vous vous souvenez comme il aimait jouer à cache-cache pendant nos rassemblements ? On ne l'arrêtait plus !

Le groupe se mit à rire et tour à tour, les joues s'avançaient vers Harold. Après les bises – une torture pour le garçon – vinrent les discussions.

— Tu as bien grandi ! s'extasia la femme qui s'appuyait sur des cannes. Ça te fait quel âge maintenant ?

— Vingt-trois ans.

— Ah ! L'âge le plus important de ta vie, se réjouit l'un des vieillards. J'espère que tu as fait le bon choix ! De toute façon, c'est trop tard !

Le groupe éclata de rire.

— Je sais bien…

Harold regardait les mains ridées qui s'agitaient autour de lui. Une image qui anéantissait définitivement toute envie de faire partie de la communauté. Ces gens se rendaient-ils compte de la déchéance humaine qu'ils promouvaient ? Comment pouvaient-ils se réjouir à l'idée de se friper, de perdre davantage de leur vitalité chaque année ?

C'était donc ça, leur projet de société ? Des humains en décrépitude ? Des vieux pour faire tourner l'économie ?

— Tu vois, nous avons tous grandi auprès de ton grand-père. On est un peu ses frères et sœurs, tu comprends ?

— Oui, oui...

— Tu as développé une capacité ? demanda Numéro-Deux, innocemment.

— Je ressens vos émotions...

— Oh ! Un hyperempathique, comme moi !

À cette annonce, Harold leva enfin les yeux vers son interlocuteur. Plus rien autour n'eut d'importance. Son handicap et son manque de volonté ne lui avaient pas donné l'occasion de discuter avec quelqu'un qui disposait des mêmes facultés. Maintenant qu'il se savait condamné à les subir, le témoignage d'une personne qui lui ressemblait l'intriguait. L'espace d'un instant, son mal de tête s'interrompit.

— June ne te l'avait pas dit ?

— Il m'avait raconté que tu avais du potentiel, mais n'avait pas donné de détails.

— Et donc ? se hâta Harold. Vous le vivez comment ? Pas trop difficile d'être là ?

— Et pourquoi ce le serait ? C'est le moment où on se sent le plus utile ! J'enlève un peu de tristesse et ça fait du bien à tout le monde... Et puis, c'est quand même hyper important de se revoir. Le temps passe à une vitesse...

Numéro-Deux jeta un bref regard vers le cimetière rempli de mortels.

— Chaque instant compte, tu sais. Depuis l'enterrement de Mars, on ne s'était jamais retrouvés aussi nombreux au même endroit. Ça fait plaisir !

— Je ne sais pas comment vous faites... Pour moi c'est un cauchemar de me trouver là...

— C'est la perte de June qui te rend si mal ?

— Ce qui me fait le plus mal, c'est cette sensation de devoir se trimballer toute la douleur du monde à chaque fois que je m'approche des humains !

— Honnêtement, ce que tu décris, je l'ai vécu peut-être un mois ou deux, quand j'étais petit. Mais très vite, j'ai trouvé mon utilité. Et surtout, je me suis beaucoup entraîné. J'ai rapidement appris à déclencher mon don sur commande. Quand tu vois la reconnaissance dans les yeux des gens, le soulagement des personnes lorsque tu leur viens en aide, tu te sens indispensable ! Pour rien au monde, je ne changerais de capacité.

— Inconcevable... À vous entendre, j'ai l'impression d'être un gros boulet. Soit je me coltine la version
« fardeau » de l'hyperempathie, soit je suis tout simplement une grosse brêle !

— Soit tu es particulièrement doué !

— Vous vous moquez de moi, là... C'est pas cool.

— Pas du tout, je suis très sérieux ! Si à ton âge tu continues d'avoir accès aux émotions des gens sans même les regarder ou les toucher, c'est que tu es extrêmement sensible. Ça fait sans doute de toi un excellent récepteur... C'est tellement dommage de ne pas exploiter ce genre de pouvoir !

Au lieu d'apprécier les encouragements de son interlocuteur, Harold sombrait dans l'angoisse. Il tremblait, suffoquait. Les cinq Éphémères se regardèrent, inquiets. Aussitôt, Numéro-Deux passa à l'action. Il posa une main sur l'épaule du jeune en pleine crise de spasmophilie, et instantanément, celui-ci s'apaisa. Ôté d'un mal, sans le vouloir, le garçon se mit même à sourire. Le soulagement était total.

Numéro-Deux, pour sa part, manqua de tomber. Sa voisine le retint par le bras.

— Ça va mieux ? fit l'aîné au gamin.

— Punaise, oui ! C'est vous qui avez fait ça ?

— Tu sauras en faire autant, et même bien plus, tu verras. Tout ce qu'il te faut, c'est un déclic. Le jour où tu trouveras quelqu'un qui aura vraiment besoin de toi, tu comprendras. Mais encore une fois, ce n'est pas magique : tout s'apprend. Entraîne-toi, jeune homme. Il y a encore des cours au Repaire, tu devrais t'inscrire !

Harold baissa la tête. La perspective de suivre des leçons d'hyperempathie l'effrayait. Années après années, il avait sculpté une terreur sociale qui l'empêchait de produire le moindre effort. Quant à l'idée de devoir se soumettre au monde imposé par les Éphémères, elle le rebutait. Sa fierté lui soufflait de n'en faire qu'à sa tête.

— Je ne sais pas...

— Quoi que tu décides, mon ami, je suis là si tu as besoin. Autant que mon expérience serve aux plus jeunes ! D'ailleurs à ce propos, Paola, que devient ton petit-fils Félix ? Il n'aurait pas fêté ses vingt-trois ans, récemment ?

Tandis que la télépathe septuagénaire racontait les exploits de l'enfant de son fils unique, Harold se plongea dans ses pensées. Les explications de Numéro-Deux l'avaient chamboulé. Malgré ses efforts, il ne parvenait pas à imaginer ses capacités comme des outils. Lui se sentait atteint d'une maladie grave dont il ne se sortirait pas indemne. Pour autant, l'hyperempathique qui se trouvait en face de lui, bien qu'âgé, semblait mille fois plus en forme que lui. Un comble.

Une voix couvrit les centaines d'autres, et sortit Harold de ses réflexions. C'était celle de Loula.

— Chers amis, merci d'être venus en si grand nombre. Si vous le voulez bien, nous allons rentrer dans le cimetière où le cercueil de June nous attend. Comme vous le voyez, les médias sont nombreux, autant garder un peu d'intimité. Après la mise sous terre, nous prendrons un verre au Repaire.

La foule applaudit, puis s'engagea par l'ouverture de l'immense portail. Les journalistes restèrent à l'entrée : Varek et Accident les empêchaient de s'infiltrer. À l'intérieur, les pierres tombales ne se repéraient pas au premier coup d'œil. En fait, le cimetière ressemblait plus à une forêt qu'à une nécropole. C'est en regardant le sol qu'Harold remarqua les dalles de pierre verticales. Elles émergeaient du tapis de feuilles mortes à intervalles réguliers, chacune plantée devant un arbre. Taillées en demi-cercles, les plaques funéraires affichaient les noms des personnes disparues. Pas une seule croix à l'horizon. Le concept de la religion avait été quelque peu oublié depuis que le Bogolux était devenu obligatoire. Récemment, les églises et les lieux de culte refaisaient surface. Mais l'influence ecclésiastique n'avait pas encore atteint les nouveaux cimetières. Des arbres luxuriants, aux couleurs d'automne, surplombaient la scène. Celle d'un espace de nature et de recueillement, déjà occupé par une bonne partie de la foule. Les chapeaux haut-de-forme et les coiffes croisaient les branchages, tandis que l'assemblée rejoignait progressivement le lieu de rendez-vous. Comme pour marquer le coup, le vent se calma, laissant un peu de répit à l'assemblée. Au fond du cimetière, Loula, Colette et Jackpot attendaient le reste du cortège devant une grande cavité creusée à même la terre. À quelques mètres, un cercueil reposait sur une table, près d'un jeune arbre en pot. Les proches de June s'approchèrent du lieu de rassemblement. Certains se dirigèrent d'abord vers le corps du défunt, de sorte de lui adresser un dernier regard. D'autres préférèrent rester éloignés. Harold se tint d'abord à distance, observant le manège des invités à proportion gardée. Car en tant qu'hyperempathique, il savait qu'en termes d'émotions, aurait lieu ici le clou du spectacle. Le pic d'activités. Dès que quelqu'un rendait hommage à June, il quittait le cercueil les joues mouillées. Chaque fois, une vague de chagrin déferlait dans l'esprit d'Harold, tandis que l'auteur des sanglots cessait aussitôt de pleurer. En vraie éponge, le jeune homme cumulait toute la tristesse du groupe. Heureusement pour lui, Numéro-Deux participait aussi à la tâche. Parce qu'il le voulait bien, et parce qu'il voyait Harold en pleine tourmente, l'aîné puisait à son tour la douleur de celui-ci. Il préférait soulager le jeune hyperempathique plutôt que les personnes endeuillées. En homme expérimenté, il savait l'importance de l'expression des sentiments. Il n'était pas question de les extraire à la moindre occasion. Même négatives, les émotions permettaient d'évacuer le mal-être et de rester en bonne santé. Un sentiment refoulé se transformait souvent en maladie. Il était question de se purger de ses maux, et les larmes en étaient un excellent vecteur. « Mais ça, Harold l'apprendra plus tard », pensa Numéro-Deux.

Bien trop focalisé sur sa propre amertume, Harold ne se rendait compte de rien. Pourtant, cela faisait une heure, désormais, qu'il parvenait à rester en présence de centaines d'individus. Cela ne lui était pas arrivé depuis des lustres. Et malgré le mal de tête et l'épuisement, le petit-fils de June s'en sortait bien.

Il hésita, puis sans réfléchir, se posta au bout de la queue. Celle qui menait au cercueil. Il regretta aussitôt, mais n'osa plus quitter sa position, se sentant bien trop honteux à l'égard de sa grand-mère. Lui qui l'avait rendue chèvre pendant deux jours pour ne pas se rendre aux funérailles de June, faisait partie de ceux qui souhaitaient lui dire au revoir. Loula ne put s'empêcher de sourire. La moquerie comprise par Harold n'était chez la veuve, qu'une sensation d'accomplissement. À mesure qu'il s'approchait de la table du défunt, le petit-fils se rassura tant bien que mal. Après tout, la seule personne qui ne lui communiquerait aucune émotion, pour le coup, c'était bien June.

Le dos du manteau rouge qui lui barrait la vue quitta finalement la file, ainsi que son champ de vision. À la place, un cercueil. Aucun couvercle. En avançant, il pourrait voir le visage de celui qui l'avait trahi. Harold inspira une grande bouffée d'air et fit deux pas. Suffisamment pour faire face à ce qui le hantait depuis près d'une semaine.

Habillé en costume blanc, June reposait, élégant, sur un duvet de pétales de coquelicots. Harold ne voulut pas immédiatement se confronter à la tête du défunt. Il observa ce qui l'environnait. La boîte dans laquelle il reposait ressemblait plus à une cagette de légumes qu'à un caveau de famille. Le bois, particulièrement fin, semblait pouvoir craquer à tout instant. Un raclement de gorge derrière lui pressa Harold. Ses yeux se posèrent alors sur les paupières fermées de son aïeul. Sa peau, souple et légèrement rosée, inspirait la sérénité. Les longs cheveux blancs, bien connus de June, entouraient un visage bienveillant. D'abord sans réelle émotion – ce qu'il apprécia – Harold continuait de parcourir des yeux le corps du défunt. Mais lorsqu'il posa son regard sur les mains, un profond désespoir l'envahit. Comme un orage venant de nulle part, il éclata en sanglots. Ces mains, il les avait tenues plus d'une fois. Elles lui rappelaient les jeux qu'ils faisaient, lorsqu'il était petit. Elles évoquaient aussi leur lien, car ses propres poignes étaient dessinées sur le même modèle. Ses doigts apparaissaient aussi musclés que ceux de son grand-père. Pourtant, il n'avait encore jamais travaillé. Ces pattes d'ours, ils les avaient agrippées à sa dernière visite à l'hôpital. Lorsqu'il avait découvert, horrifié, son cadavre. Comment avait-il pu l'abandonner ? Lui faire vivre cette détresse qui le tiraillait tant depuis son anniversaire ?

Loula vint à la rescousse de son petit-fils. Le garçon, en larmes, avait du mal à tenir sur ses jambes. Elle l'accompagna jusqu'au reste du groupe, puis se rendit à son tour auprès de son mari. Après un court silence et quelques larmes, elle fouilla dans sa poche et en sortit un sachet de graines. Elle vida son contenu dans le cercueil, puis fit un signe à deux hommes. Alors que ceux-ci refermaient le cercueil, la guérisseuse se positionna derrière un pupitre, installé pour l'occasion sous un saule pleureur. Harold, encore essoufflé, regarda sa grand-mère.

— June fait partie des êtres qui ont décidé que leur existence valait autant que leur mort. Il aura sans doute suivi l'exemple de Bernie, son papa adoptif. Depuis son arrivée au Repaire jusqu'à son décès, June Tag a tout donné, tout fait pour assurer le bonheur de ceux d'après. Il a su s'inspirer de ses proches, de son expérience et de ce que lui insufflait son don de prémonition pour prendre les décisions qui s'imposaient. Après avoir permis le changement de constitution, June a continué d'œuvrer pour les Éphémères, mais également pour tous les êtres humains. Il a longtemps encadré des entraînements auprès de jeunes mortels, puis il a participé à son ultime mission. La suppression du bogo marquera sans doute sa plus grande réussite. Alors oui, June avait des défauts. Il était têtu. Il a par exemple préféré servir de cobaye aux infirmières, quitte à en mourir, plutôt que de rester quelques années de plus auprès de nous. Il était également très secret, et je suis sûre que l'avenir nous révélera certains mystères à son sujet.

Loula s'interrompit un instant pour demander de l'eau à son amie Joy. Celle-ci lui tendit une bouteille. Une gorgée plus tard, la femme, émotive, reprit son discours sous les yeux attentifs de l'assemblée.

— Avant de nous quitter, June m'a fait part de quatre volontés. Toutes seront respectées. Il souhaitait d'abord être enterré sous un prunier, car l'idée que l'on goûte au fruit de son être l'amusait.

Quelques rires étouffés animèrent la foule silencieuse.

— Il voulait aussi que je jette des graines de coquelicots dans son cercueil. Je lui ai bien dit qu'à trois mètres de profondeur, ça ne risquait pas de pousser, mais je me répète : il était têtu.

Les rires prirent de l'ampleur.

— Enfin, June voulait un enterrement joyeux. Il disait que la mort était la partie la plus intéressante de la vie, car elle représentait à la fois la fin et le début. La fin d'un projet, le début d'un autre. Sa nouvelle mission consiste donc à laisser de la place aux suivants sur cette terre, et à nourrir ce foutu prunier ! s'exclama Loula, soudain prise d'un éclat de rire, elle aussi.

Elle se reprit et conclut :

— Enfin, pour ce qui est de sa quatrième volonté, je vous laisse la découvrir par vous-même.

Harold s'étonna du changement de ton de la commémoration. Le flot de tristesse qu'il avait jusqu'à présent ressenti finit par se tarir. Dans un silence digne d'une salle de théâtre, trois personnes encadrèrent le défunt. C'était Quatrième, Hasard et Victoire, des télékinésistes issus de la première génération d'Éphémères. Trois grands amis de June. Ils se concentrèrent, et très vite, le cercueil se déplaça par l'effet de leur pensée collective. Sans un bruit, la boîte lévita vers le caveau et s'engouffra au fond. Soudain, l'atmosphère se troubla. L'air prit une teinte brune. C'était de la terre en suspension.

Les télékinésistes transvasaient le tas qui se trouvait près d'eux, vers le trou. À mi-hauteur, le trio s'arrêta et scruta le prunier en pot. Toujours par la pensée, ils l'extirpèrent du récipient en céramique, le transportèrent et le plantèrent au milieu de l'emplacement dédié. Enfin, le reste de terre fut déplacé, puis aplani avant d'être recouvert d'une stèle à l'effigie de June.

Le numéro terminé, l'assemblée applaudit.

Soudain, un bruit se fit entendre. Comme si quelqu'un frappait sur une porte en métal. Tout le monde se regarda, affolé. Harold reçut l'inquiétude générale comme une nouvelle flèche dans son corps.

« Toc toc toc », répéta le bruit.

Le son semblait provenir du caveau.

« Hé ho, » y a quelqu'un ?! »

La voix étouffée ne ressemblait à aucune autre : c'était celle de June.

Dès qu'il reconnut son grand-père, Harold crut qu'il allait tomber dans les pommes. Il jeta alors un œil interrogateur à Loula, qui, insensible, savait manifestement déjà ce qui allait se passer. Il ne sut si cela le rassurait ou non, et dans le doute, écouta la suite.

« Je suis enfermé ! SORTEZ-MOI D'ICI ! »

Quelques rires maladroits s'élevèrent, tandis que la majorité ne savait sur quel pied danser.

« Vous m'avez enterré vivant, je vous ai menti, JE SUIS IMMORTEL !!! »

CHAPITRE 9

Dommages collatéraux

— C'est terrible, on se croirait de retour au vingt et unième siècle !
— À quel propos monsieur ?
— Votre cravate, bien sûr.
Julot s'empressa de desserrer le nœud autour de son cou.
— Mais non, idiot ! Je m'en fous de votre cravate à pois ! Je parle des finances... Elles sont au plus mal !
Julot se ressaisit. Il avait l'habitude de se soumettre à chacune des exigences du monarque et cela devenait un réflexe. Si celui-ci n'avait pas aimé sa cravate, il l'aurait retirée sur-le-champ. Il aurait même porté un slip sur la tête, pour lui faire plaisir.
— L'économie du pays a terriblement chuté depuis quarante ans, monsieur. Il me semble vous avoir déjà alerté à ce sujet. Après la nouvelle constitution, c'était attendu...
— Je le sais bien, vous ne m'apprenez rien. Mais les derniers chiffres sont particulièrement alarmants. Tenez, jugez donc par vous-même. On s'apprête à tomber sous le seuil du crash de 2035... Vous vous rendez compte ?!
Benoît Venture tendit sa tablette à son conseiller. Sur l'écran, Julot découvrit l'ampleur des dégâts. La courbe ressemblait à une piste de ski alpin. Une piste noire.

— En effet, c'est en déclin monsieur. Que comptez-vous faire ?

— Je ne sais pas mais ce qui est certain, c'est que nous ne pouvons continuer ainsi. Si la quête du bogo échoue, ce sera définitivement la fin. Nous devons dès à présent trouver des solutions pour remonter la pente.

— Si je peux me permettre, monsieur, ne faudrait-il pas se baser sur des travaux de spécialistes ?

— Si vous parlez de ministres, hors de question. On n'est plus au temps de la Vème République, Julot. Tout seul, on s'en sort bien mieux. Pas besoin de ces sous-fifres qui un coup vous lèchent les bottes, un coup vous trahissent. Des sous-fifres oui, mais sans aucun pouvoir de décision.

— Je suis là, moi, monsieur.

— Oui, vous êtes un sous-fifre. Mais n'allez pas imaginer que votre expertise va nous sauver. Vous n'êtes même pas capable de compter correctement les sous qu'on vous rend à l'épicerie d'en face. Alors, redresser le pays... Allons, restez à votre place.

Il y avait de cela deux siècles, Julot recevait le diplôme d'expertise économique de la prestigieuse faculté Renoir et s'apprêtait à intégrer un grand cabinet de conseils. Or à l'époque, particulièrement appâté par les gros revenus et la reconnaissance, il s'était finalement laissé amadouer par l'univers de la politique. Il pensait mettre entre parenthèses sa carrière d'économiste, pour mieux la retrouver plus tard. Mais l'enivrante injection de Bogolux aidant, Julot s'était peu à peu endormi sur ses rêves. De directeur du bureau d'études du Palais, il était devenu expert-comptable, puis assistant au ministère de l'Économie. Lorsque les postes de ministres avaient été supprimés, il avait fini conseiller personnel des frères Venture. Finalement, s'il en avait gardé le titre, son métier se résumait plus à celui de domestique, ou de confident. Au lieu de grimper les échelons, Julot les avait descendus.

Malgré ses défauts, Charles Venture, de son vivant, avait au moins l'élégance de reconnaître les compétences de Julot Drécourt. Benoît

Venture, de son côté, demeurait bien trop imbu de sa personne pour remarquer ne fût-ce que la présence d'autrui. Depuis la mort de son frère, Benoît avait ainsi réduit le quotidien du valet à celui d'une misérable plante verte. Chaque jour, le serviteur devait redoubler de silence et de patience pour gagner le droit de s'abreuver.

Alors, si Julot disposait des connaissances requises pour aider son patron à relever le pays, il préférait se taire. Il gardait ses idées en tête, mais ne les partageait pas.

— Et votre collègue des États-Unis, elle en pense quoi ?

— Vallerian Sandler ? Elle m'a envoyé un mail, ils en sont presque au même stade. Leurs stocks de Bogolux sont encore plus réduits que chez nous. Ils en sont à baisser les salaires et augmenter la taxe d'existence. Vous voyez le topo ! Nous ne sommes pas les plus à plaindre… Mais il faut trouver une solution planétaire avant que l'épidémie ne nous gangrène totalement. Les Éphémères ont littéralement détruit le système productiviste, et on en paie les frais, jour après jour.

— Si je peux me permettre, monsieur, n'y avait-il pas déjà eu une crise avant l'Ère d'Éternité ? Vous l'avez nommée, d'ailleurs. Celle de 2035… Les Éphémères n'existaient pas encore…

— Évidemment que si, tout le monde était mortel à cette période-là.

— Si je ne m'abuse, la crise a été causée par le capitalisme à outrance, l'utilisation exagérée de la planche à billets et l'assèchement des gisements de pétrole, monsieur. C'est le cumul des trois qui a provoqué le krach boursier. Pas le fait de pouvoir mourir…

Subitement, un coup de chaud traversa le corps de Benoît Venture. L'homme ne supportait pas la contradiction, surtout quand elle venait d'un subalterne. D'autant qu'il ne comprenait pas un piètre mot de ce que Julot venait de dire, ce qui le rabaissait davantage en son for intérieur. En tant que chef d'État, cela l'importunait profondément. Son inculture et son ignorance devaient rester inconnues du grand public. Toutefois, s'il ne saisissait pas les termes employés, le dirigeant devinait un semblant de sarcasme dans le discours de son interlocuteur. Ce dernier critiquait ouvertement la politique menée par le gouvernement : une situation inacceptable.

— Julot, vous parlez beaucoup trop.

— Oh, ne le prenez pas mal, monsieur. Je vous donne juste mon point de vue. N'ai-je pas raison, monsieur ? Dites-moi si je me trompe ! Quelle stratégie les humains suivaient-ils avant l'ère des Éternels ? Comment s'y prenaient-ils pour faire du profit ?

Le monarque se tut quelques instants. Il voulait prendre le dessus sur son valet, mais n'en avait pas les moyens. Les centaines d'années de Bogolux l'empêchaient physiquement de recouvrer la mémoire. Le produit réduisait considérablement les facultés mentales. Et de toute façon, même sans injection, il s'avérait difficile de remonter le temps sans entraînement ni professeur. En 2279, on omettait complètement l'Histoire de l'humanité. Du fait de l'absence d'enfants, l'école avait été abolie. La fermeture du dernier établissement avait d'ailleurs suivi la privatisation officielle de l'Éducation Nationale. Les sociétés privées qui se chargeaient alors de l'instruction scolaire s'étaient reconverties dans la formation de gendarmes et le dressage de chiens. Ce qui revenait quasiment au même. Depuis la nouvelle constitution, les enfants suivaient des cours à domicile, lorsque cela était possible, en attendant la réouverture des écoles. Ainsi, les cours d'histoire n'étaient plus donnés depuis belle lurette, ce qui limitait la culture générale. Les adultes, bien trop occupés par leur travail, n'avaient ni le temps ni la force d'ouvrir un livre. Encore moins une encyclopédie. Allumer la télévision demeurait le seul loisir des immortels. Et il ne fallait pas compter sur la programmation pour instruire la population.

Dans ce contexte, Benoît Venture dut produire un effort surhumain pour se rappeler à quoi ressemblait la société pré-immortem. Soudain, l'épisode du Grand Plan de Sauvegarde pour l'Environnement de 2043 lui revint à l'esprit. Un déclic s'opéra dans la tête du dirigeant. La solution était toute trouvée.

— Avant, pour faire du profit, on puisait les ressources de la Terre. Tout simplement. La planète est riche, nous nous appauvrissons... N'y a-t-il pas comme une incohérence ?!

— Cela fait déjà quelques années que vous avez renoncé au pacte écologique... Le commerce d'énergies renouvelables était rentable, pourtant. Celui du nucléaire, un véritable gouffre.

Venture ne sut quoi répondre. Il ne disposait pas d'assez d'éléments. Pourtant, il avait la ferme conviction qu'il serait possible de retrouver de la richesse par le biais de l'exploitation de la nature. Mais uniquement si l'élite pouvait échapper aux conséquences.

— Il y a quelque chose que je ne comprends pas, monsieur. Vous aviez décidé de préserver la Terre, et puis progressivement, vous changez de stratégie. Que s'est-il passé ?

— Nous préparons une solution de repli, désormais. Nous ne serons peut-être pas obligés de rester immortels sur un territoire détruit.

— Où comptez-vous aller ?

— Julot, vous posez bien trop de questions, et cela a tendance à m'agacer. Tenez, rendez-vous utile au lieu de me faire la discussion. Allez me chercher une injection et appelez-moi l'expert en économie.

— Mais, monsieur, je suis moi-même...

— Il n'y a pas de « mais ». C'est un ordre Julot. Dépêchez-vous !

Le domestique quitta la pièce. Outre l'humiliation qu'il avait l'habitude de subir et qui ne le touchait pas plus que cela, Julot observait la situation avec clairvoyance et impuissance. En réalité, il savait depuis longtemps qu'un tel système ne pouvait aboutir qu'à une crise considérable.

Au XXIe siècle, les humains avaient pillé la planète. Certes. Mais ils avaient également appauvri une très large part de la population. Ainsi, malgré le profit obtenu par l'industrialisation du secteur agroalimentaire, notamment, les consommateurs n'étaient plus en capacité d'acheter. Quant aux riches, ils n'injectaient plus assez d'argent dans l'économie réelle. L'arrêt des prélèvements de pétrole avait donné le coup de grâce aux finances. L'instauration du Bogolux à vie avait alors permis de redresser l'économie mondiale et de sortir de nombreux pays de l'endettement. Avant tout, l'immortalité avait servi de garde-fou à la crise sociale latente, qui sans cette transition démographique, aurait détruit le système.

En dépit de la raison et du bon sens, n'ayant aucun esprit contradictoire auquel se confronter, l'ultralibéralisme avait ainsi perduré. La classe sociale médiane s'était dissoute, comme par magie. En fait, elle avait fusionné avec la classe inférieure. Désormais, il existait les ultra-riches, et les ultra-pauvres. Ces derniers représentaient également la masse populaire la plus importante. Seules trois familles détenaient à présent les richesses du pays. Les Venture, les Bion, et les Claverton. Voilà pourquoi le gouverneur ne voyait aucun intérêt à changer le fond de sa politique. Perdre ses propres avantages constituait le pire scénario imaginable. Cependant, faire perdurer le système capitaliste sans Bogolux mènerait forcément la nation à une nouvelle crise. Julot désirait partager son expertise, tirer la sonnette d'alarme et proposer une méthode révolutionnaire, viable pour tout le monde. Mais ses discrets appels du pied s'étaient tous soldés par la même déconvenue. Son chef préférait faire appel à Johan Keller, un économiste reconnu pour son absence d'éthique. Celui-là sortirait peut-être le pays d'un énième fiasco boursier, mais il serait prêt à toutes les contreparties. Avec Keller, il fallait s'attendre aux plus grands excès, aux pires désastres. Pour autant, Julot n'avait pas le choix. Il s'exécuterait sans broncher.

Vingt minutes plus tard, le serviteur frappa à la porte du bureau royal en compagnie de l'économiste. Il déposa délicatement un plateau sur une desserte près de son maître, avant de se réfugier contre la porte. Sa docilité était telle qu'il disparut tout en restant présent. Julot redevint un simple accessoire de décoration et se fondit dans le mur. Malgré tout, il se tenait prêt à répondre au moindre caprice du monarque.

— Johan, approchez voyons, ne restez pas debout ! lança le président, complaisant.

L'homme à la moustache en guidon ne se fit pas prier. Il se réjouissait d'avoir été convié, cela lui promettait une belle prime. Benoît Venture lui tendit une seringue de Bogolux, comme s'il s'agissait d'un cigare onéreux. Le produit véritable, devenu si rare par les temps qui couraient, provenait du coffre présidentiel. L'expert accepta, et tous deux s'injectèrent le liquide jaune avec une certaine délectation. Détendus, rassasiés, les deux hommes reposèrent les seringues vides sur le plateau. Le gouverneur rapprocha sa chaise de son interlocuteur et posa ses coudes sur le bureau de cristal. Ses pupilles se dilataient à vue d'œil.

— Cher Johan, j'ai une mission de la plus haute importance à vous confier. Le pays sombre peu à peu dans une nouvelle crise. À part un miracle, je ne vois pas ce qui pourrait nous en préserver. Il s'agit d'une crise mondiale. Je voudrais que vous nous soumettiez un plan d'action que je proposerai à l'ensemble de mes partenaires internationaux.

L'économiste releva ses lunettes et se tripota les moustaches.

— Où en êtes-vous de la pêche au bogo ? L'Ère d'Éternité représentait notre meilleure période sur le plan financier... Au CAC 40, Pharmabion enchaînait les records. La récente chute a été brutale pour les traders.

— La recherche est en cours, je n'ai pas de nouvelles de mes équipes pour l'instant. Mais ça ne saurait tarder. Certains sont partis sur la Terre d'Amande.

Le nom propre fit sursauter l'économiste. Une lueur traversa son regard.

— Voulez-vous éviter la crise, ou bien faire fructifier les finances ?

Des dollars s'affichèrent presque dans les yeux du dirigeant.

— Les faire fructifier, Johan ! Ce serait encore mieux, évidemment. Mais est-ce seulement possible ?

— M'imposez-vous des limites pour exécuter cette tâche, monsieur ?
— Donnez-moi quelques exemples, je vous prie...
— Les pertes végétales sont-elles autorisées ?
— Absolument.
— Animales ?
— Bien sûr.
— Humaines ?
— S'il le faut.
— On peut donc enfin briser complètement le plafond de verre de l'écologie ?
— C'est-à-dire ?
— Le Grand Plan de Sauvegarde de l'Environnement n'est définitivement plus d'actualité ?
— Il est déjà cassé, vous le savez bien...
— Pas officiellement.
— C'est vrai, car nous préférons rester sur nos gardes. Nous n'aurons peut-être pas suffisamment d'argent pour assurer notre fuite sur Mars. Il s'agirait d'augmenter les dépenses dans le domaine spatial, ce dont nous sommes incapables, pour l'instant. Et si nous échouons à la conquête de Mars, nous croupirons éternellement sur la Terre.
— Nous ne sommes même pas sûrs de retrouver un bogo, vous l'avez dit vous-mêmes...
— Et si c'était le cas ?
— Et bien, si la fin du monde approchait, vous pourriez toujours abandonner les injections.
— Ce n'est pas aussi simple que cela, avoua Benoît Venture, tremblant.

La seule évocation de la privation de Bogolux l'angoissa. L'homme claqua des doigts, et Julot quitta le bureau. C'était le signal de la seringue.

Johan Keller se leva.

— Monsieur, il faut savoir ce que vous voulez. J'ai là dans ma tête une stratégie imparable pour contrer la crise qui approche. Il y aura forcément des dommages collatéraux. Mais cette méthode de redressement vous assurera, à vous et à vos partenaires commerciaux et politiques, au moins un siècle de confort pécuniaire. À vous de voir.

L'économiste commença à partir, mais le président le retint.

— Attendez ! Je ne suis pas contre… Apportez-moi sur papier la marche à suivre et je la soumettrai à mes partenaires.

Johan fit volte-face.

— Vous êtes donc prêt au changement ?
— Tant que l'on sort de la crise, oui.
— Ça fera 1 million.
— Vous rigolez ?
— Quand le plan sera mis en place, ce sera un détail pour vos finances.

Les hommes se serrèrent la main, sous le regard désenchanté de Julot Drécourt. Le serviteur, dans l'encadrement de la porte, apportait deux nouvelles seringues.

CHAPITRE 10

Le saule pleureur

L'assemblée demeurait partagée entre le rire et l'effroi.

« Je plaisante mes amis ! Jamais je ne vous aurais trahis ! Je suis bel et bien un Éphémère, la preuve ! »

La foule jeta un œil à l'arbre qui se dressait devant eux.

« Je vous ai bien eus, hein ? Avouez ! »

Le cimetière ressemblait à un théâtre, la scène se situant dans le caveau de June. Le numéro séduit quelques invités, les autres restèrent perplexes, sous le choc.

« N'ayez crainte, ceci est une bande sonore. À l'heure où j'enregistre ces mots, je me trouve à l'hôpital. Désolé pour cette mauvaise blague, mon humour ne s'est pas amélioré avec la vieillesse. J'avais besoin de m'adresser à vous de cette façon, car cela fait bien longtemps que je n'ai pu vous voir tous réunis. Et je sais que mon enterrement sera l'occasion d'un rassemblement. Dommage que je ne puisse en être témoin. Alors voilà, j'ai disparu. Mes amis, rien ne disparaît en réalité. Je résiderai dans vos souvenirs, mais aussi dans ce prunier. D'ailleurs, je vous donne à tous l'autorisation de cueillir les fruits dès qu'ils seront mûrs, et d'en faire de la confiture ! »

Des gloussements se manifestèrent dans l'assistance, de même que quelques sourires supplémentaires. L'ambiance se détendit, alors que la diffusion de l'enregistrement suivait son cours. Les enceintes, placées autour de l'arbuste à peine planté, ajoutaient de la profondeur à la voix du défunt.

« Plus sérieusement, je vis aujourd'hui ce pourquoi nous sommes Éphémères. Nous tentons d'améliorer le monde et le futur des générations à venir, puis nous partons. C'est notre principale mission. À vrai dire, j'ai bon espoir pour l'avenir. L'humanité traversera des périodes difficiles, c'est certain. Mais je sais que l'effort des uns bénéficiera aux autres. D'autant que les humains ne sont pas les seuls habitants de cette planète. Le Vivant se relève toujours. La mort fait partie de la vie. Il faut donc la célébrer comme une naissance. Maintenant que tout le monde est réuni, s'il vous plaît, faites donc la fête ! Ne pleurez pas sur mon sort, tout va bien ! Dansez ! Chantez ! Et enfin, je vous en prie, n'attendez pas la mort d'un nouvel Éphémère pour vous réunir à nouveau… Le temps est précieux, il ne faut pas le gâcher. Pour finir, j'ai un message pour Harold. »

Tous les yeux se tournèrent vers le garçon. L'hyperempathique se pétrifia.

« Mon petit. Je sais que c'est difficile pour toi en ce moment. Si j'ai un conseil à te donner, c'est de suivre ton intuition première. Tes facultés te seront non seulement utiles à toi, mais aussi à des milliards d'êtres vivants. Tu verras. L'immortalité aurait gâché l'incroyable trésor que tu détiens. C'est aussi pour éviter cette catastrophe que j'ai participé à la destruction du bogo. Bonne chance à toi ! Au revoir, les amis, je vous aime ».

Loula fut la première à se mouvoir. Elle se dirigea au pied du prunier et y ramassa un dictaphone branché sur deux baffles.

— Les amis, si vous le voulez bien, je vous donne rendez-vous au Repaire, où nous pourrons célébrer le départ de June. Un beau buffet vous y attend, ainsi qu'une piste de danse et des jeux de société !

La foule approuva à l'unanimité, sauf Harold, hagard. Bientôt, les discussions reprirent, dans une ambiance de colonie de vacances. La morosité funéraire s'était dissipée. Elle avait quitté l'assemblée sans laisser de traces. Les visages rosis par l'air frais du cimetière allaient de pair avec la teinte des feuilles qui virevoltaient au gré du vent. Quelques minutes suffirent à ce que la terre qui recouvrait l'enveloppe de June disparût sous le tapis d'automne. Le regretté devin n'avait pas mis longtemps à rejoindre la nature à laquelle il appartenait. Un retour aux sources qui plaisait à Loula. La veuve s'était faite à l'idée du départ de son mari. Les mots de celui-ci l'avaient rassurée. Il faut dire que cela faisait des années que le couple conversait au sujet de la mort. La question n'était pas taboue. Il s'agissait de désacraliser cet événement pour mieux l'appréhender. Avant la constitution de 2240, le danger de mort pesait perpétuellement sur les Éphémères. Dès lors, ils y étaient largement préparés.

Ce n'était pas le cas d'Harold, né après la « guerre ». Lui craignait la mort comme la peste. Son face-à-face avec le décès de son grand-père lui restait encore en travers de la gorge. Alors que la foule commençait à quitter la tombe de June pour rejoindre le cortège en direction du Repaire, le jeune homme resta immobile, face au prunier.

— Tu nous rejoins ? lui demanda sa grand-mère, avant de quitter les lieux.

— Peut-être.

Loula soupira et partit, tirant derrière elle le lourd portail en métal. Une fois seul, Harold respira à nouveau. L'enterrement était finalement passé. Mais quelle aventure ! Se confronter à ces gens, ces émotions, ces tourments... Même décédé, son grand-père ne l'avait pas épargné. Quelle idée avait-il eu de diffuser un discours post-mortem ? S'était-il cru dans un film de mauvais goût ? Harold se tâta, il ne savait pas s'il aurait la force de retrouver les invités au Repaire. Il avait suffisamment enduré sa peine pour recommencer aussitôt après.

Un flash attira son attention vers le portail. Bientôt, plusieurs lumières blanches se succédèrent. Il lui fallut quelques secondes pour comprendre qu'il s'agissait d'appareils photo. June représentait l'un des piliers – si ce n'était le leader – des Éphémères, et les médias étaient évidemment au rendez-vous. L'enterrement de June Tag faisait partie des grands événements à relayer à tout prix. Alors, s'ils n'avaient eu l'autorisation d'entrer dans le cimetière, ils n'hésitaient plus à interviewer la famille dès que celle-ci était sortie.

Le cœur d'Harold palpitait à toute vitesse. En regardant au loin la foule, il se sentit d'abord comme un lion en cage. Le portail du cimetière formait les barreaux de sa prison. Au lieu de se confronter au public, le jeune homme préféra se tapir dans l'ombre. Il ferma les yeux et sentit alors une douce brise lui caresser les joues. Il focalisa son attention sur le son délicat des feuilles bercées par le vent. Très vite, le crépitement des flashs s'éloigna et il se surprit à ressentir de la sérénité. Enfin. En ouvrant les yeux, Harold regarda les gens postés derrière le portail d'une façon tout à fait différente. Désormais, il imaginait qu'ils étaient passés de l'autre côté de la barrière. Lui était libre, entouré de nature et d'arbres. Eux se trouvaient emprisonnés dans cette course aux scoops et à la vie urbaine. D'où venait cet apaisement soudain ? Était-ce l'absence d'humains ? Cette proximité avec la nature ? Le cimetière ?

Curieux de cette sensation inédite, Harold se leva et se retourna vers l'arbre le plus proche. Un saule pleureur. Ses longues branches, ces cheveux infinis, cachaient un visage sinueux, élégant. Son écorce noueuse et marbrée inspirait la confiance. Là, sous l'épais feuillage, Harold se sentit à l'abri. La lumière du soleil tapait sur les feuilles comme sur une ombrelle géante. Le jeune homme savoura le calme préservé par la toile végétale. Il apprécia la fraîcheur offerte par ce grand feuillu. Ému par ce bien-être si rare, cette impression oubliée depuis longtemps, le garçon ne put s'empêcher d'aller poser une main sur le tronc majestueux. Il se sentait appelé par cette force silencieuse, témoin de tant de saisons. Tant d'aventures. Au contact de ses doigts musclés sur cette écorce rugueuse et chaude, un bref coup d'électricité parcourut le cœur d'Harold, qui subitement, lâcha son emprise. Ramené à lui, le jeune homme retenta l'expérience, et la sensation, douce cette fois, se rapportait plus au bonheur qu'à tout autre émoi. L'arbre lui donnait la force et l'optimisme dont il avait tant manqué ces dernières années. Si bien qu'il resta à son contact durant plusieurs heures, et finit par s'endormir au pied du géant brun.

Harold fut réveillé en sursaut par un bruit qui n'avait rien de naturel. Le bourdonnement agressif s'accompagna d'une émotion désagréable, celle de l'ennui. Cet air de désespoir n'était pas le sien, mais celui du jardinier municipal. L'homme, posté derrière sa tondeuse, ne supportait plus ses journées de travail interminables. Et voilà qu'il fallait déloger un sans-abri. Comme s'il avait signé pour ce genre de tâches ingrates.

— Monsieur ! Vous devez quitter les lieux !

— Hein ? Et pourquoi donc ?

— Écoutez, j'ai pas que ça à faire, d'accord ? Je suis là pour tondre la pelouse, pas pour négocier avec un SDF.

— Non mais, est-ce que j'ai l'air d'un SDF ?

Les cheveux ébouriffés, la joue pleine de terre, les vêtements tachés : Harold en avait tout l'air.

— Vous vous moquez de moi, là ? Allez, soyez gentil. Je n'ai même pas une pièce à vous donner. J'ai tout filé à Pharmabion hier et je ne me sens pas mieux aujourd'hui. Quant à ma paie, elle ne compensera jamais ma dette. Me voilà condamné à produire cinquante heures supplémentaires par semaine si je veux m'en sortir. Et moi, je ne dors pas dans un cimetière pour mendier les pauvres âmes en peine. Je trime pour m'en sortir. Allez donc bosser et faites pas chier.

Harold resta sans voix. Partagé entre la colère et la stupéfaction, il ne sut immédiatement quoi répondre. Car ce qui l'affaiblissait et l'empêchait de réagir, résidait encore et toujours dans cette capacité paralysante. Les émotions humaines qu'il captait le fatiguaient davantage chaque jour. Pas de chance pour lui, il était né à une époque de dictature et de totalitarisme. Si bien que les choses n'étaient pas près de s'arranger. Les Hommes étaient voués aux émotions négatives et aux maux psychologiques de plus en plus fréquents. La joie des autres s'avérait déjà difficile à encaisser, Harold ne se voyait pas supporter toute la misère de la planète jusqu'à la fin de ses jours. Il lui fallait d'abord prendre du recul. Retrouver cette sérénité qu'il avait brièvement connue sous ce saule pleureur. Une sensation qui lui manquait déjà terriblement.

Voyant le jardinier sur le point d'appeler la police, Harold décida d'obtempérer.

— Ah, ça y est, vous partez ? Je vais pouvoir travailler tranquillement ?

Il attrapa son sac en silence et marcha péniblement en direction du portail de fer. Derrière l'immense entrée, plus aucun journaliste. Soulagé, Harold se jeta incognito dans la foule parisienne pour prendre le premier métro et rentrer chez lui.

Une chose était sûre, il n'y resterait pas longtemps. Car lorsqu'on a goûté au bonheur, on ne peut plus s'en passer. Dans le bazar d'un studio à l'abandon, le jeune homme fouilla pour retrouver son sac à dos. Il y jeta tous les vêtements qui lui tombaient sous la main. Le téléphone sonna, mais Harold l'ignora. À la place, il attrapa son passeport poussiéreux, juché en haut d'une étagère. Déterminé, le garçon quitta son deux-pièces et reprit sa marche effrénée. Il avança sans plus cesser en direction de ce qui, définitivement, l'appelait : la sérénité d'une forêt.

CHAPITRE 11

Le plan

— Monsieur, Johan Keller cherche à vous voir.
— Faites-le entrer !
L'économiste franchit la porte du cabinet présidentiel avec une assurance jalousée par le domestique. Ce dernier, pensif, alla se placer à son poste habituel, entre la porte et la bibliothèque. Mais le président le devança.
— Julot, vous sortez. Cet entretien est confidentiel.
— Bien, monsieur.
Le « bien » ne reflétait en rien la pensée du serviteur. À vrai dire, le vocabulaire des années 2200 était truffé de termes opposés à leur sens premier. Le roman de George Orwell s'était depuis longtemps concrétisé. Et si dans les années 2000, le parallèle littéraire était encore considéré comme une critique pertinente vis-à-vis de la dictature en marche, cela constituait désormais un fait établi. Une vérité que personne ne niait et dont aucun puissant n'avait honte. Le vocabulaire des contraires était d'autant plus assumé que les nouvelles générations ne bénéficiaient d'aucun point de comparaison. Ils n'avaient connu que cette façon de parler. Quant aux Éternels nés au début du vingt et unième siècle, et qui avaient donc vécu ce changement sémantique, cela ne les choquait plus. La mémoire leur

avait été confisquée par le Bogolux, en même temps que leur libre arbitre.

Les mots-contraires permettaient de limiter les risques d'opposition, de rébellion et de changement. L'horreur demeurait cachée derrière des termes rassurants, voire même adorables. C'était le cas dans tous les domaines, tous les secteurs. De la politique à l'industrie, en passant par l'agro-alimentaire. Ainsi, au lieu de proposer un bout d'épaule de vache ou un morceau de fesse de cochon, les bouchers vendaient de la « surprise », ou du « filet mignon ». Les personnes massacrées du fait de leur désobéissance au régime totalitaire, ou à une quelconque loi, n'étaient pas

« tuées », mais « prélevées ». Ainsi, les corps armés chargés de cette tuerie de masse ne culpabilisaient pas le moins du monde. Le vocabulaire inversé se pratiquait principalement en politique. Là se trouvaient les oppositions les plus flagrantes. Ainsi, le régime de Venture s'apparentait au « progressisme », à « l'amélioration » et la « démocratie angulaire ». L'angle étant celui d'un seul homme, évidemment. Les policiers, autrefois baptisés « forces de l'ordre », étaient devenus « garants de la liberté ». La prison s'appelait désormais « maison de l'ouverture ». Les journalistes d'État portaient le titre de « messagers de la vérité unique ». Enfin, les manifestations des immortels en colère contre Pharmabion, un temps calmés par le discours de monsieur Bion, s'étaient résumées en « grognes de sauvages ». S'il s'agissait de termes contraires à la réalité, ils restaient paradoxalement fidèles à l'opinion de l'élite et des financiers. Julot avait donc pris l'habitude d'embellir ses propos et finissait souvent par oublier son avis premier. Keller, quant à lui, maniait volontairement les mots-contraires et n'hésitait pas à en créer de nouveaux pour mettre en œuvre ses projets.

Une fois la lourde porte fermée derrière Julot, Johan Keller, un dossier sous le bras, s'approcha du bureau présidentiel, et y déposa les précieux feuillets. L'œil de Venture, humide d'excitation, s'ouvrit en grand.

— Beau travail, Keller.
— Attendez tout de même de connaître le contenu.
— Évidemment, répondit Venture, amusé par son propre emballement. Seringue ?
— Ça va aller, j'ai pris ma dose au réveil. Je ne voudrais pas finir par rajeunir à force de m'injecter l'or liquide.
— J'admire votre sobriété, cher Keller. Alors, que me proposez-vous ?
— À vrai dire, je ne vous propose rien, je vous prescris l'unique antidote aux maux de votre pays.
— Je suis tout ouïe.

Le gouverneur s'enfonça dans le rembourrage de son trône et esquissa un sourire intéressé. Son interlocuteur s'apprêtait à lui présenter le remède à ses pires cauchemars.

L'économiste étala les différentes feuilles de son programme et énonça le plan qu'il avait construit.

— Le projet s'établit sur six mois. Cette période à la fois courte et longue vous permet d'obtenir des résultats rapides, tout en maintenant l'attente de vos concitoyens à son paroxysme. Une façon de les pousser à effectuer des dons jusqu'au terme du plan. Dans le même temps, les résultats concrets interviendront au même moment que la fin de vos stocks de Bogolux. Ainsi, que vous ayez trouvé un nouveau cobaye ou non, vous garderez la main mise sur votre économie. Et si par chance, vous obtenez une nouvelle source d'éternité, alors ce n'est que du bonus.

— Quel est le programme ?

Le dirigeant n'en pouvait plus. Il voulait lancer le processus au plus vite.

— Deux axes vous permettront de relever le pays et le reste du monde, si ma solution est reprise par vos partenaires internationaux. Le premier levier sur lequel vous devez vous appuyer est la nature. La Terre regorge de ressources inexploitées. Vous avez voulu initier une transition écologique, car vous n'aviez pas d'autres recours.

Aujourd'hui, vous rebâtissez le secteur astronomique laissé à l'abandon. Si besoin, dans vingt ans, vous pourrez fuir sur Mars avec vos actionnaires. D'ici là, pourquoi ne pas tirer le maximum de bénéfices de la planète que vous allez quitter ? Je vous ai listé l'ensemble des sources de pétrole et de minerais, ainsi que leur valeur potentielle. Il faudra tout mettre en place pour extraire les richesses naturelles de ce monde. Il n'est plus acceptable de laisser dormir ces billets de banque sans agir. Vous me suivez ?

— Oui, mais nous n'avons plus les moyens, Johan !

— J'y viens.

L'économiste attrapa une nouvelle feuille de son dossier. Celle-ci ressemblait à une publicité pour un établissement bancaire.

— Géraldine Friever, de la Caisse Mondiale, a signé une attestation sur l'honneur. Un engagement en votre faveur. Elle se dit prête à vous octroyer un prêt à taux négatif afin de financer la recherche énergétique et l'extraction de pierres précieuses. Un crédit de 300 milliards de dollars sera établi. Selon mes calculs, dans deux ans, vous pourrez rembourser la moitié. Dans dix ans, Géraldine viendra vous quémander des sous, car sa banque sera moins riche que la nation.

Charles Venture explosa de rire. Il se délectait de la prévision.

— Continuez, fit-il. J'aime votre arrogance.

— Le deuxième levier consiste à relancer le progrès technologique. Celui-ci a été mis en veille à l'aube du lancement du Bogolux. Or, c'était une erreur économique manifeste. Nous avons perdu un temps considérable. Aujourd'hui, alors que l'immortalité touche peut-être à sa fin, il est temps d'optimiser ce temps et de trouver des alternatives. Les Hommes seront peut-être bientôt sevrés du sérum tant convoité. Celui qui permettait à l'ensemble des gouvernements de tenir leurs populations. Une autre drogue pourrait sérieusement concurrencer le Bogolux, monsieur.

— De quelle substance s'agit-il ?

— De la technologie. Des études ont démontré que les écrans et l'automatisation des machines demeuraient plus puissants que la cocaïne, en termes d'addiction et d'emprise mentale. Il est question de reprendre le progrès technologique là où nous l'avions laissé et de construire en parallèle une grosse campagne de communication. Cela va créer une multitude d'emplois et remplir les caisses de l'État. Car nous allons établir un partenariat avec Macros. Son PDG, monsieur Ussel, m'a déjà donné son accord oral pour travailler avec vous sur le développement de la robotisation du monde. N'oubliez pas qu'en 2021, un président un peu ambitieux a transformé la nation en une start-up. Depuis, ce potentiel incroyable n'a jamais été totalement exploité. Vous pouvez en profiter bien davantage ! Comprenez que vous avez la possibilité de travailler avec n'importe quelle entreprise en toute impunité, comme le ferait un entrepreneur lambda !

— Tout cela fait rêver, Johan. Mais quelque chose me chagrine. Vous dites que les machines deviendront de plus en plus performantes, n'est-ce pas ?

— Oui, elles pourront réaliser le travail de centaines d'hommes.

— Vous touchez exactement le problème que je m'apprêtais à aborder. Car cela signifie que des employés perdront leur travail…

— Ne me dites pas que cela vous pose un souci… Votre frère et vous avez licencié l'ensemble des ministres et députés du pays sans aucun remord.

— Cela ne me peine absolument pas. Seulement si les Français ne travaillent plus, comment voulez-vous qu'ils fassent tourner l'économie ? Comment achèteront-ils ces fameux outils dont ils seront dépendants ?

— D'abord, d'autres emplois seront créés. Il s'agira de proposer de nouvelles formes de contrats et de missions précaires. Pour se payer leurs gadgets, ils devront emprunter et accepteront absolument toutes les corvées que vous pourrez imaginer.

— Intéressant…

— J'oubliais, monsieur. En ce qui concerne les ressources de la planète, il ne s'agit pas seulement de réinvestir dans les énergies fossiles, mais également de raser les forêts.

— Les forêts, vous dites ?

— Oui. Ce sont des espaces inutiles qui permettraient aux agriculteurs de produire de l'alimentation bovine et porcine en quantité. Car évidemment, vous comprendrez la nécessité de miser à nouveau sur l'élevage et la viande. Une source financière inégalée. Nous n'avons jamais autant fait exploser les marchés de l'alimentation qu'à l'époque du carnisme.

Venture saliva en repensant au goût inimitable des côtes de porc de sa jeunesse, une saveur qu'il n'avait malheureusement pas su retrouver depuis.

— Cela fait vingt ans que nous avons relancé cette économie, Johan. C'est l'une des premières mesures qui ont suivi la nouvelle constitution. Une façon de compenser quelque peu cet échec cuisant.

— Il faudra redoubler d'efforts à ce niveau-là. Les animaux ne sont autres que des marchandises qui se reproduisent.

— En effet.

— Savez-vous que certaines forêts poussent sur des sources d'énergie considérables ? Regardez les chiffres ! Si nous avions extrait cet or noir, nous serions bien loin de l'assèchement pétrolier auquel l'humanité a fait face il y a quelques siècles !

Venture contempla la carte des puits de pétrole.

— Quelle est cette île ?

— La Terre d'Amande.

Le silence était empli de sous-entendus.

— On passe aux signatures ? conclut l'économiste, pressé.

Le dirigeant, convaincu, attrapa son stylo et se laissa guider par Keller. Il fallait parafer chacun des feuillets. Mais soudain, le dirigeant fut rattrapé par une peur ancienne et lâcha le porte-plume.

— Il y a un problème, monsieur ?

— Et les Éphémères ? Si ces rebelles se rendent compte de toutes ces réformes créées à l'encontre de leurs intérêts, ne pensez-vous pas qu'ils seraient prêts à tout ? Quitte même à me faire subir ce qu'ils ont fait à mon frère ? Ou pire : le divulguer au grand public ?

— Entre nous, monsieur, je pense qu'il est grand temps d'arrêter de s'inquiéter au sujet des mortels. Sans l'enjeu du Bogolux, ils ne valent plus rien. Ces artistes de rue n'ont aucune autre revendication que « mourir est la chose la plus importante du monde ». Abandonnez votre quête de bogo, et vous les aurez à votre merci. Ajoutez à la négociation de beaux appareils technologiques qui leur faciliteront la vie, ainsi qu'une exonération d'impôts, par exemple, et vous n'entendrez plus parler d'eux. C'est un simple jeu de logique. Cela s'est vérifié à de nombreuses reprises dans l'Histoire. Faites comme moi, révisez vos classiques. La corruption a permis de grandes choses.

— L'arrêt de la quête du bogo, vous dites ?

— Pensez à ce que vous y gagnerez…

— Officiellement, seulement. Je tiens à garder mon stock personnel…

— Cela va de soi, monsieur.

Après quelques secondes de réflexion, un mouvement de tête assura le ralliement définitif de Benoît Venture à la cause de Johan. Le plan fut adopté démocratiquement, le principe de majorité dépendant désormais de la valeur financière des individus. Le dirigeant détenait à lui seul quatre fois plus de richesses que l'ensemble des Français. Sans ces nouvelles mesures, il lui aurait simplement suffi d'investir sa trésorerie personnelle dans les services du pays. La nation aurait été sauvée. Mais il n'en était pas question. Mélanger le privé et le professionnel était un principe moral banni chez les Venture depuis des générations.

Les signatures clôturèrent les explications de Keller. L'heure était désormais au versement d'acompte et aux appels téléphoniques. Le chef de l'État s'apprêtait à négocier un pacte commun avec les autres gouvernements du monde. Les enjeux demeuraient les mêmes sur l'ensemble du globe, tout comme les systèmes politiques. Les arguments de l'économiste ne manqueraient pas de séduire l'ensemble de ses homologues internationaux.

Benoît Venture composa les numéros, confiant.

CHAPITRE 12

Projet de vie

— Salut, moi c'est Jeanne.
— Martin.
— Jeanne.
— Nico.
— Jeanne.
— Églantine.
— Vous venez tous pour l'atelier obligatoire ?
— Ouais.
— Moi je suis télékinésiste, fit Nico, pour éviter le blanc. C'est quoi votre don à vous ?
— Télépathie.
— Autoguérison.
— Et toi ?
— Rien.
Le silence tendu qui suivit la réponse était du genre à précéder les rires. Heureusement pour Jeanne, les jeunes de cette session semblaient suffisamment polis pour se retenir. Mais ils n'en pensaient pas moins, c'était sûr. Églantine, gênée pour la seule autre fille du groupe, chercha à détendre l'atmosphère. Mais sa méthode ne fit qu'empirer la situation.

— Rien de supranaturel peut-être, mais t'as forcément un truc en plus. Une faculté.
— Non, non, répondit Jeanne en fouillant dans son sac un objet imaginaire. Histoire de trouver une contenance, attirer l'attention sur toute autre chose.
— Mais si, insista la brune. T'es douée en informatique peut-être ? T'as d'excellents réflexes ? Une super mémoire ?
— Rien...
— Une vision nocturne ? renchérit Martin.
— Un odorat développé ? suggéra Nico.
— RIEN JE VOUS DIS, RIEN PUTAIN ! C'EST COMPLIQUÉ À COMPRENDRE OU PAS ?
— Pardon... lança maladroitement Églantine avant de se réfugier derrière son téléphone.

Les deux autres participants à l'atelier Projet de Vie l'imitèrent, songeant immédiatement à s'éloigner de la jeune femme. Un sentiment de dégoût s'immisça dans l'esprit des jeunes inscrits. Comme si Jeanne venait d'annoncer qu'elle s'était uriné dessus.

La concernée avait l'habitude. Chez les Éphémères de sa génération, « quel don as-tu » remplaçait le « que fais-tu dans la vie » de l'époque pré-immortem. Répondre « rien », c'était donc comme répondre « je n'ai pas d'emploi ». Une honte que Jeanne avait de plus en plus de mal à supporter. Si les embûches se présentaient déjà dans la salle d'attente, la jeune fille n'osait imaginer ce qu'elle allait devoir subir pendant l'atelier.

— Bonjour à tous, je suis Florence Berger. Vous pouvez entrer.

Les quatre participants prirent place sur les chaises de la salle en contreplaqué. L'odeur de peinture fraîche envahit les narines des jeunes adultes. Celle qui leur faisait face avait tout l'air d'une conservatrice. C'est en tout cas ce que se dit Jeanne en la regardant déambuler vers le vidéoprojecteur.

Ce qui était rare, voire incompréhensible trente ans auparavant, devenait tout à fait habituel en ces temps de division sociale. De nombreux enfants de mortels, n'ayant eu l'occasion de recevoir l'injection, car trop jeunes ou non autorisés par leurs parents, avaient viré de bord. Ils s'étaient laissé séduire par les promesses des dirigeants. Seuls l'accès à l'Éternité et les postes directement rémunérés par le gouvernement permettaient d'accéder au succès et à la gloire. En attendant sa première dose, Florence Berger avait misé sur la deuxième option. Elle avait la vingtaine et prenait un certain plaisir à animer les ateliers P.V. Toutefois, elle préférait de loin avoir affaire à des immortels. Pour la session du jour, c'était raté. Son dynamisme et son regard vif traduisaient l'absence de produit chimique dans son sang. Mais le poste qu'elle occupait, ses vêtements de marque et surtout son pin's en forme de poisson placé sur sa poitrine prouvaient que Jeanne ne s'était pas trompée.

— Si vous vous trouvez ici aujourd'hui, c'est parce que vous avez reçu une convocation. Que vous ayez choisi l'immortalité ou non, vous avez pour obligation de travailler. À l'issue de cet atelier, vous devrez définir votre projet de vie et accepter une offre d'emploi que nous vous proposerons. Le programme dure toute la journée. Nous allons commencer par un tour de table, si vous le voulez bien.

Du haut de ses talons aiguille, l'animatrice dédaigneuse jeta un regard au premier participant, assis à gauche de la table.

— À vous. Votre nom et votre don.

« Ça recommence », pensa Jeanne, le cœur battant.

— Martin Fribourg, télépathe.

— Très bien Martin, la gendarmerie propose de nombreux emplois. Ils recherchent des gens comme vous pour résoudre les affaires criminelles non résolues. Nous y reviendrons plus tard. Personne suivante ?

— Moi je m'appelle Églantine Dupol. Je suis spécialisée dans l'autoguérison, niveau 3 aux cours du Repaire.

— Parfait, l'hôpital recrute en ce moment. Vous ?

— Nicolas Razin, je suis télékinésiste.

— Ah, pour ce genre de facultés, nous disposons de plusieurs choix. Il y a les secteurs du bâtiment qui cherchent à faire des économies sur les grues. Ça peut être porteur pour vous. Au sens figuré, j'entends. Ou bien il y a le secteur du déménagement, du transport, de l'automobile... On peut dire que vous pourrez faire la fine bouche ! Chanceux !

Florence Berger venait de tapoter l'épaule du jeune inscrit, qui répondit par un sourire timide.

Malgré son apparence complice et amicale, intérieurement, l'animatrice se sentait véritablement au-dessus de la mêlée. Elle considérait les participants à ces ateliers comme des bêtes égarées à faire entrer dans le moule. Des petits soldats de la République à qui il fallait apprendre à obéir et servir. Lorsqu'elle devait animer un groupe d'Éternels, elle les estimait davantage, mais posait sur eux ce même regard hautain. Par des moyens qu'elle gardait secrets, la jeune fille avait réussi à travailler au plus près du gouvernement Venture. Au sein du Pôle Développement Humain. Elle n'aurait laissé sa place à personne. Son poste lui assurait un avenir radieux. Dès qu'elle aurait obtenu sa première dose de Bogolux d'ici trois années, elle ferait partie de l'élite, et bénéficierait des privilèges associés. Plus aucun problème pécuniaire, sécuritaire ou sanitaire à craindre. Une certitude pour l'éternité.

— Pour l'instant, l'atelier commence bien. Aucun de vous ne dispose de sous-facultés. Vous êtes tous dotés de capacités supérieures. Qu'en est-il de vous, madame ?

— Euh... Je m'appelle Jeanne Péplou.

— Votre don ?

— Je n'en ai pas.

— Allez dépêchez-vous, nous n'avons pas le temps. Votre don ?

Les trois autres participants se raclèrent la gorge.

— Je n'en ai pas, je vous dis.

Florence Berger consulta ses fiches. Jamais elle n'avait été confrontée à un tel cas.

— Vous voulez dire que vous faites partie de la frange inférieure ? Des compétences surdéveloppées en numérique peut-être ? En langues ? En sciences ?

— Non, non, écoutez, je n'ai ni facultés extrasensorielles, ni prédispositions particulières... Mais je peux quand même travailler.

— Vous êtes bien mortelle ?

— Oui.

— À quel niveau se situe le dernier Éternel de votre famille ?

— Au premier degré... Mes deux parents étaient tous deux âgés de deux cents ans quand ils sont morts.

Martin, Nicolas et Églantine ne purent se retenir plus longtemps et éclatèrent de rire. Jeanne rougit. Elle se sentait comme la fille à abattre. Florence Berger composa un numéro sur son téléphone, et sans regarder la personne concernée, démarra une conversation.

— Oui, chéri. On a un cas un peu atypique, là. Un spécimen mortel, issu d'immortel au premier degré et pas une seule capacité... Non, rien. Attends...

Le combiné sur la poitrine, Florence jeta un œil à Jeanne.

— Levez-vous, lui fit-elle.

L'animatrice regarda la participante de haut en bas, comme s'il s'agissait d'une vache à viande. Une tape sur les fesses n'aurait pas choqué davantage la principale intéressée.

— Non, chéri. Pas de musculature développée. Pas d'atout particulier. Non, non, vraiment, je n'ai jamais vu ça... Tu dis ? Ah... OK, je transmets. À tout à l'heure.

Fébrile, Jeanne attendit le verdict sans se rasseoir.

— Vous ne pouvez assister à l'atelier avant d'avoir consulté un psychiatre. Il nous faut un justificatif médical. Le diagnostic d'un professionnel. Lorsque celui-ci vous aura inspectée, revenez nous voir avec son papier. Nous verrons vers quelle entreprise vous diriger.

— Je... rentre ?

— C'est bien ça. Attention à la marche en sortant.

Déjà rabaissée par sa propre condition, Jeanne touchait le fond. Alors qu'elle avançait en direction de son appartement, dans une rue bondée, la jeune femme se mit à pleurer. Elle se sentait violée. Atteinte dans son intimité. Mais avant tout, inutile.

Ses parents faisaient partie des quelques Éternels qui avaient vécu la nouvelle constitution comme une libération. Avant même d'arrêter la prise de Bogolux, ils avaient décidé de faire un enfant, puis un deuxième. Leur envie commune avait pris le pas sur les conséquences inévitables qu'ils encouraient. En choisissant l'Éphémérité après deux siècles d'Éternité, la reproduction leur était à nouveau autorisée, mais ils n'en profiteraient que quelques mois après la fin du sevrage. Afin d'assurer un meilleur futur à leurs descendants, ils avaient signé un contrat avec un orphelinat créé spécialement pour ce schéma familial, devenu classique. Ils rêvaient d'un avenir où leurs petits pourraient utiliser leurs dons et continuer à améliorer le monde. Le grand frère de Jeanne, François, était l'enfant prodige. Il collait parfaitement aux attentes des parents biologiques et adoptifs. Le jeune mortel avait rapidement développé sa propre capacité extrasensorielle : le don de prémonition. L'un des talents les plus appréciés des Éphémères. Fort de ce succès, le couple âgé et stérile pensait renouveler la success-story avec le deuxième bambin acquis en même temps. Mais à leur grand désespoir, la petite n'avait développé aucun talent particulier. Rapidement, Jeanne s'était sentie moins aimée. Moins intéressante aux yeux de ses adoptants. Pourtant, ceux-ci avaient tenté de ne rien laisser transparaître. Mais ils ne pouvaient le nier : le cas de leur fille, considéré comme ultra-rare, leur était apparu comme une entache à leur bonheur. La cadette était handicapée, et ils n'avaient plus la force de gérer cette charge imprévue. Même si Jeanne habitait toujours chez eux, elle sentait qu'elle représentait un fardeau à leurs yeux et vivait difficilement le quotidien devenu pesant. Il lui fallait un emploi pour quitter le cocon familial.

Son frère ne lui montrait pas beaucoup de signes d'affection. Quant au reste de son entourage, il disparaissait avec le temps. Les membres de sa famille biologique, Éternels à 100%, s'éloignaient à mesure qu'ils s'enfonçaient dans la drogue et le travail. Ses parents adoptifs, mortels autant que leurs aïeux, vieillissaient. Comme tout le monde ou presque, la petite avait été instruite à la maison et ne côtoyait que des adultes. La sociabilité représentait pour elle un art mystérieux qui l'effrayait. Les seules activités collectives auxquelles elle avait participé, à l'image de l'atelier Projet de Vie, s'étaient soldées par une humiliation traumatisante. Un motif suffisant pour éviter au maximum ce genre de situations. Parfois, elle mentait, s'inventant des facultés incroyables. Souvent, ses mensonges lui retombaient dessus, lorsqu'on lui réclamait une démonstration.

La pire expérience de ce type eut lieu dans un bar. Elle venait alors de fêter ses dix-huit ans, et Jeanne décida de sortir. De rencontrer du monde. Elle descendit dans le pub du coin, qui organisait un concert de rock. L'adolescente de l'époque se laissa surprendre par l'excellent accueil qu'on lui réserva. Quelques personnes lui offrirent même des verres. Face à l'ambiance chaleureuse du lieu, Jeanne se détendit, l'alcool aidant. Bientôt, elle dansait et papotait avec des inconnus. Déridée, elle s'inventa une vie. Des capacités. Elle se vanta de pouvoir soigner par la pensée. Elle était habituée à ce genre de performance et personne ne la contredit. Et puis le drame arriva. Une bagarre explosa entre deux hommes. L'un d'eux s'enfuit, laissant l'autre à terre dans un bain de sang. « Il y a des médecins ? », lança le barman, inquiet à la fois pour son client blessé et pour l'image de son établissement. « La fille, là, elle est guérisseuse ! Elle peut soigner jusqu'à 2 km à la ronde par la force de l'esprit ! », répondit aussitôt un type à qui Jeanne s'était confiée. La jeune fille regretta immédiatement son baratin, et croyant retarder l'échéance de la sentence sociale, ne l'empira que davantage. Elle fit semblant de soigner l'homme, avant d'éclater en sanglots, avouant, honteuse, sa terrible erreur. La foule se retourna d'un bloc contre Jeanne qui s'enfuit avant le lynchage public. Depuis, elle rasait les murs pour ne plus croiser les clients du pub, en attendant de se faire oublier.

Nettement moins dangereux pour sa vie, l'épisode du jour à l'atelier P.V. avait tout autant marqué son esprit. Perdue, elle s'empressa de rentrer.

Sur la route, un homme âgé aux yeux divagants l'interpella. Il portait des pinces à linge en guise de boucles d'oreilles. Sentant la démence du passant, Jeanne tenta de l'éviter, mais c'était peine perdue.

— C'est quoi votre don à vous ?
— Ah non ! C'est pas vrai !! s'énerva la jeune mortelle.
Laissez-moi passer !
Le vieillard lui barrait la route en agitant les bras.
Moi, j'entends les couleurs. Vous saviez que le bleu jouait de la trompette ?!

Jeanne repoussa violemment l'homme qui s'écroula. Elle en profita pour courir se réfugier dans la maison de ses parents.

Ceux-ci séjournaient depuis quelques mois en maison de repos. En l'échange d'une rente mensuelle de leur part, elle entretenait les lieux. Vide d'une existence sans but, Jeanne s'assit dans le canapé et sous le choc, se remit à pleurer. Parmi les fous de ce monde, il lui semblait être devenue un monstre de foire. Alors quoi, il fallait suivre une psychothérapie ? Faire certifier son absence d'utilité ? Sa nullité, en quelque sorte ? Si elle ne le faisait pas, elle n'aurait pas l'autorisation de travailler. N'ayant personne sur qui s'appuyer, elle serait vouée à la misère.

Envahie d'une solitude mortifère, Jeanne décrocha le combiné et composa le seul numéro qu'elle connaissait. Son numéro d'urgence. Son frère n'était peut-être pas pompier, mais il demeurait l'unique personne sur laquelle elle pourrait compter. Si seulement celui-ci voulait bien lui donner de son temps. Le devin, tout juste papa, offrait des cours de divination aux jeunes mortels. Jeanne l'admirait secrètement.

— Allô ?… Allô ?
— François ?

— Qui est-ce ? Je suis au boulot, là...
— C'est Jeanne...
— Jeanne ? Je ne te reconnaissais pas ! Tu pleures ?
— Oui, mais ce n'est pas important...
— Tu t'es encore fait insulter ?
— Pire que ça, au Projet de Vie, ils n'ont pas voulu transmettre ma candidature. Ils estiment que je dois d'abord faire un bilan psychologique... Mon cas est désespéré.
— Psycho... ? Attends deux secondes, s'il te plaît. Rémi, je t'ai déjà dit de ne pas essayer de changer le futur physiquement, il n'y a qu'avec la pensée que tu y arriveras ! Bon sang, tu vas finir par blesser quelqu'un ! Oui, Jeanne, excuse-moi. Tu disais ?
— Non, rien, c'est bon. Je vais me débrouiller.
— Désolée, frangine, mais c'est le coup de feu ici. On a plein de nouveaux élèves et le groupe de cette année est particulièrement motivé, comme tu peux le constater... Je te rappelle plus tard.

Jeanne n'eut pas le temps de répondre, la tonalité du téléphone faisait déjà vibrer son oreille droite. Dépitée, elle raccrocha.

— Motivé, motivé... Moi aussi je suis motivée hein... Seulement j'ai pas la chance de tes élèves... J'ai pas demandé à vivre, bordel...

En larmes, Jeanne alluma sans réfléchir le poste de télévision. Cela lui procurait une certaine présence. Elle avait hésité à prendre un chat, mais l'idée de devoir le nourrir et donc subvenir à ses besoins lui avait fait changer d'avis. La télé, au moins, ça ne disposait ni d'estomac, ni de sensibilité.

Jeanne laissa le son tourner sans l'écouter, et partit se chercher un verre d'eau. Lorsqu'elle revint dans le salon, une publicité avait démarré. La voix sembla étrangement répondre aux réflexions de la jeune femme.

« Vous vous sentez inutile ? Fatigué ? Lassé à l'idée de ne venir en aide à personne ? Vous cherchez la reconnaissance ? »

— C'est tout à fait ça, s'amusa tristement Jeanne en se rasseyant dans le canapé.

« Rejoignez Humania, la plus grande association humanitaire du globe. En ce moment, Humania recherche des bénévoles pour aider les plus défavorisés. Distribution de nourriture aux sans-abris, soins aux mutilés, construction d'écoles : nombreuses sont les missions que vous pourrez réaliser. Chez Humania, nous acceptons tous les mortels, quelle que soit leur situation. En l'échange de votre engagement, nous prenons en charge votre hébergement et vos repas. Alors, n'attendez plus : rejoignez notre équipe et faites le bonheur des victimes des injustices de ce monde ! »

Le message, bien que suspect – du fait qu'il fût diffusé sur une chaîne nationale – illumina le visage de la jeune femme. Les mots, si justes, résonnèrent en elle comme la réponse à ses plus grands questionnements. Ni une ni deux, elle chercha l'adresse de l'agence la plus proche et s'y rendit, prête à accepter n'importe quelle mission humanitaire. La joie de se rendre utile remplaça la tristesse dans son cœur. Elle tenait peut-être là l'opportunité de quitter cette maison et cette ville qu'elle ne pouvait plus supporter.

CHAPITRE 13

Le départ

Comme un chien guidé par son odorat, Harold suivait sa consistance. Sans le savoir, le jeune homme développait ses facultés minute après minute. Pister une émotion relevait d'un exercice réservé aux Éphémères aguerris. Harold s'en sortait comme un chef. Il faut dire que l'émotion qu'il recherchait se reconnaissait entre mille. C'était de loin le sentiment le plus agréable auquel Harold eût été confronté. Il s'agissait de trouver sa source. Le garçon marcha, marcha encore dans les rues de la capitale. Il évita les contacts humains et se concentra sur son seul objectif : se régénérer dans le calme. Retrouver cette sensation goûtée sous le saule du cimetière. Mais au lieu de se servir de ses yeux pour détecter un arbre, Harold cherchait avec son esprit. Et à force de se focaliser sur l'objet de sa quête, l'hyperempathique ne tarda pas à repérer un semblant de cible. Un arbuste entouré d'une plaque en métal. La sérénité qu'il ressentit en touchant le jeune peuplier se changea rapidement en un vif sentiment de… folie. Cette démence-là ne ressemblait à aucune autre. En tout cas, pas à celle qui émanait des personnes perdues qu'il croisait dans les couloirs de métro, ou dans la rue. Non. Cette folie se délestait de mots. La psychose subie et silencieuse, apparaissait dénuée de haine et de colère.

Alors qu'Harold posait ses deux mains sur le tronc, l'esprit délirant qu'il pouvait capter se décupla. L'arbre hallucinait. Soudain, dans la brise ambiante, le jeune homme sentit en lui comme un vent de compassion. Le végétal ne demandait rien, ne jugeait pas. Il implorait quiconque de le libérer. Il désirait grandir à sa façon, sans subir les interruptions répétées des coups de tronçonneuse. Étendre ses racines, sans devoir se contorsionner dans un amas de béton. Le peuplier souffrait de part en part.

Harold sentit intérieurement monter l'émotion captée. Il l'extirpait de toutes ses forces. Alors qu'il fuyait les situations de ce genre lorsqu'il s'agissait d'humains, le garçon se surprit à prendre du plaisir à ce qu'il entreprenait. Mais très vite, la délectation s'anéantit sous l'ampleur du travail. Harold le devina : la douleur demeurait bien trop profonde. Bien trop ancienne.

« Comme si l'arbre était millénaire... C'est impossible », pensa le garçon en observant le tronc chétif. Les quelques boursouflures sur le tronc du feuillu prouvait les mutilations qu'il avait reçues. Toutefois, tout indiquait un arbre juvénile, âgé de trois ou quatre ans au maximum. Il n'y avait qu'à mesurer du regard sa hauteur pour s'en rendre compte. À moins qu'il n'eût été taillé ? Nanifié ? Harold ne parvenait pas à comprendre à quoi était due cette espèce de vieille sagesse qu'il ressentait en touchant l'arbre.

— Hé ! Retourne à l'asile !

Harold s'effondra par terre. Un homme venait de lui administrer une puissante gifle et riait à en perdre haleine, bientôt imité par deux autres individus.

— Tu ressens l'énergie des arbres, c'est ça ? Ça va ? Elle était bonne, la weed ?

— Lâchez-moi...

Au lieu de respecter son souhait, la bande lui administra une seconde raclée. Puis d'autres coups, de pied cette fois, dans les côtes d'un Harold toujours cloué au sol. Ce dernier se protégea comme il pouvait avec ses bras, espérant le calvaire conclu au plus vite. Au son des premières sirènes de police, les trois jeunes s'enfuirent.

— Besoin d'aide ?

L'homme en uniforme lui tendait la main. Harold la saisit pour se relever.

— Je vous emmène à l'hôpital ou vous connaissez un guérisseur ?

— Ni l'un ni l'autre, merci ça va aller, fit Harold en se tapant le pantalon poussiéreux.

— Dans ce cas, troisième option. Vous me suivez.

— Où donc ?!

— En garde à vue pour trouble à l'ordre public.

— Mais enfin, je suis la victime !

— Nous en jugerons au poste.

Juste avant que le « garant de la liberté » ne l'empoignât, Harold changea sa version.

— Je connais un guérisseur. Ma grand-mère. J'y vais de ce pas.

— Mmh. Son nom ?

— Loula Riviera.

— C'est une blague ?

Harold montra ses papiers à l'agent, qui face au célèbre nom de famille, acquiesça.

— D'accord. Soignez-vous bien.

L'hyperempathique n'attendit pas son reste et fila. Cette aventure le conforta dans sa volonté de fuir. Échapper à cette société qui semblait lui vouloir du mal à tout prix. Il avait besoin d'un break, un vrai. Abandonnant le peuplier emprisonné, Harold se promit d'en trouver d'autres. Ses côtes douloureuses le tourmentaient, mais son mal ne faisait pas le poids face à la souffrance silencieuse dont il avait été témoin.

La nuit était tombée comme un rideau de fer sur une épicerie. En un grand fracas orageux. La pluie formait sous les réverbères une nuée de lucioles. Harold aimait la pluie. Car les Hommes la fuyaient. Comme un animal, le garçon profitait de l'humidité pour se rafraîchir, et du clapotis régulier pour se recentrer. Bientôt, à force de se laisser guider par les sensations, il trouva l'objet de sa quête. L'orée d'une forêt.

Le bois parisien ressemblait plutôt à une décharge ombragée qu'à une véritable jungle prospère. Mais fatigué et las, il se contenta du peu. Plus il s'enfonçait, plus Harold sentait les arbres se libérer. Ceux-là bénéficiaient d'un espace limité, mais suffisant pour pousser, grandir, se reproduire. Alors Harold savoura enfin la sérénité tant attendue. Il toucha un chêne, qui paraissait en forme, et capta l'énergie sylvestre. Les Éphémères rechargeaient leur vitalité auprès des arbres, le jeune homme s'en souvenait. Jusqu'alors, il n'avait jamais essayé, mais il fallait bien avouer que son grand-père ne s'était pas trompé.

Malgré la force vitale qui se dégageait des arbres, malgré le bonheur que cela lui procurait au simple toucher sur leur écorce, Harold ressentait toujours cette souffrance ancestrale qu'il ne pouvait expliquer. Étonnamment, cela le gênait moins physiquement qu'un simple chagrin enfantin. Pourtant, il s'agissait là d'une douleur incommensurable. Mais elle restait silencieuse. Impénétrable. Discrète. Un mystère qu'il se devait de percer.

L'impulsion qui l'avait poussé à quitter son appartement n'avait pas nui à son penchant pour l'organisation. Harold sortit sa toile de tente et sa gourde de son sac à dos. La pluie l'empêcha de faire du feu, alors il se blottit dans son duvet. Au cœur de la forêt, avec comme voisins les seuls arbres et quelques rongeurs qui peuplaient le bois de la capitale, Harold apprécia l'apaisement retrouvé. Pour la première fois depuis des années, l'agressivité des émotions humaines n'altèrerait pas son sommeil. Quelques secondes suffirent à l'insomniaque pour s'endormir. La nuit emporta avec elle tous les soucis de la journée et embarqua Harold dans un édredon de rêves.

— Si j'ai un conseil à te donner, c'est de suivre ton intuition première. Tes facultés te seront non seulement utiles à toi, mais aussi à des milliards d'êtres vivants. Tu verras, répétait June dans une barbe blanche ornée de lucioles.

— Utiles comment ?

— Utiles pour révéler le mal qu'endurent les silencieux depuis bien trop longtemps. Harold, tu représentes la corde vocale des muets.

— Je ne comprends pas !

— Tu auras besoin d'aide, il faudra t'associer. Tu n'es pas un super-héros. Tu es le maillon de la chaîne qui manquait. Nous entrons dans une nouvelle ère. Tu deviendras essentiel dans cette ultime lutte.

— Mais je ne veux pas lutter !

— Tu n'auras guère le choix...

— Montre-moi !

— Je suis mort, Harold. Je ne suis qu'une projection d'une prémonition que j'ai eue il y a bien longtemps. J'essayerai de t'aider mais je...

Une immense secousse arracha Harold de son rêve, et l'aurait extrait de sa tente s'il ne l'avait pas fermée.

— T'ES SUR MON EMPLACEMENT !! SORS DE LÀ OU JE TE CRAME LA GUEULE !!!

À travers la toile, Harold aperçut une lumière ardente. La chaleur ne se fit pas attendre. C'était une torche en flammes.

— JE SORS, JE SORS, ARRÊTEZ !!

Les cheveux ébouriffés, les yeux englués, le garçon ouvrit la fermeture éclair à vive allure et tomba nez à nez avec un homme d'une cinquantaine d'années. Peut-être plus. Le type sentait l'alcool et une émotion globalement floue se dégageait de lui. Déjà confus par sa nuit écourtée, Harold eut du mal à cerner les intentions du bonhomme. Mais une chose était sûre, il ne voulait pas lui faire un câlin.

— Écoutez, je ne savais pas qu'il y avait des emplacements dans la forêt, je suis désolé.

— Bah ouais, y a des emplacements depuis 15 ans, t'es pas au courant ? T'es nouveau ou quoi ?

Le sans-abri jeta un œil aux vêtements d'Harold et brandit sa torche.

— Putain, mais t'as les moyens en plus ! Pourquoi tu dors pas chez toi ?! Ou à l'hôtel !

— J'ai pas... de chez-moi...

— TU TE FOUS DE MA GUEULE ?!

— Non non, je vous assure...

Tout en se justifiant, Harold démontait ce qui restait de sa tente, après le coup de colère de son agresseur.

— Regarde si » y a pas mon nom sur l'emplacement, abruti !

Le jeune homme jeta un œil vers ce qu'indiquait l'index rougi et tomba sur une plaque clouée à un arbre.

« Sans-abri n°5899 »

— Vous avez un bien joli nom ! lança maladroitement Harold pour détendre l'atmosphère.

De rage, l'homme balança le flambeau, mais l'alcool faisant, rata sa cible et tomba en avant. Harold en profita pour déguerpir, la toile sous le bras, son sac à dos de l'autre. Ses chaussures étaient restées dans l'amas de polyester. Il réglerait ce problème plus tard. Plus loin.

Harold courut aussi longtemps qu'il put, mais ses courbatures de la veille l'interrompirent quelques minutes après. Exténué, il s'agrippa au tronc d'un érable pour reprendre son souffle. L'arbre, peu fourni, lui offrit tout de même le peu d'énergie dont il avait besoin pour rentrer.

Car sa décision était prise : il se requinquerait d'abord. Mais ce serait pour mieux repartir. La forêt l'appelait. Il trouverait un moyen de la rejoindre. Il en était convaincu : son rôle se trouvait au milieu des racines.

En marchant, il se rappela son rêve et frissonna. Et si June avait raison ? Si son don s'avérait particulier ? Exceptionnel ? Le grand-père avait parlé d'une ultime lutte. Qu'entendait-il par là ? Ultime pour qui ? Pour quoi ?

Ses pas le menèrent jusqu'au seuil de porte de Loula, près d'une heure plus tard. La vieille dame ouvrit la poignée sur un visage violacé par le froid. Les vêtements boueux, l'œil rouge, l'haleine fétide, Harold ressemblait étrangement au sans-abri n°5899.

— Qu'est-ce que t'as encore fait, bon sang ? T'es vraiment comme June, on ne t'arrêtera jamais ! Allez rentre. Et enlève tes chaussures !

Le jeune homme s'exécuta. Sa fatigue le rendait docile. Même les sentiments humains environnants ne l'émouvaient pas. En comparaison avec ceux de la veille, les émois de sa grand-mère se réduisaient à un détail dont il s'accommoderait. Il avait besoin de soins. C'était une priorité.

Sans qu'il eût besoin de lui demander, Loula l'ausculta. Harold s'assit sur une chaise et resta habillé. La soignante posa une main sur l'épaule de son petit-fils et résorba les différents hématomes qu'elle repéra.

— Toi, tu t'es battu…

Harold regardait au plafond.

— On m'a battu, nuance.

— Que s'est-il passé ? demanda la grand-mère alors qu'elle continuait de le guérir par la pensée.

— Rien de spécial, ce monde n'est pas fait pour moi, c'est tout…

— Tu veux bien arrêter, oui ?! Dans quel monde crois-tu pouvoir te réfugier, Harold ?

Le garçon resta silencieux. Son regard se posa alors sur un immense écran courbé, installé sur un meuble métallique.

— Qu'est-ce que c'est que ça ?

— Ne change pas de sujet… C'est une télévision.

— Tu rigoles ?! Je croyais que chez les Éphémères, on bannissait les écrans à la maison !

— Je l'ai eue en cadeau pour les obsèques… C'est le gouvernement.

Harold se leva de sa chaise pour observer l'objet de plus près.

— Hé, il te reste encore une ecchymose à l'abdomen !

— Ça passera…

« Article interdit à la vente, offert dans le cadre de l'opération Objectif 100% high-tech en 2280 », était-il inscrit au dos de l'écran.

— Qu'est-ce que c'est que cette connerie...

Harold appuya sur l'interrupteur et se laissa happer par l'image panoramique. Malgré son manque de volonté, Loula, elle aussi, ne put résister à la force de la vidéo. Sans s'en rendre compte, les deux générations s'assirent en même temps sur les fauteuils, face au poste. Le son semblait provenir de leurs propres ventres, tant les basses résonnaient profondément. Le hamburger qui s'affichait en gros plan les fit immédiatement saliver. Comme si le goût leur était familier. Une seconde pub suivit. Celle d'une marque de parfum.

— Il me le faut, lâcha Loula, avachie sur son siège.

— C'est pas normal, c'est pas ton genre cette odeur, pourtant...

— Cette odeur ? demanda-t-elle. Comment le sais-tu ? Une petite ligne s'afficha sous la vidéo.

« L'odeur vous a été transmise par le nouvel olfacteur Reality 5. La captation par spectrométrie a été réalisée à partir d'échantillons réels ».

— Punaise, bientôt on pourra enregistrer la puanteur des chiottes et la diffuser dans toutes les maisons ! En voilà une action terroriste, qu'elle est bonne !

— T'es bête, fit Loula en se reprenant. Allez, on va éteindre cette boîte, ça te donne de mauvaises idées.

Harold retint sa grand-mère par le bras.

— Attends !

Sur l'écran, des arbres remplacèrent subitement la bouteille de parfum. Une voix suave accompagnait la vision apaisante qui envoûtait le jeune homme.

« Ceci est un message du gouvernement à l'attention de nos citoyens. Dans le cadre de l'accord international pour le développement économique, nos troupes d'explorateurs ont franchi la dernière frontière encore inexploitée. Il s'agit de celle de la Terre d'Amande. Cet espace sauvage dispose de ressources incommensurables. Nos experts estiment une progression inégalée sur le plan financier, dès lors que nous aurons terminé nos travaux de forage. C'est un véritable trésor qui se cache sous la forêt primaire de l'île d'Amande, en plein cœur de l'océan Pacifique. Nous faisons un appel aux volontaires. Les jeunes Éternels sont les bienvenus pour cette mission à haute valeur humaine, morale et patriotique. Rejoignez l'armée conquérante, inscrivez-vous pour un départ imminent vers l'avenir et participez au redressement de la nation et de ses alliés internationaux ».

— J'y vais.
— Pardon ?! explosa Loula. Tu veux faire l'armée maintenant ?!
— Et pourquoi pas ?
— Tu es sûr que ce n'est pas l'effet de l'écran et de la publicité qui t'endoctrine ?
— Écoute, tu te plains du fait que je me renferme chez moi. N'est-ce pas l'occasion de m'ouvrir, de voir autre chose ? Le tout dans un cadre sécurisé ? Au moins tu n'auras plus à te faire de souci pour moi. Et puis… Tu me foutras la paix ! plaisanta-t-il affectueusement.
— Mmh… Et tu crois qu'ils vont t'accepter ? Ils appellent des Éternels…
— Ils n'ont pas précisé le patrimoine génétique de leurs recrues. Je ne suis pas obligé de leur dire que je suis le petit fils de June Tag. Quant à mon statut, il est clair : officiellement, je suis bien un Éternel tout juste bogoluxé.
— C'est pas faux.

Loula soupira. Jamais elle n'aurait pensé que l'un des membres de sa famille deviendrait un jour militaire. Elle se demanda ce qu'elle avait bien pu louper dans l'éducation de ses enfants pour en arriver à de telles inepties. Travailler dans l'armée, pour un Tag, c'était comme devenir prostitué dans une famille classique. C'était le métier de la honte. L'un de ceux qu'on préférait cacher. Politiquement parlant, c'était comme si Harold trahissait la famille en travaillant pour l'ennemi. La lignée de June représentait la seule opposition au pouvoir digne de ce nom, bien qu'il n'y eût jamais eu de coup d'Etat.

— Tu vas me rendre folle, mon petit. Espérons au moins que l'expérience te serve pour la suite. Et surtout, fais attention à toi. Pas de risques inutiles...

— Grand-mère, fais-moi confiance. J'ai de bonnes raisons de m'y rendre.

Son regard fermé évita toute question supplémentaire de la part de l'aînée. Harold tenait à garder son jardin secret, et Loula respectait son choix.

— Je te laisse préparer ta valise ?

— Oui, je vais le faire, merci.

Plus déterminé que jamais, Harold adoucit son ton. Cela rassura la grand-mère. Malgré l'absurdité de ses choix, le jeune homme semblait mieux dans ses bottes. Depuis son accident, c'était la première fois que Loula le voyait se comporter ainsi : le dos droit, le regard stable, le sourire aux lèvres. Elle ne put que l'encourager, malgré les désaccords qui les divisaient.

— Si tu es sûr de toi, alors vas-y. Préviens quand même tes parents, s'il te plaît.

— Je n'y manquerai pas, d'autant qu'une petite téléportation ne serait pas de refus.

Le sac à dos fut rapidement rempli. Quelques sous-vêtements, une bouteille d'eau, un téléphone et un portefeuille. Rien d'autre n'était nécessaire. Après un coup de fil passé à Colette et Varek, Harold se rendit à la caserne en compagnie de sa mère.

— Merci d'avoir remplacé les transports en commun, c'est sympa...

— J'espère représenter autre chose qu'un vulgaire métro, quand même...

— Oh oui, bien plus, tu vas plus vite !

— T'es pas cool.

Chose rare : Harold serra sa mère dans ses bras. Celle-ci sursauta, croyant à une agression. Son fils avait plus tendance à la fuir qu'à s'approcher d'elle. Alors un câlin, c'était inespéré. Elle se relâcha finalement dans les bras chauds de son garçon et savoura l'instant.

— Je rigole, maman, tu le sais bien. Seulement, c'est compliqué pour moi de me montrer affectueux. Tu connais les raisons... Ce voyage, c'est ma mission personnelle. Ton père me l'a dit : il faut que je trouve mon utilité. Et j'ai bien l'impression que cette aventure me permettra d'œuvrer dans ce sens. Allez, je te lâche, j'ai mal à la tête.

Harold se rendait bien compte qu'il n'avait pas été un enfant facile. Alors maintenant qu'il était sur le point de quitter le pays, sans savoir quand il reviendrait, il pouvait bien prendre le taureau par les cornes. Il avait ainsi affronté sa phobie en établissant un contact humain. Mais qu'on ne s'y habituât pas trop quand même. Tel un chat ne se laissant jamais capturer, il quitta les bras de sa mère pour reprendre son chemin. Toutefois, il se lançait là dans une mission où il devrait mettre son ego de côté. Et pour cause, l'armée ne laissait aucune place aux esprits libres.

Le jeune homme n'avait en réalité aucune envie de se soumettre aux ordres. Ce qui l'intéressait sur la Terre d'Amande n'était sûrement pas l'escadron militaire, mais un tout autre régiment. Celui du règne végétal.

CHAPITRE 14

Bien peu de choses

Déjà deux mois qu'il avait été mis à la porte et Ernest n'avait pas perdu son temps. Pas question de rester là à ne rien faire. Certes, il s'était tout de même octroyé un peu de sommeil. Mais à quoi bon s'accorder des moments de plaisir dans un contexte aussi tragique, lorsque le plaisir lui-même n'était réservé qu'à une élite ? Non, il ne faisait pas partie de ces gens-là. L'urgence sociale demeurait bien trop préoccupante pour se payer le luxe des vacances.

Dans son sous-sol, Ernest Floute avait aménagé un véritable laboratoire de compensation. C'était là qu'il avait réalisé des expériences pour tester les effets secondaires du Bogolux. Il y avait également créé le substitut au sérum, avec la complicité des Éphémères, avant de remplacer le contenu de chaque fiole du Centre Pharmabion. Évidemment, le scientifique avait pris soin de supprimer toute trace de ses précédents travaux. Les dossiers concernant les projets en cours se nichaient dans des coffres-forts ainsi que sur des hébergeurs hautement sécurisés. Grâce à Gilda et d'autres Éphémères experts en informatique, Ernest s'était constitué un véritable cheptel virtuel. Année après année, son laboratoire personnel s'était enrichi en matériel high-tech de haut niveau.

Il s'était même formé un réseau de communication avec quelques confrères et collaborateurs situés aux quatre coins du monde. Cela lui permettait de rester informé des dernières découvertes, mais également de savoir ce qui se tramait du point de vue des dirigeants. Car pour avoir côtoyé un paquet de puissants, au sens financier du terme, Ernest savait bien que tout n'était pas annoncé publiquement. À dire vrai, l'essentiel se décidait dans le plus grand secret.

Ce matin-là, comme tous les matins, Ernest ouvrit sa boîte de messagerie virtuelle. Une ligne attira particulièrement son attention :

« *Un projet d'écocide imminent et planétaire* ». Ernest cliqua, le texte apparut.

C'était un mail de Phil, l'un des hackers les plus aguerris du groupe.

« *Salut, les copains,*
J'ai réussi à m'immiscer pendant près d'une heure dans le réseau Venture. J'en ai profité pour copier les messages cryptés et les derniers documents stockés. Je suis tombé sur un contrat avec l'économiste Johan Keller. Apparemment, Venture a fait appel à lui pour redresser l'économie du pays sans aucune limite éthique ou morale. J'ai eu accès au plan proposé par Keller et c'est pas beau à voir. Il indique qu'il faut puiser toutes les ressources naturelles possibles et reprendre l'industrie pétrolière. Je vous laisse jeter un œil aux pièces jointes, mais apparemment, la mission est imminente et aura principalement lieu sur l'île d'Amande. Ils n'hésiteront pas à déloger la tribu des Zingas et à raser toute la forêt. Amis scientifiques spécialistes de la nature, vous me direz si je me trompe mais il me semble qu'il s'agit là du dernier véritable poumon de la planète, non ? Il faut faire quelque chose... Dites-moi si vous avez une idée.
Amicalement, Phil ».

En effet, à en juger par le contenu des fichiers joints, le plan amorcé par le gouvernement n'était pas glorieux. Le contenu s'avérait même plutôt terrifiant. Chaque détail du plan dégoûtait un peu plus Ernest. De la façon dont ils prévoyaient de détruire la nature aux méthodes utilisées pour soumettre les Zingas.

« S'ils détiennent le bogo, le leur prendre, puis trouver un moyen de se rendre indispensable auprès des indigènes. Leur faire goûter à l'alcool et les rendre addicts. De cette façon, les troupes pourront utiliser les compétences et le savoir-faire des habitants : pêche, construction d'abris, chasse, soins. S'ils ne détiennent pas de bogo, les tuer. Dans les deux cas, les soumettre par la peur du fusil et exploiter chaque vie au maximum ».

En épluchant un à un les documents volés au gouvernement, Ernest se sentit envahi d'une rage profonde et irritante. La fin du Bogolux n'avait pas suffi à calmer les ardeurs des maîtres de ce système. C'était même pire. Bientôt revenus à l'état de mortels, les fortunés ne s'inquiétaient plus de la fin du monde. Les 0,000 003% des ultra-riches qui dominaient la planète détenaient suffisamment de stocks de Bogolux véritable pour survivre quelques trente années supplémentaires. Ernest en était sûr. Après eux, le déluge. Tout ce qui leur importait pour l'instant, c'était d'engranger un maximum d'argent avant de trépasser. Comme si les billets de banque amélioreraient le confort de leurs cercueils. Ernest ne croyait pas si bien dire. Un jour, un hacker avait dévoilé le testament de Benoît Venture et le scientifique n'en avait pas cru ses yeux. Parmi ses extravagantes demandes, l'une d'entre elles valait le détour. Dans le cas d'un décès par pénurie de Bogolux, le chef d'État exigeait l'inhumation de son corps dans un caveau de pièces d'or.

Si par chance, les pêcheurs découvraient un second bogo, l'élite pourrait compter sur la conquête de Mars pour fuir la catastrophe écologique provoquée sur Terre. Face à la possibilité de s'enrichir davantage, rien ne les arrêterait.

Ecœuré par le constat accablant qui s'imposait à lui, Ernest se leva d'un bond et décrocha le combiné.

— Oui, Loula, c'est Ernest. Écoute, je suis désolée de t'appeler dans une telle période de ta vie, mais est-ce que tu aurais un créneau pour que l'on discute ? Ça concerne les hautes sphères.

Grâce à quelques noms de code, la veuve de June donna rendez-vous au scientifique dans un lieu public. Un café. L'échange d'informations confidentielles ne se pratiquait pas par téléphone. Depuis des dizaines d'années, les Éphémères subissaient les écoutes policières. Ils s'en accommodaient et adaptaient leur mode de vie en conséquence. De même, il était impensable de discuter de sujets aussi importants à l'appartement de Loula. Si les « garants de la liberté » voyaient l'ex-employé de Pharmabion entrer chez l'un des mortels les plus célèbres du pays, il y avait fort à parier qu'ils viendraient les déloger, ou au moins les enregistrer. Le biologiste connaissait bien Loula. Il avait travaillé à ses côtés pour la destruction du bogo et le remplacement des fioles. Et puis, sans forcément la côtoyer régulièrement, Ernest savait qu'elle avait été élevée par son fils, Bernie. Leurs liens s'étaient naturellement tissés.

Il s'attendait à la voir habillée en noir, porter le deuil sur son visage. Or la femme qu'il retrouva au fond du café des Lys illuminait les lieux. Emmitouflée dans son manteau en velours bleu, elle lui adressa un magnifique sourire. Ernest s'étonnait toujours de la force de vie des Éphémères. Ils traversaient les pires épreuves, avaient vécu cachés des années durant, perdu nombre de proches, et pourtant, ils gardaient cette bonne humeur qui les caractérisait. Lui, avait reçu l'injection de jouvence pendant deux siècles. Et pourtant, il ne parvenait pas à se montrer totalement vivant. La mine déconfite, il embrassa Loula.

— Ça va ? Il te reste combien de temps avant que le Bogolux quitte ton organisme ?

— Suffisamment. Mais là n'est pas le problème, j'ai assez vécu. Tu tiens le coup ?

— Oh oui, les funérailles se sont déroulées parfaitement. Les journalistes sont restés corrects. Et puis June avait préparé une petite surprise post-mortem.

Loula lui raconta l'anecdote du dictaphone et Ernest se dérida.

— » Faut croire que mon fils lui aura transmis l'humour noir...

— Oui, sans doute. Enfin, l'ambiance était sympa. Bon, dis-moi ce qui t'amène ! Pour te faire prendre le risque de sortir, il en faut... C'est pas trop grave, j'espère ? Ils ont trouvé un nouveau poisson ?

— C'est pire que ça.

Loula avala sa gorgée de thé glacé et reposa son verre. Son regard changea. Son sourire disparut. Les années de traque contre les Éphémères lui revinrent aussitôt à l'esprit. Les pupilles dilatées d'Ernest en disaient long sur ce qu'il s'apprêtait à lui dévoiler.

Le scientifique raconta à la guérisseuse tout ce qu'il savait du plan économique de Keller et ses répercussions sur la nature et ses habitants. Même délestés du poison de l'immortalité, les humains seraient bientôt soumis au massacre le plus dévastateur. Celui de leurs propres terres. S'ils avaient réussi à maintenir un semblant de politique écologique, ces dernières années d'hypocrisie se confirmaient. La destruction du dernier poumon végétal marquerait sans aucun doute la fin d'une ère. Les conséquences ne tarderaient pas à se faire connaître.

— Harold ! s'écria Loula.

— Moi, c'est Ernest...

— Non, Harold est parti avec les militaires pour une mission sur l'île dont tu parles !

— Ton petit-fils ? Comment est-ce possible ?

— On a vu une campagne à la télévision... Ils parlaient de ressources... Je n'ai pas fait le lien ! Quelle idiote !

— La saloperie humaine atteint de tels niveaux qu'il est difficile de faire le lien... D'autant que les mots sont toujours bien choisis pour qu'on ne s'en rende pas compte !

— Trêve de conversations, il faut agir...

— Son avion part quand ?
— C'était ce matin !
Ernest réfléchit. La situation semblait perdue. Soudain, une idée percuta Loula.
— Écoute, je vais me rapprocher des télépathes pour entrer en discussion avec Harold. C'est un gamin têtu, mais on ne sait jamais ce qui peut sortir de cette tête de pioche. Quant à toi, essaie de lancer une contre-propagande, histoire d'informer les gens. C'est quand même dingue d'ignorer ce qu'il va se passer sur sa propre planète ! Même si on n'arrive pas à faire pression sur le gouvernement ou à le faire changer d'avis, il faut au moins maintenir un semblant de vérité dans ce pays. Tu me parlais de ton réseau internet... Pourquoi ne pas ajouter quelques destinataires ? Ne serait-ce que pour la dernière tribu... Il faut prévenir les ONG, les associations humanitaires ! On ne peut pas les laisser se faire exterminer comme de la vermine.
— J'admire ta force, Loula. Avec tout ce qui t'arrive... Je n'aurais peut-être pas dû te rajouter ces problèmes sur les épaules...
— Ces problèmes, tu dis ? C'est bien plus que des problèmes. Ernest, l'humanité toute entière est en jeu, cette fois. L'Éphémérité, l'immortalité, c'était des broutilles. Là, les Hommes vont comprendre qu'ils sont en réalité bien peu de choses.

CHAPITRE 15

La carcasse

— Étonnant qu'il ne se soit pas fait dévorer ! lâcha Silk en ramassant ce qui ressemblait à une carcasse de poisson.
John rejoignit l'indigène aussi rapidement que possible.
— Faites voir !
L'anglais observa les restes de la créature qu'il venait d'arracher des mains du Zinga, et compta les caractéristiques qu'il connaissait du bogo. Les écailles grises, la queue fendue, les nageoires bleues... C'était bien lui. En regardant de plus près l'animal, l'homme crut voir l'une des branchies battre en rythme. Il l'observa de plus près... Gagné, le poisson se reconstituait. Lentement, mais sûrement. La tribu n'avait pas dû le faire cuire assez pour carboniser ses cellules souches. Le commandant fit un clin d'œil à ses soldats, qui se détendirent subitement.
— Sérieusement ? Vous allez garder cet animal crevé ? demanda Fay-pi, les sourcils froncés. Ça va vous apporter des maladies, voilà ce que vous aurez gagné. Vous devriez vraiment le laisser là. On vous trouvera un autre poisson à ramener à votre chef, si vraiment vous y tenez. Celui-là se trouve vraiment dans un sale état. L'océan regorge de spécimens aux couleurs de l'arc-en-ciel, et vous choisissez

le seul poisson terne, incomplet... Et dégueulasse, par-dessus le marché.
— Comment connaissez-vous cette expression ? s'interloqua Kirsten.
— Un colon l'avait enseignée à mon arrière-grand-père.
— Des maladies, vous dites ?
Fitz, le militaire allemand, s'esclaffa.
— Ce poisson nous guérira du mal ultime, idiot. Ce poisson nous sauvera de la mort. Tandis que vous, vous ne pouvez compter que sur vos plantes médicinales.
Deux indigènes brandirent leurs lances, prêts à tirer sur l'homme qui venait de les mépriser.
— Tais-toi, s'énerva John auprès de son collègue. Tu vas tout faire capoter !
— Pourquoi sommes-nous si précautionneux à l'égard de ces sauvages, chuchota Fitz à l'oreille de son supérieur. Après tout, nous sommes immortels. Que vaut une lance face à l'invincibilité ?
— Nous ne le sommes pas tous. Le Bogolux a été remplacé par un produit inopérant. Je ne devais pas vous le dire, mais il semble que vous soyez trop imprudent pour vous le cacher plus longtemps. Une lance pourrait bien supprimer une partie de nos troupes, Fitz. Alors, cessez de les chercher, ils vont vous trouver. Et ne répétez pas ce que je viens de vous confier !
Le soldat avala sa salive. Jamais il n'avait craint la mort. Jamais depuis deux cents ans. Désormais, cette peur ancienne refaisait surface comme une vieille légende, et cela le terrorisa. Il regarda les lances comme s'il s'agissait de bombes, prêtes à exploser. Jusque-là, le tranchant des lances l'avait autant effrayé que de simples griffes de chat. Une seule journée de repos et les plaies se seraient entièrement refermées sous l'effet du Bogolux. Voyant son subalterne se liquéfier, John changea de ton.
— Le poisson que je tiens entre mes mains nous sauvera. Mais pour cela, il faut le transformer.

Les indigènes prirent un air de plus en plus menaçant, ce qui ramena le commandant à la réalité.

— Pardonnez mon ami, il est un peu fatigué du voyage, ça le rend grincheux. Vous permettez qu'on passe la nuit ici ? Nous repartirons demain, comme promis.

Les militaires à ses ordres le regardèrent circonspects, mais il avait ce regard qui traduisait son assurance. Il savait ce qu'il faisait. Ou presque. En réalité, il lui manquait quelques éléments pour affiner son plan.

Les Zingas se concertèrent quelques secondes, puis acceptèrent le deal. Ils n'attendaient qu'une chose : le départ des Blancs et de leur poisson pourri.

Alors que le groupe repartait vers le camp en file indienne, une quinte de toux s'en échappa. Du petit crachotement, la toux devint grasse, interminable et inquiétante.

— Qu'est-ce qu'il a ? demanda le soldat Pablo à l'indigène qui le suivait.

— Mowk est le plus âgé d'entre nous. Il est atteint par une grave maladie et ne tardera pas à nous quitter, répondit celui-ci, la voix chevrotante.

— A-t-il mangé du poisson hier ? demanda subitement John, comme traversé par une illumination.

— Oui, mais ce n'est pas la cause de son mal. Il était souffrant avant. Mowk a cent vingt-neuf ans.

De retour à l'orée de la forêt, au pied du totem, les militaires se réchauffèrent autour d'un feu préparé par les aborigènes. Bien que méfiants, les habitants de l'île savaient encore se montrer accueillants. À condition que la troupe tînt sa promesse.

« Une seule question et on repart », avaient-ils dit. La phrase hantait l'esprit de Yepa. La petite fille ne pouvait quitter l'angoisse qui l'habitait depuis son escapade avec son petit frère. Elle craignait la trahison des ennemis comme la peste. Plus que la mort, la fillette redoutait la tristesse de sa famille. Leur colère envers elle, s'il s'avérait qu'elle les eût piégés, sans le vouloir. Son père Fay-pi, sentant sa détresse, posa sa main sur la sienne. Quant à Timi, il s'amusait à courir autour des invités assis en tailleur et leur touchait les cheveux. Ceux des visages pâles étaient blonds, roux ou bruns, mais toujours lisses. Des fils fins et brillants qui l'intriguaient particulièrement. Le petit garçon à la tignasse épaisse se réjouissait de la venue de ces créatures étrangères. Il les approchait, puis repartait à toute allure, comme un chaton devant un lapin géant. Toutefois, sa curiosité dépassait son appréhension.

Fatigué de jouer un rôle, John se leva, sous les yeux grands ouverts des hôtes.

— Je vais pisser.

L'un des indigènes lui fit un geste. Autorisé à s'éloigner, l'homme en profita pour se cacher derrière le tronc d'un noyer, à quelques dizaines de mètres du campement. À l'abri des regards, il glissa la main dans sa sacoche. Par excès de naïveté, les « plumés » n'avaient procédé à aucune fouille. Une chance pour le commandant. Il frôla un minuscule revolver, une bouteille d'eau et attrapa un téléphone portable. John consulta le niveau de batterie de l'appareil : seulement 8%. Suffisamment pour passer un appel rapide.

— Ici la Terre d'Amande.

— Alors ?! Racontez !

— Nous avons pu nous faire accepter, mais seulement pour quelques heures encore. Ils nous menacent avec des lances.

— Au pire des cas, vous savez que vous avez l'autorisation de les supprimer.

— Oui, mais ils pourraient nous être utiles. L'océan est rempli de poissons. Les Zingas sont d'excellents pêcheurs. Et puis, ils peuvent nous construire des cabanes. Par ailleurs, j'ai une bonne nouvelle, monsieur.

— Dépêchez-vous.

— Nous avons déjà trouvé une cible.

— Vivante ?

— Vivante.

— Faites-en manger à Fitz, Kirsten, Ludwig et Gordon. Ce sont les seuls soldats à avoir reçu une injection inactive. Les quatre qui ne sont plus invincibles.

— Les Zingas en ont avalé avant notre arrivée, mais ils restent faibles. L'un de leurs membres, un vieillard, est en train de mourir.

— D'accord. Cela veut dire que seule l'inoculation fonctionne. Je vais vous envoyer un chimiste qualifié. Une autre troupe ne va pas tarder à vous rejoindre. Il s'agit d'une équipe de militaires-foreurs. Nous lançons une opération d'extraction de ressources naturelles. L'île en est farcie. Tenez-nous au courant quand vous déciderez de prélever la tribu. Si elle vous pose trop de soucis, nous vous enverrons d'autres pêcheurs. Les sauvages ne sont pas irremplaçables, quand même. Rien ne sert de s'enquiquiner, après tout.

— Entendu. Que faire demain, lorsque nous devrons partir ?

— Effrayez-les. Montrez-leur votre capacité d'autorégénération. Ces sauvages vous prendront pour le diable. Prévenez les quatre faibles de votre équipe afin qu'ils ne prennent aucun risque avant l'arrivée du chimiste. Tant pis pour le secret. Nous avons deux objectifs à tenir : fabrication de Bogolux, pêche au bogo et extraction de minerais et d'énergies fossiles.

— Quand l'équipe doit-elle nous rejoindre, monsieur ?

— Bip bip bip...

— Saleté de portable.

— Portable ?

John se retourna. Un homme, filiforme, cheveux longs, lance à la main, lui faisait face.

— Oui, c'est... Une autre façon de dire « pantalon ». Je n'arrivais pas à le refermer.

— Peut-être... En tout cas, tout le monde vous attend. Le repas est prêt.

John rangea discrètement le téléphone dans sa poche et suivit son hôte vers le foyer. Des feuilles de palmier remplies se passèrent de

main en main. À l'intérieur des papillotes vertes, des haricots rouges, du manioc et même un peu de crabe diffusaient un fumet délicieux.
— Excellent ! apprécia Ludwig.
Les militaires n'avaient pas mangé depuis deux jours. Ils n'avaient pas su gérer correctement leurs réserves alimentaires sur le bateau. Côté saveur, les derniers repas pris à bord du ferry n'avaient rien à envier à celui servi par les Zingas. Dans le reste du monde, les aliments devenus fades subissaient depuis longtemps un tas de transformations, allant de la déshydratation à l'irradiation, en passant par la revitamination. Les produits frais n'existaient quasiment plus, en dehors de cette minuscule zone de la planète.

Malgré les mesures écologiques mises en place plus de deux cents ans plus tôt, les graines germaient encore difficilement. La terre avait été appauvrie par des siècles d'agriculture intensive, de fuites d'hydrocarbures et de produits chimiques divers et variés.

Il se faisait tard. Beaucoup trop tard. Les Zingas n'avaient pas l'habitude de se coucher après vingt heures. Pas besoin d'horloges : ils connaissaient l'heure sur le bout des doigts. Les animaux qui vivaient sur l'île suivaient les mêmes rituels au quotidien. Il suffisait aux indigènes de se baser sur leurs habitudes de sorties pour se repérer dans le temps. Bientôt, les dix militaires se couchèrent sur leurs lits de camp, aménagés pour l'occasion dans un abri indépendant. John s'endormit en dernier. Malgré les cris des enfants et les bourrasques de vent, seule l'idée du lendemain l'empêchait de trouver le sommeil. La discussion avec les Zingas ne se ferait pas sans heurts.

CHAPITRE 16

Le bénévolat

— Bienvenue chez Humania ! Vous venez pour candidater ?
— C'est bien ça !
— Vous avez un don ?
Dix secondes s'étaient écoulées et déjà, la question qu'elle redoutait le plus tombait sur la table. Jeanne, pourtant motivée à rejoindre l'association, se démoralisa instantanément. Elle s'apprêtait même à faire demi-tour et à quitter les lieux, quand l'agente intervint.
— Si vous n'en avez pas, ce n'est pas un problème. À vrai dire, nous préférons.
— Vous préférez ? Jeanne crut halluciner.
— Rentrez dans mon bureau, je vais vous expliquer.
Les peintures bleues et vertes de la pièce chaleureuse apaisèrent la jeune fille. Celle-ci, perdue ces derniers temps, ressentait un besoin fou de réconfort. Et les lieux lui offraient déjà ce doux cocon qu'elle recherchait tant. Une impression qu'elle ne put s'expliquer.
— Un café ?
L'accueil avait sans doute son rôle à jouer. Ici, on ne la traitait pas comme un vulgaire numéro, ou comme une erreur de la nature. Ici, elle se sentirait peut-être utile. Les tasses servies, Jeanne, à l'aise, se confia.

— En effet, je ne suis dotée d'aucune faculté, et cela me handicape beaucoup.
— Et vous êtes sous Bogolux ?
— Absolument pas.
— Excellent, madame Péplou. Vous savez que votre profil est exceptionnel ?
— C'est justement le problème principal de ma vie...
— Et bien désormais il sera votre atout. Des études ont démontré que les Éphémères dénués de capacités extrasensorielles montraient davantage d'ambition, de courage et de détermination. Car les dons ont tendance à réduire les aptitudes personnelles. Les gens s'appuient sur leurs facultés comme s'il s'agissait de super pouvoirs et finissent par ne plus produire aucun effort. Dans l'humanitaire, c'est l'humain qui prime. La capacité à soutenir les gens, à faire preuve de compassion vis-à-vis des plus faibles. Votre profil est idéal.

Flattée, Jeanne rougit. Jamais elle n'avait reçu de tels compliments.
— Il y en a d'autres, des comme moi ?
— Trop peu. Cela dit, si je vous demandais de venir nous aider à l'international, vous seriez d'accord ? Vous n'avez pas d'autres engagements ? Vous parlez anglais ?

Jeanne hésita. Soudain, elle remit en question l'objet même de sa venue. Alors qu'elle était censée entretenir la maison de ses parents et chercher du travail, voilà qu'elle s'embarquait dans le bénévolat. Elle allait sacrifier son temps pour s'occuper d'inconnus. S'il y avait bien quelqu'un à choyer en ces temps flous, c'était sa propre personne... Serait-elle seulement capable d'exécuter les tâches qu'on lui attribuerait ? Aurait-elle la force de prendre soin de gens plus malheureux qu'elle ? Avait-elle réellement envie de quitter son pays pour une ONG qu'elle ne connaissait même pas ?
— Euh... Oui... Enfin, à condition qu'on me laisse préparer ma valise, quand même...

— Parfait. Nous avons une action de la plus haute importance et je suis sûre que vous pourrez avoir votre rôle à jouer. Nous cherchons des perles rares pour cette aventure-là.

— Mais je ne comprends pas, je pensais que vous aidiez les pauvres au sein du pays. Y a-t-il une guerre dont je n'aurais pas entendu parler ? Il me semblait que nous nous trouvions en période de paix mondiale depuis deux cents ans... Et puis je croyais que vous faisiez des trucs simples... Enfin, je ne sais pas...

— Pardon, c'est vrai que je ne vous ai même pas présenté notre ONG. Je suis allée un peu vite en besogne, excusez-moi. Humania a été créée en 2100 afin de compenser les failles gouvernementales, sociales et politiques. Nous recevons des subventions nationales et venons essentiellement en aide aux moins fortunés du territoire. Nous disposons de quatre cent cinquante bénévoles et nous proposons notamment des distributions de repas, des systèmes d'hébergements gratuits, des soins aux mortels de ce pays, des aides à l'accès aux logements, et bien d'autres droits bafoués.

— D'accord... C'est bien ce que je pensais. En fait, Venture vous paie pour que vous recrutiez des travailleurs non salariés. C'est tout bénef, pour lui. Il fout sa merde, et puis il refile le bébé à une association. Les gens sont doublement exploités en fait. Ils galèrent toute leur vie, et doivent faire appel à des citoyens comme eux pour pouvoir se nourrir, pendant qu'ils continuent de bosser pour se payer leur Bogolux. Quant aux mortels, ils travaillent pour régler leurs factures, et après le turbin, ils bossent encore, mais gratuitement cette fois. Tout ça pour que le roi économise des emplois, les salaires étant considérés comme des dépenses inutiles. Ouais, inutiles, puisqu'à la place, il peut compter sur de gentils toutous qui bossent gratos.

L'agente, souriante à l'arrivée de Jeanne, prit soudain un air taciturne. Elle ramassa les deux tasses vides et soupira.

— Dommage, je vous pensais intéressée. Je vous raccompagne ?

— Je vous remercie, je vais retrouver le chemin.

Jeanne se dirigea d'un pas ferme vers la porte avant de s'arrêter. Elle se retourna vers la femme en costume bleu marine.
— C'était quoi votre mission internationale, alors ? Elle était subventionnée, elle aussi ?
— C'est une mission qui sort du lot. Mais je ne vous en dirai pas plus si vous ne souhaitez pas nous rejoindre. Il s'agit d'une urgence humanitaire. Nous manquons de volontaires...
— Une urgence... Urgente ?
— Par définition, oui. Pourriez-vous appeler la personne suivante, s'il vous plaît ?

Jeanne s'était emportée, elle s'en rendait compte et le regrettait déjà. Elle s'imaginait retourner dans la maison familiale vide et la vision la rebutait d'avance. Revivre des rendez-vous humiliants, des entretiens qui n'aboutissent sur rien... Pourquoi ne pas tenter le bénévolat, après tout ? D'accord, cela restait savamment orchestré par la politique contre laquelle ses parents s'étaient toujours positionnés. Jeanne avait grandi dans un climat d'opposition au gouvernement et ne comptait pas combler les lacunes du monarque. Mais d'un autre côté, elle voulait aider les victimes de ce même système injuste. Cette société qui avait créé la misère financière, intellectuelle et sociale. Cette république, qui était à l'origine des inégalités de capacités et d'accès à l'emploi. Car si les Éphémères subissaient la discrimination de l'élite, des patrons, des banques et des institutions en général, pour les sous-Éphémères dont elle faisait partie, c'était la double peine. Sans faculté extrasensorielle, avec le trépas comme seule issue, les mortels tels que Jeanne ne pouvaient que sombrer dans la folie. Elle repensa alors à l'homme qui disait entendre les couleurs. Peut-être avait-il vécu une situation similaire dans sa jeunesse, et voilà où ça l'avait mené ! Même ses parents adoptifs, inconsciemment formatés par la société dans laquelle ils vivaient, l'avaient traitée à l'opposé de son érudit de frère. Lui, s'était déjà marié et sa carrière paraissait toute tracée. Elle, de son côté, n'avait pas encore les moyens de quitter le domicile parental. Elle représentait un boulet à leurs yeux, et au regard du monde en général. Dans ces conditions, que perdrait-elle à tenter une nouvelle expérience ?

Sous le regard bienveillant de son hôte, Jeanne se rassit. La femme repositionna ses lunettes et reposa les deux tasses vides devant elle.

— OK, je signe.

— Je le savais ! s'enthousiasma la femme. Je suis sûre que vous ne le regretterez pas.

— Ce sera toujours mieux que mon quotidien, en tout cas. Et puis si je peux aider des gens...

— Jeanne... On peut se tutoyer ?

— Je vous en prie.

— Moi c'est Filipine. Ce ne sont pas des gens, que tu vas aider. C'est un peuple entier.

— Comment ça ?

— La dernière tribu s'apprête à se faire exterminer. C'est le traité international qui autorise cette ultime colonisation.

Les yeux de Filipine brillaient.

— Mais... C'est affreux ! Et le gouvernement autorise les membres de l'association à protéger les personnes qu'il ordonne lui-même d'attaquer ?

— Évidemment que non. D'ailleurs, nous ne sommes pas censés en être informés. Les Français ne savent rien de ce à quoi vont servir leurs impôts. Nous avons eu accès à ces renseignements par le biais d'un réseau de rebelles. Ces scientifiques et informaticiens ont réussi à obtenir ces infos confidentielles, et comptent sur la convergence des experts et des ONG comme la nôtre pour faire pression sur les dirigeants. Nous devons empêcher cette catastrophe humaine et écologique de se produire. C'est l'avenir de tous qui est en jeu.

— Écologique ?

— Oui, je te raconterai en détail, mais les dirigeants veulent détruire la toute dernière forêt primaire de la planète et relancer l'industrie pétrolière, entre autres. Or, selon le C.A.S.O.C., le Club Alternatif des Scientifiques Outrés et Censurés, la moindre nouvelle forêt abattue nous entraînerait vers un cataclysme mondial dont l'humanité ne se remettra pas. Depuis le Grand Plan de Sauvegarde de l'Environnement, nous avons maintenu le réchauffement climatique et la biodiversité sur un fil de funambule. Depuis quelques années maintenant, les industriels recommencent à faire bouger ce fil, à jouer avec l'équilibre de la nature. Mais le prochain faux pas les ferait tomber de haut, et nous avec !

Jeanne se tenait la tête dans les mains. Effectivement, cette mission lui parlait.

— Mais si cette information est si confidentielle, comment cela se fait-il que tu m'aies immédiatement proposé de rejoindre l'équipe de volontaires ? Comment peux-tu, sans même me connaître, me donner tous ces éléments ? Imagine que je sois une taupe !

— Il n'y a pas de risque, je suis télépathe. Et puis, j'ai ma petite spécificité. Je lis les pensées inconscientes. Je savais que tu allais accepter. Je sais aussi que tu ne disposes d'aucune relation avec l'élite ou la police...

— Tu en as de la chance.

— Crois-moi : farfouiller dans l'inconscient des gens que je rencontre ne représente pas toujours une chance. Je ne m'en plains pas non plus, à chaque cerveau ses inconvénients. À chacun d'exploiter ses propres capacités.

— Même quand on n'en a pas ?

— On en a toujours. Et puis tu sais, Jeanne, si la norme, l'ordinaire, c'est d'avoir ce genre de facultés, alors je me demande pourquoi on les qualifie d'» extrasensorielles ». L'avenir, c'est des gens aux cerveaux comme le tien. Vous vous concentrez sur l'essentiel, vous faites preuve de perfectionnisme, et ce n'est pas le cas de tout le monde. Les gens devraient parfois prendre exemple sur vous, tu sais.

La responsable d'Humania déposa une grande boîte noire en métal, ouverte face au plafond, sur le bureau.

— C'est le trombinoscope numérique Greater. Nous venons de le recevoir. Nous devons l'utiliser pour t'enregistrer, si cela ne t'embête pas. C'est obligatoire pour toutes les signatures de contrat, désormais. Même lorsqu'il s'agit de bénévolat.

— Qu'est-ce que je dois faire ?

Filipine regarda ce qui ressemblait à un mode d'emploi, tandis que Jeanne observait cette étrange machine. Sur le côté, il était inscrit :

«Article interdit à la vente, offert dans le cadre de l'opération Objectif 100% high-tech en 2280 ».

— Tu dois placer ton visage dans le trou, et il me suffira d'activer l'appareil oralement. Ce sera sans douleur et réalisé en moins de vingt secondes, d'après ce qui est noté.

Peu rassurée, Jeanne s'exécuta. Une odeur de plastique chaud s'infiltra dans les narines de la jeune fille, le dos courbé. Sa tête se calait naturellement dans une mousse à l'intérieur de la boîte.

— Activation du trombinoscope.

« Humain détecté »

— Enregistrement de la personne.

« Bien reçu ».

Une vive lumière rouge éblouit Jeanne qui ferma aussitôt les yeux. Même à travers ses paupières, la puissante lueur persistait. Elle semblait faire le tour de son visage.

« Photographie réalisée. Prélèvement ADN en cours. Ne pas bouger l'humain ».

Jeanne n'eut pas le temps de froncer les sourcils qu'elle sentit comme une aiguille au niveau de son front. Aucune véritable douleur, effectivement, mais une sensation pas franchement agréable.

« Enregistrement terminé ».

— C'est bon, nous en avons fini.

Jeanne releva la tête. Un point rouge continuait à suivre son champ de vision. Bientôt, il disparaîtrait. Sa nouvelle « patronne », souriante, lui tendit la main, qu'elle serra bien volontiers.

Filipine se leva, Jeanne l'imita et la suivit.

— Je te dis à demain, 9 h au bureau ? Une navette t'emmènera à l'aéroport.

— Je dois prévoir une absence de combien de temps ?
— Le temps qu'il faudra, Jeanne.

Dehors, le soleil s'était couché, révélant la face obscure d'une ville en perpétuel mouvement. Le vent sifflant menaçait de ne jamais cesser. Le long des rues, quelques sans-abris tendaient des chapeaux flottants au gré des rafales, ainsi que des seaux, ou encore des mains. Plus aucun SDF n'avait la force de jouer de la guitare ou de maintenir un chien en vie. Trop habitués à se faire remballer par les passants, ils ne parlaient plus et préféraient tenir des pancartes sur lesquelles s'affichaient leurs situations.

« En manque de Bogolux depuis deux mois. Aidez-moi à acheter ma dose ou je perdrai mon immortalité ».

« Je suis Éphémère, je ne trouve pas de travail, j'ai deux enfants ».

« Éternel depuis 210 ans, endetté pour quatre siècles. Aidez-moi à m'immoler, je n'ai plus d'avenir. Pas les moyens d'acheter de l'essence ».

Les pancartes se suivaient et se ressemblaient. Pour Jeanne comme pour les autres habitants, ce genre de scènes faisait partie du paysage quotidien. On ne lisait même plus ce qui était écrit. La misère s'inscrivait déjà sur les visages.

Dans le cœur des Éphémères, la destruction du bogo symbolisait la fin des inégalités, mais surtout le réveil du peuple. Car jusque-là, celui-ci était resté endormi. Il fallait s'extraire de la drogue d'immortalité pour pouvoir contester l'ordre établi. Critiquer la dictature dans laquelle le monde s'était plongé insidieusement depuis trop longtemps. Mais qu'en était-il de la quête d'un produit de substitution ? L'élite replongerait-elle sa population dans une nouvelle ère d'éternité ? Et jusqu'à quand ?

Jeanne prépara sa valise consciencieusement. Les jours à venir s'annonçaient décisifs.

CHAPITRE 17

L'ordre

Il fallut six heures de vol et une heure de bus pour rejoindre le port où le commandant l'attendait. Le voyage avait été laborieux, et n'était guère terminé.

Les émotions des autres continuaient de l'agresser jour après jour. De fatigue et de rage, il manqua de s'en prendre à une hôtesse de l'air, puis au passager assis à côté de lui. Celui-ci souffrait d'une phobie de l'avion que l'hyperempathique peina à supporter. Le passager, lui, s'étonna de l'aisance avec laquelle il parvenait à se débarrasser de sa peur. D'une main, Harold s'agrippait au siège. De l'autre, il tenait un sac en papier, prêt à vomir à la moindre secousse. Les hôtesses, embêtées par l'état du jeune homme, se faisaient refouler dès qu'elles tentaient de lui venir en aide. À chaque millier de kilomètres parcouru par l'immense appareil, Harold s'accrochait davantage à son objectif. S'éloigner des humains et se rapprocher des arbres. Coûte que coûte.

En attendant, il comptait bien jouer le jeu auprès des militaires qui l'accueilleraient.

— Harold Tag, c'est bien vous ?

— C'est bien moi.

— Très bien. Alors je t'explique tout de suite. Avec moi, c'est « oui, chef ». Compris ?

— Comp... Oui, chef.

— Mon interlocuteur en France m'a bien donné ton nom, mais il ne m'a pas transmis d'autres éléments à ton sujet. Tu vas devoir t'enregistrer dans le trombinoscope numérique. Ensuite, je t'attribuerai un numéro.

Le jeune homme s'exécuta en plein port maritime. Au signal de son supérieur, il ressortit le visage de la boîte noire avec une minuscule cicatrice sur le front.

— Soldat 128, tu te changeras sur le bateau, lança le chef en jetant quelques vêtements qu'Harold rattrapa de justesse. En route, les gars.

Très vite, Harold s'inséra dans une masse uniforme. Même les sentiments qui parvenaient à son esprit différaient de ceux dont il avait l'habitude. Les émotions du chef transpiraient la toute-puissance et, étonnamment, un semblant de stress. Comme si le commandant manquait de courage et tentait de le dissimuler par un caractère bien trempé. Quant aux membres de la troupe, ils transmettaient à Harold leur crainte et leur volonté de bien faire. Un mélange émotionnel peu agréable, mais déjà bien plus soutenable que celui ressenti dans l'avion. Celui-ci se singularisait par son homogénéité. Ainsi, l'hyperempathique évitait l'état de dispersion cérébrale qui le fatiguait tant d'habitude. Les soldats se plaçaient naturellement sur la même longueur d'onde.

— Vous aussi, vous vous êtes inscrits suite à la campagne de télé ?

Plusieurs oui chuchotés répondirent à Harold. Il s'agissait de nouvelles recrues, tout comme lui, dénuées d'expérience dans l'armée. La sélection avait été axée sur l'absence de carrière et de comparaison. Un choix significatif, et certainement réfléchi.

— Vous savez ce qu'on va faire exactement ?

— À part extraire des richesses, je ne vois pas. En tout cas on va sauver le pays, ça c'est certain, s'enthousiasma l'un des jeunes hommes du groupe, alors qu'ils se dirigeaient vers le ferry amarré. Sur la surface de l'eau, le vent formait des ondulations régulières.

— Oui, c'est le principal, lança un autre garçon, en lui donnant un coup d'épaule.

Alors qu'il prononçait cette phrase, sa crainte se dissipa. Harold se sentit soulagé. Non pas par la promesse, mais par l'absence d'émotions négatives de ses compagnons de mission.

— Halte ! Garde-à-vous !

Sans aucune formation, les jeunes soldats tentèrent des gestes improvisés, tandis que d'autres continuèrent de marcher ou s'immobilisèrent. Seul un militaire s'arrêta correctement. La bousculade générale navra le commandant Philippe Verne qui haussa le ton.

— « Garde-à-vous », c'est comme ça !

L'homme au ventre bedonnant se positionna selon les règles, sous les regards attentifs des soldats qui finirent par l'imiter. Le résultat ne fut pas probant pour autant.

— Vous vous entraînerez sur le bateau.

Le groupe monta à bord. Le chef chuchota un mot au contrôleur. Ce dernier les laissa passer et les guida jusqu'à une cabine privée. Il referma la porte sur un groupe toujours aussi maladroit, mais déterminé. Verne leur résuma les quelques ordres serrés à connaître sur le bout des doigts, et tandis que sa section s'exerçait à les reproduire, leur exposa la mission à venir.

— Bon, c'est bien simple, nous nous apprêtons à contribuer à un épisode historique. Un exploit qui sera relayé dans les manuels d'histoire à nos petits-enfants. Enfin, aux petits-enfants des mortels, en tout cas. Et nous serons encore là pour recevoir les félicitations. C'est pas beau ça ?

Le commandant ouvrit un placard et en sortit une bouteille de whisky.

— Je ne vous en propose pas, c'est mauvais pour le cœur.

L'homme à la casquette dorée se servit un verre et le but d'une traite avant de reprendre son explication.

— Donc, notre mission, elle est simple. On va dénicher quelques merveilles naturelles dissimulées sur une île. Il va falloir creuser, utiliser des machines. Vous n'avez pas peur d'apprendre, hein, les jeunes ?

— Oui, chef.

— Là, vous pouvez dire « non, chef ».

— Non, chef.

— Pardon, chef, mais les militaires, ils ne sont pas censés se battre ?

— Ah oui c'est vrai qu'on m'a refilé des incapables, murmura l'aîné dans sa barbe.

Une façon de parler, bien sûr. En réalité, le commandant d'apparence juvénile, comme ses subalternes, arborait un visage lisse et imberbe.

— C'est quoi ton nom ? lança-t-il au soldat qui lui avait posé la question.

— Vaïdo.

— C'est marrant comme les gens donnent des prénoms de chiens à leurs gosses, de nos jours. Tu me permettras que je te nomme par ton numéro. Bon, soldat 121, sache que l'armée se compose de plusieurs corps. Je veux dire par là que ceux qui se battent, en fait, sont minoritaires. Il y a des militaires qui s'occupent de l'informatique, d'autres de l'administration, des papiers, de la sécurité, du transport ou encore de l'ingénierie et de la construction. Nous, ce sera la démolition. Mais pour la construction d'un avenir meilleur, évidemment. Vous êtes des soldats-foreurs.

Harold jeta un œil aux fusils posés au sol, dans un angle de la cabine. Philippe Verne comprit la question.

— Quelle que soit notre mission principale, il n'est pas interdit de se défendre s'il y a danger. Par contre, vous attendez mes ordres, quoi qu'il arrive.

— Et il y aura du danger, là-bas ?

— Et comment ! Nous allons fouler une terre vierge. La troupe conquérante se trouve déjà sur place. Mais qui sait si elle a survécu. Il existe là-bas un peuple primaire, sauvage. Ils se baladent à moitié nus et n'ont aucun sens du savoir-vivre. Ils seraient prêts à nous mordre comme des bêtes enragées.

À l'unisson, les soldats mimèrent le dégoût. Harold s'interrogea.

— Nous sommes tous Éternels, il me semble. Nous ne craignons donc pas grand-chose.

— Tu sais, par les temps qui courent, il faut rester prudent.

Le commandant était donc au courant de l'innocuité des dernières fioles de Bogolux. Il le lisait dans son regard. Ressentait son inquiétude. Ainsi, il s'agissait de tuer les indigènes et de trouver un bogo de rechange. Si l'armée avait recruté des jeunes immortels, c'était certainement pour éviter les signes du manque. Le petit groupe n'avait reçu qu'une seule injection. Il ne pouvait pas ressentir les symptômes dont se plaignaient les vieux Éternels depuis leur dernière visite chez Pharmabion. Un stratagème qui semblait cohérent aux yeux d'Harold. Pour autant, le jeune homme ne s'était inscrit à cette mission nationale ni pour servir la nation, ni pour se rebiffer. Tout ce qu'il souhaitait, c'était fuir à la première occasion pour se perdre en forêt. La si belle forêt qu'il avait aperçue dans le spot publicitaire. Les arbres le réclamaient, il ne pouvait expliquer pourquoi.

L'heure passa difficilement. Entre l'ignorance exacerbée de ses collègues et la prétention du commandant, Harold supportait mal la situation. Pour couper court aux blagues vaseuses du chef, et tenter de passer le temps, l'hyperempathique prit la parole. Agacé, Verne rouvrit son placard à whisky et remplit son verre en soupirant.

— Les gars, avant d'entrer à l'armée, c'était quoi votre vie ?

Un silence pesant s'installa dans la cabine. Ceux qui s'entraînaient encore à se mettre au garde-à-vous, ou à placer sur l'épaule le fusil que leur supérieur leur avait distribué, s'interrompirent.

— C'est-à-dire ? demanda Vaïdo.

— Vous êtes issus de familles d'immortels ?

— Bien sûr… ! Pas toi ?!

Les jeunes s'esclaffèrent, croyant à un trait d'humour de la part de leur collègue. Ils lui tapèrent bien volontiers dans le dos avant de reprendre leurs activités. Le commandant, lui, voulait en savoir plus.
— Alors Harold, tu ne réponds pas ?
— À quoi ?
— Tu n'es pas issu d'immortels ?
— Bien sûr que si ! Quelle famille d'Éphémères laisserait son fils faire l'armée... ?
Harold se para d'un petit rictus, cachant maladroitement son malaise.
« Décidément, pourvu que ce périple ne s'éternise pas trop ».
Le garçon se traita intérieurement d'idiot. Pourquoi avait-il posé cette question ? Voulait-il se faire tuer avant même de jeter l'ancre ? La question lui avait échappé, il voulait seulement savoir si d'autres soldats disposaient de facultés extrasensorielles. La réponse lui avait été donnée, mais à quel prix ? Ses yeux croisèrent ceux du chef. Celui-ci tenait fermement sa carabine. Harold décida de baisser la tête jusqu'à la fin du voyage. Heureusement pour lui, la côte ne tarda pas à apparaître dans le hublot. À la vue de son sourire, Verne le fit aussitôt déchanter.
— Nous ne sommes pas arrivés. Il nous faut prendre un autre bateau. Ce n'est pas pour rien si la Terre d'Amande est restée inexploitée si longtemps.
À l'aide de grues, il fallut d'abord charger l'immense derrick qui permettrait de forer les sols de l'île. Puis deux engins forestiers.
— D'autres suivront ! Chaque chose en son temps, avait précisé le commandant, devant les yeux ébahis des militaires.
Le puissant cargo percutait de plein fouet les vagues qui, à mesure qu'il avançait, grandissaient. Elles venaient frapper la proue du navire kaki. Aucun Péruvien n'avait souhaité accompagner la troupe jusqu'à l'île. Trop dangereux à leur goût. Malgré les négociations, ils étaient restés sur le port où les soldats avaient fait escale. Muni d'une carte, debout derrière la barre, le commandant semblait gérer la situation. Il

avait passé son permis bateau quelques années auparavant, comme tous les hauts gradés de l'armée. En bon hyperempathique, Harold avait rapidement senti l'angoisse de son supérieur hiérarchique. Le voyage risquerait d'être plus compliqué de prévu. Il ne restait pourtant qu'une trentaine de kilomètres à parcourir.

Les quatorze autres soldats riaient sur le pont du bateau. Ils étaient aux anges : bientôt, ils rempliraient la fonction à laquelle leurs parents les prédestinaient. Et alors que d'autres avaient dû suivre de longues formations avant de pouvoir enfiler l'uniforme, eux avaient bénéficié d'une embauche accélérée. Ils pensaient avoir profité de l'urgence économique dans laquelle le pays se trouvait, et se persuadaient d'un recrutement basé sur leurs compétences personnelles. Ils croyaient faire une bonne action, offrir leur engagement à un projet noble : celui de renflouer les caisses de l'État, marquant ainsi l'Histoire à tout jamais.

Or, ces jeunes candides se trompaient. Harold en était bien conscient. À force de rester cloîtré dans son appartement, il avait appris à s'informer autrement. Voilà au moins une conséquence positive à son asociabilité. Il avait fouillé sur le net, vérifié les sources, appris deux ou trois astuces pour se débarrasser des filtres de censure du web et compris les réelles intentions des puissants. Derrière les beaux discours, ceux-là méprisaient le bonheur de leurs peuples. Si Harold avait longuement souhaité devenir immortel malgré cette lucidité et ce réalisme qui l'habitaient, c'était uniquement par amertume. Son manque d'espoir avait fini par détruire ses ambitions. Celles que lui avait inculquées sa famille dès sa plus tendre enfance. Oui, l'ultralibéralisme et l'Ère d'Éternité avaient tué à petit feu la démocratie, la fraternité et l'égalité sociale. Mais Harold avait rapidement compris que face à la puissance de ces quelques-uns qui dominaient le monde, les révolutionnaires demeuraient impuissants, subissant gazages, mutilations et même assassinats. À cause du classement des identités, les désobéissants qui survivaient ne pouvaient plus réaliser de projets. Ils se trouvaient dans l'incapacité de devenir propriétaires, de construire de grandes carrières ou encore d'obtenir un permis de conduire.

Sa famille avait expliqué à Harold que les véritables projets résidaient ailleurs et que l'argent ne faisait pas le bonheur. Le jeune homme avait alors rétorqué que cela y contribuait quand même largement. Les manigances du gouvernement et l'enrichissement de trois familles de multimilliardaires sur le dos des peuples avaient accru la frustration d'Harold. Avec le temps, cette frustration l'avait rendu aigri. Voilà comment le petit garçon plein de vie était devenu le gars morose que sa famille méprenait. L'excuse du don insupportable, finalement, n'était qu'un leurre. Un prétexte pour s'enfoncer et se tirer une balle dans le pied. Néanmoins, les douleurs liées à ses facultés demeuraient bien réelles. Elles n'étaient pas fantasmées. Mais le dégoût d'Harold pour la société et son aigreur avaient certainement empiré les effets négatifs de ses capacités. Son ressentiment avait étouffé le potentiel de son pouvoir inestimable.

Aujourd'hui, sur ce bateau, devant la vision de ces jeunes soldats émerveillés à l'idée d'obéir aux ordres, et de ce chef se pavanant derrière les commandes d'un immense navire, un déclic s'opéra en lui. L'absence de Bogolux dans l'injection d'Harold lui permettait au moins de garder la tête froide et l'esprit clair. Un cerveau lucide dont il comptait bien se servir sur l'île.

Certaines vagues atteignaient désormais les premiers barreaux de sécurité. L'eau ruisselait sur le pont et le surplus retombait dans l'océan. Les jeunes, voyant le ciel s'assombrir et les flots s'agiter, rentrèrent à l'abri des cabines. Harold, hypnotisé par la tempête qui s'initiait, resta accroché à la barrière, à l'avant du cargo.

Une nouvelle vague vint frapper le navire.

— RENTRE, IMBÉCILE ! hurla le commandant depuis sa passerelle de pilotage.

Harold l'ignora. Le chef ne put venir le déloger, il fallait tenir la barre et affronter la houle et le vent pour ne pas faire sombrer l'équipage.

Le bateau balançait de plus en plus. L'eau s'abattait sur le pont à intervalles réguliers, tandis que la pluie et l'orage se mêlaient à l'apocalypse générale. Harold, trempé jusqu'aux os, fixait l'horizon. Perdu dans ses pensées, il ne réussissait pas à lâcher les barreaux de métal. À tout moment, il pouvait être projeté par-dessus bord. L'océan rugissait. Un violent heurt libéra l'emprise du jeune homme sur la rambarde. Celui-ci se sentit glisser sur le pont humide et sa tête percuta un bloc de béton. À cet instant, Harold crut voir la mort arriver. Il finirait avalé par l'océan et ses êtres vivants. Et pourquoi pas par des bogos. En voilà un destin dégradant. Une fin absurde sans être ridicule, puisqu'elle remettrait simplement l'Homme à sa juste place. Après avoir voulu jouer avec la nature, le voilà ainsi piégé par son propre traquenard.

Une vague fit basculer le navire dans le sens opposé. Harold, le crâne en sang, se sentit projeté dans la direction inverse, sur une dizaine de mètres. Son corps s'arrêta net contre quelque chose de métallique. C'était les barreaux auxquels il s'était agrippé quelques minutes plus tôt. D'une force surhumaine, ultime, il leva un bras et s'accrocha à nouveau fermement à la balustrade pour ne plus la lâcher. Il profita de sa prise pour se hisser et se retourner. À plat-ventre contre le bois détrempé, le haut du crâne comprimé contre le garde-fou, il leva la tête et vint placer son regard entre les deux barreaux inférieurs. L'eau bleu foncé à perte de vue lui donnait le vertige. Partout au-dessus, de la brume, rien que de la brume. Harold pensa à sa vie, son enfance, son existence ratée, son grand-père...

« Écoute ton intuition », lui avait-il dit.

Harold dirigea ses yeux vers le fond du tableau. Ses yeux cherchèrent à percer cette brume opaque, qui au bout d'un moment, devint translucide, pour finalement s'estomper complètement. Derrière la vapeur, quelque chose de solide émergea alors. Une couleur verte prédominante contrastait avec ce bleu qui depuis près d'une heure, menaçait sa vie et celle de ses collègues. La couleur lui était familière. C'était celle de la végétation. Les arbres qu'il cherchait tant à approcher sans bien savoir pourquoi. Et puis à la vision, se mêla un autre sens. Celui de l'hyperempathie. Une émotion, d'une vivacité inédite, lui transperça l'âme. Pourtant, personne ne se trouvait à moins de dix mètres à la ronde. Et quand bien même : ni son équipage ni son commandant n'aurait été capable d'émettre de telles vibrations. Sauf un meurtre ou un accident, rien ne pouvait égaler cet émoi glaçant. Non, il s'agissait-là de sentiments émis par une foule. Une masse immense d'individus. Peut-être une population entière. Quelle que fût sa source, Harold ne put supporter l'émotion plus de deux secondes et sentit sa résistance faiblir. Il se cramponna au seul repère qu'il gardait dans son champ de vision : cette végétation abondante et rassurante. Très vite, la douleur collective qui l'animait se calma. Alors, presque aussitôt, la tempête cessa. Elle s'acheva si promptement que le bateau, en retombant sur sa cale, rebondit sur les flots.

Étonnamment, Harold trouva la force de se mettre debout. L'île se rapprochait, magnifique. Le jeune homme aimait à croire qu'il se trouvait face au paysage de la carte postale accrochée dans son studio. Celle qui était tombée au sol avant l'incident de la baignoire-sabot. La photo qui l'avait tant inspiré pendant ses coups de déprime. La masse végétale, juchée sur une terre sableuse émerveillait le jeune homme par sa beauté. Cette vision occultait totalement sa fébrilité. Pourtant, le garçon trempé, en sang, tremblotait de tout son long.

L'océan adouci, le reste de la troupe sortit aussitôt des cabines et observa l'étrange survivant. Debout, accroché aux barrières du cargo, il jubilait. Toutefois, son humeur guillerette contrastait drastiquement avec son état physique. Ses jeunes collègues vinrent à la rescousse du garçon pâlot. Harold les repoussa.

— Ça suffit de faire le héros, soldat 128, s'énerva le commandant, après être descendu de sa passerelle de navigation. En t'attardant sur le pont, tu m'as désobéi, et voilà le résultat. Tu croyais peut-être que tu allais braver la tempête à toi tout seul ? Par les forces divines qui te sont allouées ?

Les militaires rirent à l'unisson.

— Maintenant, tu représentes un poids pour la troupe. Nous allons devoir te soigner avant même d'avoir commencé la mission. Tu devras rester statique sur le campement pendant que les autres travailleront. Nous allons gâcher de la nourriture pour un rigolo comme toi, sous prétexte qu'il a voulu rester à découvert en pleine tempête tropicale. Tu as vraiment de la chance que l'océan se soit calmé, je n'en reviens pas moi-même. C'était si soudain ! À croire que tu as une bonne étoile. Sinon, c'est sûr : tu serais tombé à la flotte ! Il ne manquait pas grand-chose…

Hors de lui, le commandant retourna à son poste et guida le bateau, jusque-là désaxé, vers sa cible. L'île se trouvait à quelques centaines de mètres. Bientôt, le groupe foulerait la terre et pourrait en tirer le profit escompté. Ses collègues assirent Harold de force sur l'un des bancs du pont, et lui appuyèrent une compresse sur le front. Un beau rayon de soleil commença à sécher les vêtements et apaiser les esprits.

CHAPITRE 18
Le débat

Trois semaines que Bob s'était rendu sur le parvis du Centre Pharmabion. Vingt et un jours que monsieur Bion avait, par une rhétorique implacable, calmé les foules. Presqu'un mois déjà, que l'ouvrier avait obéi. À première vue, les promesses du célèbre patron se confirmaient.

Après avoir cru mourir, être resté au lit sans manger ni boire durant plus de vingt-quatre heures, Bob avait finalement repris conscience. Ses nausées avaient fini par disparaître. Ses vertiges, ses sueurs froides, ses bouffées de chaleur aussi. Peu à peu, il avait retrouvé sa forme physique d'antan. Oui, d'antan, car cette santé de fer ne datait pas d'hier. L'abattement qu'il traînait comme un boulet depuis toutes ces années à cause du Bogolux, ne ressemblait en rien à cette vitalité qu'il arborait désormais. Paradoxalement, l'esprit et le corps rajeunis ramenaient Bob des siècles en arrière. Un retour vers sa tendre enfance. Des souvenirs qu'il avait longtemps mis de côté pour ne jamais s'y replonger. Au départ, la mémoire retrouvée le peina. Il versa quelques larmes en repensant à sa mère, Marianne. La pauvre femme était partie contre son gré.

Elle était née dans un tout autre temps. Une époque où l'on cherchait encore à rester jeune à travers des coups de bistouris. Comme si la chirurgie esthétique avait quelque chose à voir avec la jeunesse. Alors qu'elle venait de fêter ses cinquante ans, elle avait appris l'existence du Bogolux, présenté comme le produit miracle. Trop cher pour se le procurer. Et puis le sérum était devenu obligatoire. Mais seulement pour les personnes de moins de vingt-trois ans.

Elle, comme beaucoup d'autres, sera alors condamnée à regarder, impuissante, les visages se figer à l'âge suprême, tandis qu'elle continuera à vieillir. Pour Marianne, qui craignait la décrépitude et la mort, la vie deviendra un cauchemar. Un soir de décembre, la quinquagénaire se jettera d'un pont.

Malgré le bonheur qu'il avait ressenti en apprenant qu'il faisait partie des heureux bénéficiaires du produit d'immortalité, Bob avait vite déchanté. Orphelin Éternel, il s'était enfermé dans le travail. Y avait rencontré Lucy, sa femme. Entre eux, le courant était immédiatement passé. Et puis, pris par la routine et la morosité des jours qui se ressemblent, ils ne s'étaient plus quittés. Avaient bravé la loi tant de fois pour procréer qu'il était impossible de les compter. June était finalement né, puis les avait lâchement trahis pour rejoindre le gang des Éphémères. Ces révolutionnaires anti-progrès. Ces ignobles combattants pour la mort. Depuis la fugue de son fils, et encore plus depuis le décès de sa femme, Bob lui en avait voulu. Il avait même essayé de le faire revenir, de le convaincre de se rendre immortel et de rester auprès de lui, en vain.

Désormais, s'il devait recroiser June, Bob mettrait certainement sa fierté de côté. Il sentait poindre en lui des sensations oubliées. Ses facultés de réflexion ne s'arrêtaient pas seulement au Bien et au Mal. Il parvenait désormais à dessiner des pensées complexes. Des opinions plus abouties. Pour autant, il ne disposait pas de suffisamment d'éléments pour juger la société dans laquelle il vivait. Cela faisait deux cents ans qu'il avait été lobotomisé. On lui avait volé sa personnalité, sa culture, son pouvoir de discernement. On lui avait pris sa capacité de mourir, mais également celle de se former ses propres idées, ses idéologies, ses idéaux et même ses goûts personnels. Jusqu'alors, il avait mangé tout cru ce qu'on lui avait servi, sans même vouloir pimenter ses plats ni refuser un aliment qu'il n'aimait pas. C'était pareil avec les informations. Les publicités. Les injections. Jamais il ne s'était posé de questions. À présent, l'esprit éveillé, les yeux ouverts sur le monde, Bob avait faim de réponses. Les interrogations, trop longtemps mises en sourdine, s'écrasaient les unes contre les autres et ne voulaient pas sortir dans le bon ordre. Comme un fumeur fraîchement libéré de la cigarette, Bob retrouvait ses sens.

Un matin, il fut réveillé par des voix. Des cris. Cela l'inquiéta aussitôt. Bob n'était pas habitué à ce genre de nuisances, son quartier pavillonnaire offrait un cadre de vie aussi calme que fade. Et d'une façon générale, sauf lorsqu'il y avait exécution sur la place publique, les hurlements n'existaient pas. Les gens effectuaient leurs tâches quotidiennes sans penser, et donc sans parler. Crier, de fait, relevait de l'impensable. De la perte de temps.

Bob ne fut pas seul à ouvrir la fenêtre à cet instant. Tous les habitants du quartier regardaient ce qu'il se passait.

— MAIS J'EN REVIENS PAS, MERDE ! ILS N'AURAIENT PAS FAIT ÇA ?! ILS N'AURAIENT PAS OSÉ ?!

— Regarde, ils nous ont bien empoisonnés pendant deux cent cinquante ans sans qu'on ouvre notre gueule ! Plus rien ne m'étonne !

— C'EST HORRIBLE !!!

Dans la rue, un petit attroupement s'était formé. Un téléphone portable se passait de main en main. Chaque fois que quelqu'un l'attrapait, il hurlait, ou tombait à genoux, plié par le choc. De sa fenêtre, Bob n'arrivait pas à déceler le moindre indice sur la situation, mais soupçonnait un drame.

— QU'EST-CE QUI SE PASSE ? cria-t-il à la foule.

— ILS FONT UN TRAFIC DE FŒTUS !!! DESCENDEZ, CE SERA PLUS SIMPLE !

Bob ne comprit qu'en regardant la photographie prise sur le téléphone portable. Il fallait le voir pour le croire. Il demanda plus de détails. Un homme lui raconta qu'il occupait un poste de technicien de surface au Centre Pharmabion. Durant une nuit de nettoyage, il avait trouvé une porte entrouverte. D'habitude, cette salle restait fermée à double tour. En l'absence de surveillants, il s'était engouffré à l'intérieur et avait découvert une scène épouvantable : des milliers de fœtus à peine formés dans des tubes de verre, baignant dans un liquide suspect. Certains paraissaient vivants, d'autres semblaient morts. Une série de tuyaux longeait la salle et atterrissait dans une immense machine. Autour, des microscopes, des lames et des tubes à essai laissaient deviner que des prélèvements y étaient réalisés. Quant à la machine, son rôle demeurait un mystère.

— Regardez, c'est écrit « Cloning Robot » sur l'appareil !

— Vous êtes sûrs ? On voit mal...

— Ils utilisent les bébés avortés des Éternels pour recréer des humains !

— Pourquoi pas, après tout ! Ils voient qu'on commence à ouvrir les yeux, alors ils cherchent à nous remplacer !

Profitant de la discussion, Bob posa subitement une question qui lui trottait dans la tête, parmi tant d'autres qui se bousculaient depuis plusieurs jours.

— Est-ce que quelqu'un peut me nommer les différents gouvernements qui se sont succédé depuis la création du Bogolux ?

Tous se regardèrent. Ils ne s'étaient jamais demandé ce genre de choses. Une réponse tomba aussitôt.

— Deux, je dirais.

— Non, trois ! rectifia une femme.

— En tout cas il n'y a eu que deux présidents ! Que le premier ait repris un mandat d'un siècle une fois son frère assassiné, c'est son problème !

— Ben, c'est pas vraiment son problème en fait, se permit Bob. C'est un peu le nôtre aussi, non ? Les présidents sont censés nous représenter... C'est à nous de leur donner les consignes !

— Mais les présidents, c'est fini depuis longtemps, jeune homme ! s'écria une voisine en tablier.

Celle-ci n'était pas plus âgée que Bob, mais elle s'habillait comme une personne âgée.

— Maintenant et depuis longtemps, c'est la monarchie ! Ils ont gardé le titre, mais ça n'a plus aucun sens. Les chefs ne sont même pas élus...

— Et c'était comment avant ? Quelqu'un s'en souvient ?

— Quand on était petit, il y avait quoi ? Le palais ressemblait déjà à une pyramide ?

— Comment faisait-on quand on était malade ? Comme pour les Éphémères ? Il fallait voir des médecins ?

— Et les gosses, ils allaient où la journée ? Moi je me souviens vaguement d'un lieu où mes parents m'emmenaient...

— Oui, un bâtiment avec des tables, des chaises, plein d'enfants...

— Il y avait aussi des punitions, on se faisait souvent disputer !

— L'école ! s'écria un homme.

— Oui c'est ça !! L'école !

Les rires se mêlaient aux interrogations. Les bicentenaires rassemblés par hasard dans la rue fleurie ressemblaient étrangement à de jeunes bambins. Curieux et heureux à l'idée de retrouver enfin leur joie de vivre, les habitants ne pouvaient s'arrêter de parler. Ils regrettaient d'avoir attendu leur soixante-dix-neuvième injection pour se remémorer le passé. Tant de perte de temps.

Les discussions bruyantes et enthousiastes attirèrent bientôt d'autres passants. Rapidement, des tables de camping dépoussiérées pour l'occasion – on n'avait pas pris de vacances depuis des siècles – se dépliaient en plein milieu de la rue, bloquant la circulation.

La police ne tarda pas à débarquer, alors que les premiers verres de vin étaient servis. Il n'était que 10 heures du matin, et on se serait crus au réveillon de la Saint-Sylvestre. Peut-être était-ce le réveil, que l'on célébrait. Le réveil du « on ». Car jusqu'alors, sous le poids du quotidien, du travail à outrance et de la substance, l'individualisme prenait le pas sur toutes les décisions. Toutes les actions. Ce jour-là, dans la bourrasque désormais quotidienne, un vent de fraternité jaillissait enfin.

Cette douce brise était déjà apparue à l'époque des actions coup-de-poing menées par les Éphémères. Elle s'était formée une seconde fois lors de la manifestation devant Pharmabion. Mais là encore, il s'agissait uniquement de recouvrer un confort autocentré, presque égoïste. Cette fois, il semblait que le peuple, par ses souvenirs retrouvés et sa lucidité récupérée, réfléchissait de façon plus globale. Le mal que les Éternels subissaient depuis des lustres n'était plus seulement personnel, mais collectif. International, en fait. Partout dans le monde, de plus en plus d'immortels recevaient une injection inactive, en attendant la conquête d'un nouveau bogo. De plus en plus de monde quittait la période difficile du sevrage pour rejoindre une vraie liberté de pensée.

Les deux policiers ne surent comment mettre un terme au rassemblement populaire qui s'était formé en pleine rue. Car finalement, était-ce un délit ? Le duo n'avait jamais eu affaire à ce genre d'activités et ne trouvait aucun moyen d'agir. L'un se laissa tenter par un petit verre de rosé, tandis que l'autre ordonna aux piétons de laisser passer les automobilistes. Quelques conducteurs, saisis par l'étonnante scène, décidèrent alors de garer leur voiture pour trinquer avec le groupe.

Toutefois, il restait encore de nombreux immortels asservis par le produit et l'aveuglement sociétal. La petite bande, bien arrosée, les regardait se rendre au travail, les yeux dans le vague. Le groupe tenta de leur parler, de leur montrer la photo des fœtus, de leur expliquer à quel point l'absence de Bogolux les avait libérés. Mais les intéressés ignorèrent leurs tentatives désespérées. Ce faisant, tels des miroirs, ils renvoyèrent aux personnes sevrées leur propre image. La vision dans ce reflet dramatique ajouta à leur déception sur le monde, ce qui donna lieu à de nouvelles discussions animées.

— Chef, je sais pas trop quoi faire, avoua l'un des officiers au talkie-walkie. Ils ne font rien de mal, finalement.

— Ils tentent bien de mettre des idées dans la tête des gens, pourtant.

— Oui, mais ils n'insistent pas... Ils boivent des coups.

— Écoutez, tant qu'ils ne viennent pas manifester devant Pharmabion, je préfère qu'ils s'alcoolisent un peu. La révolution ne sera pas menée par des ivrognes, de toute façon.

— On les laisse faire, chef ?

— Ne vous inquiétez pas, ils font partie de ceux qui seront bientôt rattrapés par le temps.

— C'est-à-dire ?

— Quand ils verront apparaître leurs premières rides, ils apprécieront moins de manquer de Bogolux. Ils regretteront le temps où ils dépendaient de leur cher gouvernement.

***

Quatre heures étaient passées et les habitants du quartier avaient refait le monde. Ou presque. En plusieurs siècles d'existence, il manquait quand même quelques souvenirs à aborder. L'humeur avait aussi changé. Les points d'entente passés, les conversations avaient dévié sur des points de divergence. Certains accordaient des justifications aux actes de leur dirigeant, d'autres le dénigraient sans nuance. Certains attribuaient du mérite au patron de Pharmabion, d'autres l'insultaient sans état d'âme. Quelques-uns abordèrent ensuite la question écologique, et s'en prirent plein la figure.

— Je suis parfois obligé de ressortir mon vieux masque à oxygène, tellement ils se sont remis à polluer l'atmosphère.

— Faut arrêter avec l'écologie, au bout d'un moment. Au temps du pétrole, on galérait moins. Et puis regarde où ça nous a menés : les progrès technologiques ont stagné. À cette allure, on va régresser et revenir à la bougie.

— On est bien contents d'avoir encore des bougies quand on n'a pas les moyens de payer nos factures. Heureusement que tout n'est pas encore automatisé dans nos maisons. On aurait l'air fins si on tombait en panne d'électricité dans ces conditions ! Moi je dis, les allumettes, de ce point de vue, c'est moderne !

— Tu rigoles ! C'est quoi ton monde idéal ? La nature partout, le confort nulle part ? Les gens à poil toute la journée ?

— Tu caricatures ! Il y a un juste milieu à trouver... On n'est pas obligé de surconsommer pour autant. Regarde, la plupart des humains civilisés possèdent trois voitures, des centaines de vêtements, deux téléphones portables et cinq télévisions par habitation. C'est les statistiques qui le disent ! On a besoin d'autant de gadgets, sérieusement ?

— On fait bien ce qu'on veut de notre fric à la fin ! C'est pas des écolos qui vont nous dicter comment on doit dépenser notre argent !

— Mais on ne dicte rien, tout le monde fait bien ce qu'il veut ! On peut quand même discuter !

La tension montait entre les deux clans qui s'étaient naturellement formés. Il y avait les conservateurs et les progressistes, mais on ne savait plus très bien quel terme correspondait à qui. Cela dépendait de la définition du progrès, et de quelle période du passé on parlait de conserver.

À court d'arguments, certains se mettaient à critiquer la forme, ou à dévier de sujet. Le fond du problème n'intéressait déjà plus grand monde.

— Et toi, ton jean, tu crois qu'il n'a pas été fabriqué par des entreprises polluantes ? Et la nourriture que tu manges ? Et la voiture que tu conduis ?

— Tu peux parler !

Les deux policiers, encore interloqués par ce qu'avait conclu leur supérieur hiérarchique au téléphone, quittèrent la réunion improvisée.

Les disputes des riverains finirent de les convaincre que le peuple ne pouvait être sauvé. Sans substance pour les guider, sans chef, les humains n'étaient voués qu'à se taper dessus. Eux au moins suivaient des instructions. Obéir aux ordres leur permettait de ne pas réfléchir. Cela évitait les querelles internes et les questions dérangeantes.

Subitement, alors qu'ils prenaient la rue adjacente, l'un des hommes en uniforme s'arrêta de marcher.

— Qu'est-ce qui t'arrive ? On n'a pas le temps d'y retourner,» y a la soirée cocktail de monsieur Bion à sécuriser.

— Non, je viens de penser... Dans deux jours, c'est mon injection. Tu crois qu'ils ont raison ? Ils vont m'administrer un liquide vide ?

— Ne crois pas ces débiles. Bion a dit que c'était bon, alors c'est bon. Faut pas croire les rumeurs populaires.

CHAPITRE 19

La silhouette

Le voyage l'avait fatiguée, mais elle restait toujours aussi déterminée. Voir un autre paysage, quitter son quartier d'enfance, découvrir une nouvelle
population, cela la mettait en joie. Ce qui la motivait le plus n'était pas de séjourner sur une île paradisiaque, mais de se sentir utile. Elle allait venir en aide à un peuple en souffrance. Cela atténuait ni plus ni moins ses propres tourments. Ceux du jugement des autres, des moqueries et du manque d'affection. Comme son frère, elle allait enfin mener une carrière. Bénévole, certes. Mais l'acceptation et la reconnaissance constitueraient déjà une magnifique rémunération.

Sa chef d'équipe, Filipine, la considérait comme une personne à part entière, chose que Jeanne n'avait jamais connue. Avant même le début de sa mission humanitaire, elle se sentait déjà soulagée. La jeune femme posa le pied nu dans le sable, et les sensations la revigorèrent, tout comme le vent tiède dans son cou, sur ses lèvres. L'air avait un goût salé.

On amarra le bateau à moteur loué pour l'occasion à côté de deux immenses navires. L'un, de couleur bleu marine, arborait un logo. Celui de l'alliance internationale. L'autre, kaki, impressionnait par son allure. Celle d'un cargo agressif.

— On n'est pas tout seuls, lâcha Filipine Gonfray.
— Ce n'était pas prévu ? demanda l'un des bénévoles.
— Si, bien sûr, mais je pensais qu'on arriverait après les militaires. J'espère qu'ils n'ont pas encore tout détruit.

Les sacs à dos furent chargés de vivres, de tentes, de sacs de couchages, mais aussi de matériel de premier secours et d'appareils photo. Ils n'étaient pas là pour faire du tourisme, mais pour tenter de protéger les plus faibles et retarder le massacre planifié, si d'aventure ils ne pouvaient l'éviter. Les clichés serviraient à appuyer leurs témoignages et à rapatrier du monde. Si ses bénévoles croyaient au miracle, Filipine, expérimentée, savait qu'il serait difficile, voire impossible de lutter contre la volonté des gouvernements. On ne se battait pas contre des colons immortels. Pour autant, elle ne se voyait pas rester en France pendant qu'un tel drame se produisait à l'autre bout du monde. Il fallait au moins tenter quelque chose.

Voilà comment elle avait initié ce projet de mission humanitaire, en catimini. Car en réalité, elle n'avait pas présenté les choses sous leur vrai visage. Elle avait prétexté vouloir nourrir les militaires, et les secourir face aux dangereux sauvages de l'île. Filipine avait appuyé ses propos en laissant entendre qu'elle avait eu vent de l'inefficacité du Bogolux. Benoît Venture et ses alliés, focalisés sur le succès de leur projet, avaient immédiatement accepté et engagé le financement du voyage.

— En route, les jeunes, lança-t-elle alors que la petite troupe commençait à pénétrer dans la jungle.

La densité de la végétation impressionna les dix volontaires. Jamais ils n'avaient été confrontés à la nature sauvage. Certains, même, n'avaient jamais vu de forêt. Une grande première qui en effraya plus d'un.

— C'est quoi, ces bruits ?

— Ce sont des animaux. Nous nous trouvons sur une terre vierge, nous entrons sur le territoire d'autres êtres vivants. Il va falloir s'y habituer... Et rester sur nos gardes.

— Pourquoi l'air ne bouge-t-il pas ?

— Les arbres arrêtent le vent. C'est pour ça qu'il souffle tellement en France.

Le poids des sacs à dos, la moiteur de la forêt, la hauteur des racines et la bassesse des branches rendaient la marche difficile. Filipine, en sueur, s'arrêtait régulièrement pour consulter son plan et sa boussole.

— On est perdus ? demanda Yanis, un grand gaillard.

— On va bien finir par trouver mais je t'avoue que là, je maudis Venture et sa clique.

— Pourquoi ?

— S'il n'avait pas mis en stand-by les progrès technologiques, je n'en serais pas réduite à me fier à une carte en papier... Bientôt l'an 2280, et voilà où on en est !

— Il existe des GPS quand même, osa Yanis.

— Le réseau satellite ne passe pas ici. Seuls les militaires peuvent accéder au réseau universel. En tant que citoyens lambda, nous sommes condamnés à revenir aux méthodes ancestrales.

L'image vint brusquement se loger dans l'esprit de Jeanne. Celle des populations se déplaçant en voiture avec des cartes et des boussoles. Cela devait être invivable : rater les rendez-vous, arriver en retard au moindre événement... Comment faisaient-ils pour partir en vacances ? Car il fut un temps où les gens allaient se reposer dans d'autres villes, d'autres pays. Fallait-il garer sa voiture sur le bas-côté à chaque intersection pour savoir quelle direction choisir ? Bientôt, la chaleur et la soif l'empêchèrent de penser. Les anses du sac à dos s'enfonçaient dans ses épaules. Le tissu et la peau s'étaient comme soudés par la transpiration. Cela faisait des heures qu'ils avançaient dans cette jungle impénétrable. Chaque respiration représentait un effort supplémentaire. Chaque pas, un véritable marathon à part entière. Déjà, deux membres du groupe s'assirent d'épuisement.

— Il ne faut pas rester statique, les amis. Qui sait quelle créature se cache dans la forêt.

Filipine lança un coup d'œil à Galen, l'un des volontaires. Il était guérisseur. Cela faisait des heures que le garçon s'attelait à rétablir ses coéquipiers, mais si sur le moment, ses soins soulageaient, l'épuisement ne tardait pas à reprendre le dessus. Aucune faculté ne pouvait changer la température ambiante ou faire disparaître la fatigue du groupe. Les kilomètres parcourus et les heures sans sommeil constituaient une réalité inébranlable.

— Natigan, on peut tester la téléportation une dernière fois ? demanda la chef du groupe à l'un de ses bénévoles.

À travers son recrutement, Filipine avait offert à cette mission, apparemment vaine, un maximum de chances d'aboutir. Ainsi, elle avait choisi des Éphémères disposant de toute la palette de dons possible. Mais force était de constater que les pouvoirs de ces jeunes mortels, très utiles en France et dans les pays développés, ne servaient pas à grand chose sur cette île. Non référencé sur les cartes du monde, le territoire n'appartenait à personne. Même les satellites ne le détectaient pas. Les seuls clichés qui existaient avaient été détruits en même temps que leurs photographes, lors des essais de colonisation, quelques siècles auparavant. Les vidéos utilisées pour la campagne de recrutement de l'armée illustraient en réalité d'autres îles du monde disparues depuis longtemps. Sur la Terre d'Amande, la nature n'avait jamais été domptée ni étudiée, et n'obéissait à aucune loi humaine. Dans la forêt, il fallait suivre les sillons naturels des animaux et des végétaux pour se frayer un chemin.

Dans ces conditions, le téléportateur se trouvait bien embêté. Il ne pouvait se baser ni sur des photographies, ni sur des coordonnées GPS pour situer le campement des Zingas. À la demande de Filipine, il tenta quand même le tout pour le tout, avec le risque d'embarquer l'ensemble du groupe vers une situation encore plus périlleuse.

— Vous êtes sûre, Filipine ? Je ne sais pas bien où on va atterrir... L'épisode du palmier ne vous a pas découragée ?

— Écoute, ça ne peut pas être pire. La nuit va tomber, on peut se faire dévorer par un tigre ou tout autre animal ancestral d'une minute à l'autre. Les légendes sur ce lieu ne sont pas rassurantes. Si on veut survivre à ce périple et préserver l'île et ses habitants à temps, il faut bien utiliser les outils que nous avons à notre disposition.

Natigan avala sa salive. Il se retourna vers le reste de la file et tendit les bras, invitant ses coéquipiers à le rejoindre.

Malgré la difficulté, ceux-ci allèrent à sa rencontre sans réfléchir et formèrent une ronde. Quelques retardataires, particulièrement impactés par la chaleur et la faim, rallièrent finalement leurs collègues. Le cercle formé, Natigan ferma les yeux. Il imagina le lieu de vie des indigènes tel que les théoriciens l'avaient pensé. Tel qu'on lui avait raconté. Il prit en compte la probable direction indiquée par Filipine et croisa les doigts de pied.

Ni les rituels superstitieux ni la bonne volonté ne suffirent. Le groupe atterrit brutalement dans l'eau, jusqu'aux épaules. Deux mètres plus loin, l'équipe aurait fini noyée au fond de l'océan. Une chance, finalement.

— Je suis désolé, pleura l'auteur de la téléportation.

— Tout le monde sur le rivage ! lança Filipine.

Epuisés, les bénévoles s'écroulèrent sur le sable. Ils étaient trempés. La chef d'équipe elle-même sentit couler sur ses joues des larmes de fatigue et de culpabilité. Elle savait la mission imprudente et avait impliqué de jeunes mortels dans l'aventure. Malgré tout, elle n'avait pu faire autrement. À leur place, des Éternels n'auraient jamais accepté de secourir ceux que le gouvernement peignait comme des sauvages, comme de simples obstacles aux richesses enfouies. Les Éphémères présentaient naturellement cette compassion pour les opprimés, car ils en faisaient partie.

À cet instant, Filipine regretta son initiative. Le projet était clairement voué à l'échec. Ils finiraient bientôt morts d'épuisement ou tués par des militaires. Après quelques minutes de silence, la tête tournée vers le ciel, la cheftaine fut ramenée à la raison par l'un de ses bénévoles.

— Que fait-on maintenant ?

Filipine s'assit et tenta de garder la face. Il fallait avancer. Les bateaux devant elle balançaient au gré des vagues.

— On est revenus au point de départ. Nous voilà trop épuisés pour reprendre la marche. Même notre guérisseur a besoin de soins. Montons nos tentes avant que le soleil ne disparaisse complètement. Le sommeil nous aidera sans doute à trouver le bon chemin.

— L'avantage, lança Jeanne, c'est que nous risquons moins d'être dévorés par un animal sauvage sur la plage qu'au fin fond de la jungle. N'est-ce pas ?

— Tout à fait ! s'enthousiasma Filipine.

Cette petite, bien que privée de capacités extraordinaires, disposait au moins d'une bonne humeur communicative. Voilà une qualité qui dans les temps qui couraient n'était pas de trop.

Dormir dans le bateau, étant donné l'agitation de l'océan, s'avérait bien trop dangereux. Avec leurs faibles ressources, les jeunes mortels montèrent leurs tentes. Annie, la télékinésiste du groupe, maintint la toile en l'air et enfonça les piquets dans le sol, le tout par la pensée. Mais il fallait quand même regarder le mode d'emploi. Faire travailler les cerveaux. Une heure plus tard, la température avait chuté et les volontaires tentaient de se réchauffer autour d'un feu, emmitouflés dans leurs duvets.

Chacun sortit de son sac sa ration alimentaire quotidienne: une pilule regroupant les apports journaliers moyens recommandés pour une personne. Cela n'étouffa en rien la faim mais permit au moins d'éviter les carences et malaises. Le ventre toujours vide, les pieds encore humides et glacés, les bénévoles épuisés s'endormirent très vite. Seule Filipine mit du temps à sombrer. Elle redoutait la journée suivante. Allaient-ils finalement trouver le campement ? Arriveraient-ils trop tard ? Comment seraient-ils accueillis ? Les militaires les laisseraient-ils soigner les indigènes ? Trouveraient-ils un compromis ? En plein doute, la chef d'équipe s'abandonna enfin, bercée par le flot des vagues et le chant des grenouilles provenant de la forêt.

Les premiers rayons de soleil traversant la toile réveillèrent Jeanne. Jamais elle n'avait dormi ailleurs que dans le confort de chez ses parents. La transition l'ébranla quelque peu. Il était encore tôt, elle le sentait à la lourdeur des paupières. En tout cas, ses coéquipiers ronflants ne semblaient pas décidés à ouvrir les yeux. Elle se leva, enfila un pull. Une fois à l'extérieur, elle le quitta aussitôt. La chaleur tropicale commençait déjà à poindre. La journée s'annonçait étouffante. La teinte rose du ciel prit un ton violacé à mesure qu'il se rapprochait du bleu de l'océan. Les deux se fondaient l'un dans l'autre comme deux taches de peinture sur un tableau. Quelques oiseaux chantaient. Jeanne observa l'un d'eux, vêtu d'un magistral plumage noir. Après un impressionnant vol plané, celui-ci piqua à la verticale vers la surface de l'eau. Il disparut un quart de seconde et ressortit la gueule pleine d'un énorme poisson orange.

« Heureusement que les Hommes ne peuvent pas faire d'alliances avec ce genre d'animaux sinon ils en pêcheraient, du bogo ».

Jeanne marcha au bord de l'eau, les pieds nus dans ce sable si fin, si tiède, et continua d'étudier ce qui l'entourait. Pour cette fille du XXIIIe siècle, le moindre détail de l'île sauvage attisait sa curiosité. Comme un nouveau-né découvrant le monde, la jeune femme écarquillait les yeux à chaque occasion. Elle tournait la tête dès qu'elle percevait un bruit. Jamais elle n'avait vu de nature si libre, si étendue. En France et dans la plupart des territoires de la planète, ce qui restait de la nature, ce qui n'avait pas encore été détruit par l'Homme, finissait capturé. Enfermé, élevé, dressé, exploité. On visitait les quelques rescapés du monde animal contre une modique somme d'argent, et ceux-là faisaient peine à voir. Ils tournaient en rond derrière des vitres et des barreaux métalliques. Se tapaient la tête contre les murs et les aquariums. Subissaient les inséminations répétées pour se reproduire. Puis, lorsqu'ils ne correspondaient pas ou plus aux normes de la beauté, ils finissaient vendus dans le but d'être chassés par des milliardaires. Pour le prestige et la fierté. Les soirées mondaines. Le tourisme des quelques-uns qui n'avaient pas besoin de travailler.

Les seuls arbres qu'elle avait pu observer en ville apparaissaient comprimés dans des blocs de béton. Chaque branche qui osait dépasser des frontières invisibles qu'on lui avait conférées se voyait immédiatement raccourcie, arrachée, taillée. Parfois, on sculptait les arbres pour leur donner une forme totalement dénaturée. Comme si un cœur ressemblait à cette paire de fesses terminée d'une pointe. Comme si les étoiles se composaient de cinq branches. Dans la nature, tout n'était que rondeurs, courbes et sinuosités. Les lignes droites n'existaient pas, sauf dans la norme humaine. Cette stricte vision de la perfection différait totalement de celle que Jeanne apprenait à connaître, sur cette plage, à l'autre bout du monde. L'aube conférait à cette beauté un profil encore plus doux, davantage élégant. Quelques fleurs marquaient la transition naturelle entre le sable stérile et la jungle luxuriante qui lui faisait face. Celle-ci l'intriguait par son mystère.

Jeanne marcha le long de la côte, tout en épiant de loin cette végétation à la fois rassurante et effrayante. Son pied droit percuta soudain quelque chose de solide et fuyant. La jeune fille sursauta en découvrant un crabe qui courait se réfugier vers un trou dans le sable. À regarder de plus près le sol beige qui s'étendait devant elle comme un tapis dans un hall d'hôtel, le crustacé qui venait de s'échapper n'était pas seul. Des milliers d'autres spécimens, petits et grands, gambadaient devant elle. Jeanne, qui ne connaissait pas ce genre de créatures, prit peur et courut à son tour vers le refuge le plus proche : la forêt.

C'est alors qu'elle tomba sur l'invraisemblable. Dans cette masse verte uniforme, qui surgissait face à cet horizon bleu, une césure cassait le paysage homogène. Une ligne bien trop droite pour paraître naturelle. Là, devant les yeux apeurés de Jeanne, s'étalait un massacre végétal de taille. Sur une large allée, divisant la jungle en deux, des centaines d'arbres et plantes en tout genre se vautraient dans leur propre sève. Un large chemin avait été manifestement ouvert par la force. La vision spectaculaire paralysa Jeanne, debout à l'entrée de l'autoroute d'arbres morts. Ses yeux parcoururent les immenses troncs allongés devant elle comme s'il s'agissait de l'ombre de son propre corps. Bientôt, son regard se leva au loin vers l'autre bout de cette allée. À sa grande surprise, elle y découvrit une silhouette. Celle d'un humain. Celui-ci, bien plus petit qu'elle, se situait à une centaine de mètres de là. Le corps menaçant, obscurci par la distance et l'ombre des arbres qui s'élevaient de chaque côté, changea de position. Tétanisée, Jeanne ne parvint pas à bouger. Quelques secondes plus tard, un objet la percuta. La puissance du choc la renversa en arrière. Sa tête s'enfonça dans le dernier espace sablonneux à l'orée de la jungle. Le sang traversa le coton et colora le débardeur blanc. Le logo « Humania » disparut sous la tâche rouge foncé qui s'agrandissait. La vision trouble de Jeanne sur le ciel bleu s'assombrit. Un visage d'enfant s'était dressé entre elle et les nuages qui défilaient au loin.

CHAPITRE 20

Le tamandua

— Ils auraient pu nous accueillir quand même, ils ont été prévenus de notre arrivée !
— Qui ça, chef ?
— L'équipe conquérante. Le premier groupe est venu tâter le terrain et a réussi à calmer les ardeurs des habitants. Nous, on ne débarque pas pour faire dans le social. On n'ira pas par quatre chemins. D'ailleurs, en parlant de chemins… Soldat 127, boussole, plan ?
— Pardon, chef ?
Le commandant soupira.
— Une bande de branques, qu'on m'a collée.TON SAC !
Le militaire s'empressa de tendre son sac à dos à son supérieur qui fouilla aussitôt à l'intérieur. Harold, de son côté, bien que fatigué par l'accident sur le bateau, ne pouvait quitter son sourire. La forêt dont il avait tant rêvé se dessinait devant lui tel l'horizon du paradis. De cette population d'arbres majestueux, une émotion puissante éteignait toutes celles, insignifiantes en comparaison, qui le parasitaient au quotidien. Les sentiments et les émois humains ne faisaient pas le poids face à ceux des géants verts. Comme si la source de toutes les émotions, la clé de l'énigme de son existence, se trouvait ici. Comme si

d'une façon ou d'une autre, il lui fallait se plonger dans le bain végétal pour comprendre ses propres problématiques. Malgré son envie inconditionnelle de courir à travers les bois et de laisser les soldats en plan, Harold se retint. Après tout, il était encore blessé, il devait rester raisonnable. Agir intelligemment. Profiter des vivres des militaires et des soins prodigués jusqu'à sa pleine guérison. Une fois totalement remis sur pied, il pourrait se permettre de quitter le groupe. D'autant que la proximité des arbres sur l'île lui permettrait de mieux supporter son hyperempathie. Harold avait attendu la paix intérieure pendant vingt-trois années. Il pourrait bien patienter quelques jours supplémentaires.

Sa tête le faisait souffrir. Cette fois, il ne s'agissait pas de ses capacités, mais du violent coup qu'il avait reçu sur le bateau. Sans le vouloir, Harold se mit à regretter l'absence de Loula.

« J'avoue que pour une fois, les facultés des Éphémères me seraient bien utiles », admit-il intérieurement.

Le voyant grimacer, le commandant l'interpella.

— Soldat 128, je t'ai déjà dit que je te voulais guéri sous trois jours. N'aggrave pas ton cas, bon sang ! Reste couché sur ce brancard, l'équipe te portera.

Les collègues jetèrent un regard noir à Harold, qui obéit. Le commandant brandit une boussole et une carte, et après deux minutes de recherche, rangea le tout dans sa poche.

— Le téléphone de John a été détecté vers le nord-ouest. C'est donc par là, il faut traverser la jungle sur six kilomètres. Vu l'heure, on va pas s'emmerder, c'est moi qui vous l'dis.

— C'est-à-dire chef ? demanda le soldat 125.

— On a emmené ces grosses machines, alors autant s'en servir. Ça fera d'une pierre deux coups : vous apprendrez à les utiliser et on avancera plus vite. On reviendra chercher le derrick demain. Pour l'instant, soldats, vous allez venir avec moi et guider les bûcherons automatisés jusqu'à la forêt. GARDE-À-VOUS !

Depuis son brancard de fortune, fabriqué à l'aide de manches à balai et d'une toile de tente, Harold regarda les membres du groupe se mouvoir. Leurs uniformes allaient de pair avec l'unité de la troupe. Leurs pas synchronisés, répétés sur le bateau, ne formaient qu'un.

— Droite, gauche, droite, gauche! criait le commandant.

Les militaires coordonnés se dirigeaient les yeux fermés vers le cargo amarré. Les ordres exigèrent l'ouverture de la cale, la masse en symbiose s'exécuta d'un même mouvement. Les soldats extorquèrent les deux engins métalliques du bateau en les faisant passer sur une passerelle rabattue jusqu'à la plage. Le bruit des moteurs résonna dans le silence de l'île comme un marteau-piqueur au milieu d'une église. Le cœur d'Harold s'emballa. Avait-il bien compris ?

— Tout droit vers la jungle !

Deux militaires avaient été choisis pour conduire les machines solaires. Des restes de l'ère écologique, révélant dans le même temps le paradoxe de l'humanité : ces appareils non polluants avaient été conçus pour abattre des forêts. Ils avancèrent vers les premiers arbres, suivis de près par le groupe. Quatre soldats s'extirpèrent du groupe pour venir porter le brancard d'Harold.

— Je peux marcher, je vous assure !

— Sûrement pas. Après un traumatisme crânien, on se met au repos. C'est bien la moindre des choses. Surtout quand on a une mission aussi importante à remplir. Allez : GAUCHE, DROITE, GAUCHE, DROITE ! hurla le commandant Verne dans un mégaphone, de façon à prendre le dessus sur le vrombissement des engins.

— Gauche ou droite, chef ?

L'un des conducteurs avait baissé sa vitre et ne savait où mener les roues de sa machine.

— TOUT DROIT ! TOUT DROIT, IMBÉCILE !

Harold, toujours allongé, bringuebalé par ses collègues, leva la tête. Le commandant se plaça tout près des deux engins et guida les pilotes. Quelques minutes plus tard, les machines se stationnèrent côte à côte, face à la jungle, le bras robotisé relevé. Au bout des immenses perches métalliques, cinq lames se mirent à tournoyer dans un bruit aigu effrayant. Comme des enfants devant un tracteur, les soldats poussèrent des cris enthousiastes. La joie et l'admiration s'affichaient sur chacun des visages candides. La peur qu'Harold ressentait ne provenait donc pas des humains qui se tenaient pourtant en face de lui. Très vite, il comprit d'où cette émotion venait.

— NOOON ! protesta-t-il alors que les déforesteurs robotisés reprenaient leur avancée.

Le hurlement d'Harold fut étouffé par ceux des arbres. Ces derniers transcendèrent le cœur de l'homme. La douleur qu'il éprouva à cet instant dépassa tout ce qu'il avait pu vivre ou imaginé. La tête reposée sur le brancard, Harold n'avait pas besoin de regarder la scène qui se déroulait devant lui pour la visualiser. Tout lui fut projeté contre son gré à l'intérieur de son esprit : les branches arrachées, les feuilles pulvérisées, les troncs entaillés, l'écorce décollée, et la souffrance avec.

Oui, bien que silencieux, les arbres criaient. Ils hurlaient si forts qu'Harold se demanda comment le commandant et les soldats ne les percevaient-ils pas. Peut-être les ignoraient-ils ?

— ARRÊTEZ !!! beugla Harold.

Seuls ses quatre porteurs l'entendaient.

— Mais tais-toi ! Qu'est-ce que tu veux à la fin ? On est déjà bien gentils de te venir en aide. Ne complique pas les choses !

Les palmiers, les baumiers, les courbarils, les caféiers et les nombreuses autres variétés d'arbres se faisaient happer à mesure que les machines s'approchaient. Au fur et à mesure, les êtres centenaires – millénaires peut-être – tombaient au sol comme du vulgaire petit bois de cheminée.

—Vous n'êtes pas bien ou quoi ?! Laissez-moi descendre !! Arrêtez le massacre !!

Les porteurs se regardèrent. Avec un type aussi turbulent, il allait être compliqué d'avancer sans faire tomber le brancard, et ce, malgré l'autoroute que leur dégageaient les deux bras métalliques.

— Chef ! Chef ! cria l'un des soldats après avoir posé le lit de fortune au sol.

Le soldat accourut jusqu'aux oreilles de son supérieur, accaparé par le bruit des engins et le travail qui s'abattait sous ses yeux humides. L'annonce de la jeune recrue lui retira le sourire du visage.

— Chef, il y a le soldat 128 qui nous empêche d'avancer.

Il hurle sans arrêt et bouge dans tous les sens.

— STOOOOP ! ordonna le supérieur aux conducteurs.

Le bruit des moteurs cessa. Le commandant vint à la rencontre d'Harold, qui s'extirpa difficilement du brancard. Verne l'attrapa par le col et le décolla du sol.

— Qu'est-ce qu'il y a, garçon ? Tu veux ruiner la mission, c'est ça ?! T'es le seul à pouvoir te la couler douce et tu veux marcher ?! Très bien, tu l'auras voulu ! Tu vas marcher, et personne ne viendra t'aider, compris ?! Et si t'arrives pas à suivre, tu viendras pas pleurer. Il vaut mieux perdre une pomme pourrie plutôt qu'elle contamine le reste du panier. Mais attends, tu chiales ?!

Les remontrances de l'aîné de la troupe et l'avilissement subi par Harold n'étaient pas à l'origine de ses larmes. Les sanglots de l'Éphémère appartenaient aux arbres. Les émotions traversaient Harold comme elles auraient pénétré une éponge, et il suintait de douleur.

— Vous les tuez ! gémit Harold.

— Qui donc ? demanda le chef, sincèrement interloqué.

Harold pointa du doigt les troncs qui se trouvaient sous leurs pieds. Le chef éclata de rire.

— Ah oui, je pense que le traumatisme crânien a été sévère. Le soldat 128 a des hallucinations, déclara-t-il au reste du groupe. Il voit des hommes à la place des arbres ! Je te rassure, soldat, les végétaux ne ressentent rien. On ne tue rien, on procède à ce qu'on appelle communément un agencement de territoire. Un prélèvement. Quoi qu'il en soit, tu parles beaucoup trop. Les ordres sont des ordres. Alors tu vas obéir et rentrer dans le rang. COMPRIS ?!

— Compris, chef, hésita Harold, entre deux sanglots.
— Et cesse de pleurer ! Un homme n'a pas le droit de verser une larme. Encore moins un soldat. Alors, soit tu te comportes comme tel et tu suis le groupe en silence jusqu'au campement, soit tu restes ici et tu feras pas long feu. Estime-toi heureux que je ne te fusille pas sur-le-champ. J'économise des balles.

Le commandant lâcha finalement le col froissé d'Harold. Affaibli, celui-ci se laissa tomber sur le tronc immense qui faisait désormais office de chemin.

— Allez on reprend ! Soldat 123 et 124, remettez le contact. On continue de libérer l'accès jusqu'aux sauvages. En avant ! Droite, gauche !

La troupe abandonna le brancard au milieu des bois et continua d'avancer dans la même direction. Les machines persistèrent à démolir la forêt, hectare par hectare, formant désormais une large et longue allée. Des oiseaux croassèrent en s'envolant des branches qui déclinèrent. Quelques mammifères s'échappèrent des troncs qui tombaient. D'autres disparurent en même temps que leurs habitats.

Harold avançait en queue de cortège. Ses membres inférieurs continuaient de marcher, il n'était blessé qu'à la tête. Pour autant, son mental perturbé avait tendance à déteindre sur son physique. Les larmes inondaient toujours ses joues alors qu'il tentait de suivre le groupe. Malgré l'effort surhumain, il s'agissait de ne pas flancher. Il essaya de se concentrer sur ses pieds pour ne pas regarder l'horreur qui se déroulait devant lui. Mais le mal-être ambiant envahissait son cœur et sa tête. Au sol, les souches fraîchement déracinées le ramenaient au drame dont il était témoin.

Harold ne faisait pas partie de ces néo-écologistes qui gagnaient depuis peu l'opinion publique. Jamais il ne s'était intéressé aux animaux, et encore moins aux végétaux. Il était bien trop préoccupé par sa propre personne et ses soucis familiaux. Son récent intérêt pour les arbres, son soudain attrait pour cette forêt primaire, il les subissait. En aucune façon, il ne contrôlait cette curiosité qui l'habitait par effraction. Objectivement, il pouvait saisir les propos du commandant. Après tout, pourquoi s'embêter à se repérer dans une jungle hostile quand on pouvait en quelques minutes se frayer un chemin sécurisé et faire fuir tous les animaux sauvages ? Malgré le bon sens, quelque chose l'alertait, tentait de lui faire prendre conscience d'une toute autre réalité.

Harold se tenait aux branches et aux troncs qui avaient été épargnés. Ceux qui jouxtaient l'allée vierge. Brusquement pris de nausée, le jeune homme vomit au pied d'un manguier. Alors qu'il reprenait sa respiration et s'apprêtait à relever la tête, une nouvelle émotion le traversa. Toujours négative, celle-ci se caractérisait avant tout par un certain désespoir teinté d'inquiétude. Ce sentiment différait étrangement de ceux émis par les arbres. Il paraissait plus proche de celui d'un humain. Toutefois, une certaine naïveté s'ajoutait à ce qu'il connaissait des bipèdes glabres. Un être vivant en détresse dénué de jugement demandait de l'aide.

Instinctivement, Harold se retourna, laissant le groupe s'éloigner derrière lui. Sous son nez, le jeune homme ne percevait qu'un amas de branchages sur des troncs étalés. Pourtant, il en était certain, l'auteur de l'émotion qu'il captait se trouvait tout près de lui. Il se laissa guider par ses sens. Son intuition. Harold marcha en sens inverse du cortège militaire, qu'il entendait au loin. Pour une raison qui lui échappait, il lui fallait retrouver la source mystérieuse de l'émoi qui le tourmentait. Ce besoin viscéral lui était pourtant inconnu. Jusqu'à présent, Harold faisait tout pour fuir les êtres qui émettaient ne fût-ce que la plus ridicule émotion. Mais depuis l'épisode de l'arbre du bois parisien, le garçon voyait son comportement changer. Ses habitudes se transformaient au contact des nouveaux sentiments dont il était l'impuissant vecteur.

Après quelques pas à l'aveuglette dans cette allée mortifère, tel un radar, Harold sut qu'il se trouvait à proximité de sa cible. Et pour cause : ses yeux tombèrent face à deux billes rondes et noires. Le regard d'un animal poilu. Le visage allongé, parfaitement similaire à la queue, créait un profil harmonieux. Le corps de la bête, d'un blanc presque polaire, se scindait par un chandail noir. Son pelage donnait au fourmilier à collier une allure humaine. Peut-être n'était-ce qu'une impression. En quelques secondes, le jeune homme cerna la situation de son interlocuteur. Ses facultés cérébrales venaient de passer un cap supérieur.

Harold ne ressentait pas seulement la détresse de l'animal. Il visualisait ses pensées, l'objet de son inquiétude. L'hyperempathique savait à qui il avait affaire : une mère subitement séparée de son fils, au moment où l'arbre sur lequel tous deux se trouvaient avait chuté. Le traumatisme à la fois physique et moral terrassait la femelle. En apercevant l'humain qui se tenait devant elle, elle ne pensa pas à fuir. Le soudain soulagement émotionnel qu'elle éprouvait en sa présence la poussa même à rester. Pour une raison inconnue, il représentait l'unique chance de retrouver son enfant. Pourtant, quelques minutes auparavant, des primates habillés du même tissu avaient fait tomber des arbres et leurs habitants. Car outre son petit, c'était une multitude d'autres colocataires qui vivaient sur ces branches, sous ces feuilles, derrière les écorces et les plantes grimpantes, auprès des racines. Oiseaux, rongeurs, coléoptères, géants, minuscules, invisibles. Tous silencieux, mais bien présents. Utiles, mais expulsés sans aucun égard ni regard. Sans aucune pensée ni attention. La femelle tamandua venait de rencontrer un être exceptionnel, quelqu'un qui pouvait la guider. Auprès de lui, sa détresse devenait plus supportable. Moins abominable. Le regard de l'homme devenait une oreille à l'écoute de ses cris muets et désespérés.

— Mon enfant ! Il était sur mon dos ! Je l'ai perdu ! Aide-moi à le retrouver !

— Sur quel arbre vous trouviez-vous ? demanda Harold sans parler.

— Un vieux spécimen, un de ceux qui ont bien vécu et qui nous accueillent confortablement. De larges branches pour bien dormir.

Plusieurs étages pour vaquer à nos occupations. Quelques fruits pour attirer les fourmis. Une maison idéale.

Harold regarda à ses pieds. Les végétaux fraîchement arrachés s'entremêlaient sur les multiples troncs pliés, abîmés. Dans ce climat de guerre, difficile de retrouver un corps. Qu'il fût vert et rugueux ou blanc et poilu.

— De quelle couleur étaient les fruits ?

— Orange, je crois. Mais je ne sais pas si nous avons la même acuité visuelle.

Alors qu'ils cherchaient autour d'eux, Harold se mit à prendre conscience de la situation ubuesque qu'il était en train de vivre. Il conversait avec un fourmilier au sujet de la pigmentation des fruits, au beau milieu de la jungle, à près de 10 000 kilomètres de chez lui. Comment tout cela était-il seulement possible ? Sa blessure à la tête le faisait-il halluciner ? Finalement, le commandant avait peut-être raison à son sujet... D'ailleurs, à cette heure-ci, les soldats devaient se trouver déjà dangereusement loin. L'allée qui se dessinait devant lui apparaissait vide et calme. Le grondement des machines à bûcheronner se faisait si faible qu'il aurait pu être pris pour celui d'une tondeuse, ou même d'une simple scie circulaire.

Mais très vite, Harold cessa de raisonner. Quelque chose lui indiquait que son intuition était la bonne. Il réfléchirait après. La voix de l'animal ne ressemblait à nulle autre. Aucune corde vocale n'aurait pu retranscrire son discours. Instinctivement, le cerveau d'Harold traduisait le plus fidèlement possible et avec le vocabulaire le plus approprié, les sentiments de la maman paniquée. Alors, même si les mots n'étaient pas forcément les bons, Harold saisissait au moins le sens du propos. La femelle fourmilier, quant à elle, comprenait parfaitement cet humain qui lui répondait et l'écoutait. S'il utilisait ses yeux pour trouver l'arbre qu'il fallait retrouver, elle se servait de son long museau pour repérer l'odeur de sa progéniture.

— Par là ! lança-t-elle, le cœur à nouveau rempli d'espoir.

Harold suivit la direction du nez poilu et souleva les branchages au sol. Ses douleurs avaient disparu et une force surhumaine s'empara de lui. C'était sa détermination qui lui procurait cette hargne. Encensé par le soutien de la maman inquiète, Harold souleva tout ce qui recouvrait le tronc suspect. Alors que l'écorce devenait à nouveau visible, le jeune homme aperçut une masse blanche et poilue. Le même blanc cassé que celui de son étonnante interlocutrice.

— Il est là, annonça-t-il.

La maman courut et appela son fils d'un puissant cri perçant. Harold porta ses mains à ses oreilles – l'animal n'était pas si silencieux, finalement. Passé la surprise, il s'approcha au plus près de la créature coincée entre deux troncs. Un léger gémissement répondit au premier. Par miracle, le petit était bien vivant. Sans réfléchir, Harold attrapa une solide branche et la glissa sous l'un des deux poids qui tenaient le jeune fourmilier en étau. Après plusieurs essais infructueux, l'effet-levier fonctionna. Le tronc se souleva légèrement, libérant son emprise sur le corps frêle.

— Attrapez-le, je ne vais pas pouvoir tenir indéfiniment ! annonça l'humain.

Le tamandua ne perdit pas plus de temps et fonça sur son bébé. Elle lui donna un coup de patte pour le dégager. La voie libre, Harold relâcha la pression sur le bois qui céda. La chute du tronc sur la branche fit basculer le jeune homme qui s'écroula. Plus de peur que de mal. Il observa alors avec soulagement et délice la superbe scène qui s'offrait à lui. Le petit animal agitait ses oreilles d'ourson contre le cou de sa maman, tandis qu'elle lui donnait un coup de langue sur le flanc. Son enfant était sain et sauf. Par chance, il avait dû se loger dans un espace hasardeusement créé par les aléas végétaux. Sans l'aide de l'humain, le petit serait mort de faim.

Ce dernier grimpa sur le dos de sa mère et celle-ci se retourna une dernière fois vers Harold.

— Je ne sais pas qui vous êtes, mais je vous remercie infiniment. Vous avez sauvé mon bébé. Vous avez calmé ma douleur. Merci.

Harold cligna les yeux en signe d'affection et la femelle quitta l'allée. Aidée de ses griffes et de sa queue, elle grimpa sur le premier arbre encore debout avant de disparaître dans la dense forêt, à quelques mètres au-dessus du jeune homme.

Ce qu'il venait de vivre changea sa vie à tout jamais. Des êtres vivants comptaient sur lui et lui réservaient généreusement la reconnaissance et la compassion dont il avait toujours eu besoin.

CHAPITRE 21

La course du margay

— Allez, allez, on se dépêche pour la pêche! Et avec la pêche ! lança John avant de conclure par un rire profond et gras.
— Elle est bonne, chef ! rétorqua Fitz en trinquant avec son supérieur.
— De quoi, la vodka ou la pêche ?
Sous les nouveaux éclats de rire des visages pâles sur la plage, les cinq Zingas sélectionnés pour leurs aptitudes de chasseurs de poissons courbèrent l'échine. Munis de leurs pics taillés dans le bois, les hommes à la peau rouge grimaçaient à l'idée de s'y remettre. À coup sûr, ils ne trouveraient pas l'espèce requise, en tueraient une tripotée pour rien et reviendraient fatigués pour un résultat nul. Déjà, ils avaient réussi à refuser le filet. Les Blancs leur avaient assuré que les recherches seraient bien plus efficaces avec ce genre d'outil. Mais conscients de l'impact causé à la faune pour de faibles chances de tomber sur un bogo, les Zingas n'avaient pas hésité à leur exposer leur point de vue. Sans moyen de conservation, que feraient-ils de ces centaines de poissons piégés au hasard du courant ? Les militaires avaient fini par céder, tout en promettant qu'en l'absence de résultats rapides, ils pourraient dire adieu à leurs pics à pêche ancestraux.

Yepa regardait ses cousins obéir aux Occidentaux. Elle se sentait à la fois coupable et victime de la situation. En seulement une semaine, tout avait complètement basculé. Le quotidien, l'avenir, les principes... Tout. Sa famille ne lui reprochait plus d'avoir fait venir les ennemis sur leurs terres. Ces derniers avaient su toucher un point sensible dans le cœur des Zingas. Le seul qui pouvait leur faire changer d'avis au sujet de leur cohabitation.

Fili, la maman de Yepa et Timi, sortit de l'abri à soins et s'approcha des onze hommes qui se prélassaient au soleil.

— Combien de jours avant l'arrivée de votre scientifique ?

— Je vous ai dit qu'il avait quitté notre sol. Donc le temps du voyage ! répondit Verne.

La femme baissa la tête.

— C'est qu'il est de plus en plus faible...

— Soyez patients, grâce à nous, bientôt vous ne craindrez plus la mort. En attendant, prépare-nous un bon repas, on a une faim de loup ! Ça creuse, de ne rien faire qu'attendre.

— Mais, il est très tôt...

— Ne discute pas ! Si on t'ordonne un banquet, tu nous fais un banquet ! Qu'il soit 3 heures du matin ou 17 heures. C'EST CLAIR ?!

— D'autant que t'as fait une nuit blanche, s'amusa Smith en lançant un regard vers les bouteilles vides amassées au sol.

Le groupe éclata de rire, tandis que la femme aborigène se contenta d'obéir.

Jumbo, qui avait vu la scène, suivit Fili dans l'abri-cuisine.

Celle-ci, une larme au coin de l'œil, alluma un feu sous la grande marmite.

— Comment peux-tu accepter que les Blancs te traitent de cette façon ?

Elle resta silencieuse.

— As-tu donc oublié ce que nos parents et nos grands-parents nous ont enseigné ?

— Mon frère, tu as entendu ce qu'ils nous ont dit ? Nous sommes la dernière tribu de la planète ! Le seul peuple libre du monde ! Sans leur aide, ce n'était qu'une question de mois ou d'années avant de disparaître.

— Tu les crois vraiment quand ils disent qu'ils vont nous prêter leur produit miracle ? Et qu'il fonctionne ?

— Tu as bien vu leur démonstration ! La lance a traversé le cœur du soldat. Et pourtant, il s'est régénéré, il a survécu ! Tu l'as vu comme moi...

— Qui sait si ce n'est pas un tour de magie des ennemis... lança Jumbo, à moitié convaincu par ses propres réflexions.

La scène à laquelle il avait assisté était spectaculaire, il l'admettait intérieurement. L'autoguérison qui s'était produite sous ses yeux ne pouvait avoir été truquée. Aucun remède connu ne rebouchait de si grosses plaies aussi rapidement. Même l'andiroba ne cicatrisait pas autant. Pourtant, le pouvoir de cette plante défiait bien des médicaments chimiques. Face au silence de son frère, Fili persista à le convaincre.

— Mowk serait sauvé, tu te rends compte ? Ses connaissances et sa sagesse sont si précieuses ! Il souffre tellement... Laisser passer une telle chance de le garder en vie et en bonne santé serait idiot !

Jumbo goûta la soupe que sa sœur était en train de préparer.

— Et s'ils nous piégeaient à nouveau ? S'ils nous utilisaient uniquement pour ce que l'on peut leur apporter, sans rien nous donner en retour ?

— Nous n'avons plus la possibilité ni le luxe de nous rebeller. De nouveaux militaires ont rejoint les premiers et se sont installés. Ceux-là sont armés et immortels. C'est trop tard ! Nous devons prendre ce risque. Se rebiffer maintenant équivaudrait à un suicide collectif programmé.

Jumbo soupira, avant d'aider sa sœur en cuisine. Il attrapa deux maniocs et un fagot de jambu et les posa sur une planche. Dans cette île reculée, « non civilisée », « sauvage » – selon les gouvernements des pays « modernes » – la popote n'était pas réservée à la Femme. Les corvées se partageaient entre les membres de la tribu selon les préférences, les capacités et les aptitudes physiques de chacun. Jumbo et Fili adoraient préparer de bons petits plats depuis l'enfance. Un truc de famille. Du haut de ses cinq ans et demi, Timi commençait déjà à réaliser ses premières papillotes de yucca, un tubercule qu'ils affectionnaient particulièrement. Toutefois, malgré leur passion commune pour la gastronomie locale, le frère et la sœur ne mettaient pas le même cœur à l'ouvrage pour servir des gens dont les intentions les effrayaient de jour en jour.

— J'espère que ton optimisme aura raison de mon inquiétude.
— Et que nous arriverons à sauver Mowk, rétorqua Fili.
— Mais a-t-on le droit d'interférer dans les plans du Grand Esprit ? Mowk est très âgé...
— C'était quoi le bruit dans la forêt, hier ? demanda la jeune Yepa, debout dans l'encadrement de la porte.
— Qu'est-ce que tu fais là ? Je t'ai dit d'aller jouer avec ton frère, rétorqua sa mère, gênée.
— Je veux savoir ! Le bruit a résonné sur toute l'île ! Tu m'as dit que c'était une tempête, mais je n'y crois pas. Le vent, même fort, ne résonne pas de cette façon.

Fili posa son couteau et s'accroupit devant sa fille.
— Les militaires ont... aménagé la forêt.
— Ils ont quoi ?!
— Ils se sont frayé un chemin pour venir jusqu'à nous.

Yepa ne comprenait pas. Lorsque les Zingas se dégageaient le passage, ils ne faisaient aucun bruit, pour la simple et bonne raison qu'ils ne touchaient quasiment à rien. Ils pliaient certaines branches, à la rigueur. Si cela avait fait un tel boucan, c'est que des arbres étaient tombés.

On lui avait toujours enseigné la valeur d'un arbre. Les adultes insistaient sur le fait qu'on ne prélevait rien sur un végétal tant qu'il n'était pas mort. Les arbres constituaient le peuple le plus ancien de la planète. Celui qui détenait la connaissance universelle. Comment ces mêmes adultes avaient-ils pu laisser des inconnus déterrer des troncs et couper des branches sans raison ?

Voyant les yeux de sa fillette se gorger de larmes, Fili justifia le comportement de la tribu.

— Nous avons tenté de nous interposer mais les monstres en métal restaient insensibles à nos lances et à nos flèches. Quant à ce groupe de militaires, ils font partie du même peuple que celui arrivé il y a une semaine. Ils sont donc également immortels, comme leurs engins-tueurs. Nous leur avons expliqué l'importance de la forêt et de ses habitants, et je pense qu'ils ont compris leur erreur, ma chérie.

Jumbo se retourna vers sa sœur et sa nièce. Son visage allongé se tendit.

— Ils n'ont pas intérêt à abîmer davantage l'île. Je suis prêt à me sacrifier s'il le faut. On verra lequel de nous deux sera éternel, entre l'homme sans cœur, celui qui pour obéir à un roi, est prêt à s'attaquer aux êtres vivants, et celui qui n'obéit qu'à l'amour de la liberté et du bien commun. La terre, les végétaux, les animaux et les humains constituent notre trésor le plus précieux, Fili, ne l'oublie pas.

— Je le sais Jumbo, je me sens tout autant impuissante que toi.

Tandis que le frère et la sœur se serreraient dans les bras au milieu de l'abri-cuisine, la petite Yepa en sortit. Le carquois dans le dos, les pieds nus sur le sable qui côtoyait l'humus forestier, elle regardait les silhouettes s'animer au loin, à contre-jour du soleil, cet astre qui lentement, rejoignait l'horizon. Les Blancs passaient leurs journées allongés sur la plage, à boire cet étrange liquide, à rire, à rougir et à donner des ordres à sa tribu. L'équipe qu'elle avait elle-même accueillie des jours auparavant s'y trouvait au grand complet. Le moins que l'on pût dire, c'est qu'elle avait bien changé. La fillette avait éprouvé de la pitié pour ces hommes perdus. Ces individus craintifs, jurant repartir dès qu'ils auraient obtenu une seule réponse de la part de son peuple. Désormais, non seulement ils n'abordaient plus la question du départ, mais en plus ils envisageaient de rester. Ils parlaient même de construire de nouveaux abris. Ou plutôt de faire construire. Car les envahisseurs ne semblaient pas capables de grand-chose. Parmi eux, Yepa pouvait aussi observer le chef des militaires-foreurs. Le supérieur du deuxième escadron. Un gars costaud. C'était celui qui buvait le plus. Lui aussi prenait du plaisir à donner des ordres. D'ailleurs, tandis qu'il s'abreuvait, ses propres hommes étaient partis exécuter une tâche qu'il leur avait confiée. Ils effectuaient des repérages en forêt « en vue d'un projet inédit », avait-il annoncé, le matin même.

En se remémorant la scène, la petite écarquilla les yeux. Allaient-ils à nouveau couper des arbres ? Faire du mal à la terre ?

— Moi je trouve qu'ils n'y mettent pas beaucoup de bonne volonté, ces fainéants de sauvages. On leur propose l'immortalité, et ils font la gueule.

L'homme qui venait de parler, l'un des membres du groupe de conquérants, pointait son doigt en direction du campement. Un jeune Zinga marchait péniblement sous le poids de la pierre qu'il apportait au chantier.

— C'est vrai qu'au premier coup d'œil, on dirait un escargot ! s'exclama son collègue de gauche en riant. À ce rythme, on va être obligés de dormir dans les huttes encore un bout de temps.

— Bah alors ça, rétorqua le commandant Verne, je ne le supporterai pas deux jours de plus. Ou bien j'irai rejoindre une femelle. Je suis sûr qu'il y a des lits qui ne sont pas remplis ici. C'est une perte d'espace éhontée !

Les rires enivrés éclatèrent.

— Il faut optimiser, tu as raison ! approuva John Smith. Le problème, c'est qu'elles ont pas l'air commodes, les nanas d'ici.

— Elles nous chauffent avec leurs nichons à l'air toute la sainte journée.» Faudra pas venir se plaindre après !

— Sinon, pour les détendre, moi j'ai une solution toute trouvée. On leur fait goûter à l'alcool, et tu peux être sûr qu'elles auront le sourire.

— Hé mais, c'est pas bête ! Tu sais que c'est comme ça que Christophe Colomb a pillé l'or des premiers Indiens d'Amérique, il y a un millénaire ? On change pas une méthode qui réussit ! D'ailleurs, ils en parlaient dans les instructions gouvernementales. Non ?

Les deux chefs se tapèrent dans la main en guise d'accord, et renversèrent un verre dans le sable.

— Il faudra aller chercher du stock de bouteilles, on a plus grand-chose ici. Quelqu'un devra se porter volontaire pour aller au bateau demain, lança Fitz.

— Ah bah tiens, c'est c'ui qui l'dis qui l'est !

Le groupe rit encore plus fort – si seulement cela était possible – tandis que le soldat qui venait de lancer l'idée perdit le sourire qui l'animait jusque-là.

— D'accord, chef, je m'y rendrai.

— Où sont les autres soldats ? demanda une voix cristalline qui fit sursauter le groupe.

— Putain ! Gamine, comment t'arrives à être aussi discrète ! On dirait que tu te téléportes !

— Ce sont les animaux qui m'ont appris. Le silence, ça les connaît.

— T'entends ça, Philippe ? C'est les animaux qui lui ont appris... Faut croire qu'ils boivent pas que de l'eau non plus ici. Et puis... Ça commence jeune apparemment !

— VOUS NE M'AVEZ PAS RÉPONDU ! s'écria la fillette.

John s'accroupit pour se mettre à la hauteur de l'enfant. Les yeux dans les siens, il reprit subitement son sérieux, malgré l'haleine alcoolisée.

— Ce que font nos hommes ne te regardent pas. Occupe-toi plutôt des tiens, on ne sait jamais ce qu'il peut leur arriver, au détour d'une hutte. On n'est jamais trop prudents...

— Vous m'aviez dit qu'il vous suffirait d'un mot pour repartir ! Depuis, vous avez invité d'autres amis et vous comptez en faire venir d'autres... Vous m'avez menti ! pleura Yepa.

— Ce n'est pas de ma faute si ta famille a craqué pour notre remède miracle. Ils nous ont passé une commande, nous sommes dans l'obligation de l'honorer.

Verne et les soldats-conquérants ricanaient. Malgré tout, la petite fille ne comptait pas se laisser impressionner.

— Trop aimable... Vous vous moquez de nous ! Vous n'avez plus aucun respect pour les nôtres. Depuis votre arrivée, nous n'avons plus le temps d'entretenir le camp. Au lieu de ça, nous vous entretenons. Il vous faut partir !

— Je n'obéis à personne. Tu m'entends ? Encore moins à une gamine de huit ans. Allez, hors de mon chemin ! s'énerva le chef de la troupe en poussant Yepa.

Celle-ci tomba en arrière. Choquée, en larmes, elle se releva et courut vers la forêt. Elle traversa d'abord le quartier des Zingas, sous leurs yeux interloqués. Ces derniers, bien trop occupés par leurs nouvelles tâches, n'eurent pas le temps de la rattraper. Déterminée à se rendre dans une direction inconnue, l'enfant fonça.

Sa course ressemblait à celle du margay. Ce chat-tigre, la petite s'en inspirait beaucoup. Elle l'avait rencontré tandis qu'il s'abreuvait dans un marécage. Il s'était alors enfui si rapidement que le corps souple du félin n'avait, semble-t-il, pas touché le sol. De la même façon, Yepa courait tellement vite que ses pieds lévitaient quasiment. La gamine pressentait chaque obstacle, de la racine à enjamber au tronc à contourner. La rage dans laquelle l'avait mise l'homme-pâle lui avait administré un besoin profond de se retrouver. Cette forêt représentait la source de toutes vies. C'était ici qu'elle avait grandi, que le peuple de l'île trouvait refuge. La jungle filtrait l'air de toute la planète. Car Yepa ne le savait pas, mais sa forêt, comme sa tribu, se trouvait être la dernière inexploitée.

La corne de sa voûte plantaire l'empêchait de sentir le moindre caillou, la moindre épine. La petite continua sa route sur plusieurs centaines de mètres dans une forêt toujours plus dense et chaude. Un instant, il lui sembla apercevoir un fauve. Mais elle ne lui laissa pas le temps de s'intéresser à elle. Le paysage défilait si vite devant ses yeux qu'elle ne pouvait déceler que le vert des feuillages sans distinction d'espèces. Alors que la teinte changeait subitement, la petite se prit les pieds dans un objet qu'elle ne put éviter tant il était imposant.

Allongée contre cette masse dure et rêche, Yepa rouvrit les yeux. Le ciel, d'habitude invisible sous le toit végétal, s'imposait à elle comme au sommet d'une montagne dégagée. Aussitôt, la stupeur l'envahit. L'objet qui l'avait fait tomber, et sur lequel elle était couchée, n'était autre que le corps sans vie d'un arbre. Bientôt, la fillette se rendit compte de l'ampleur des dégâts. Ce n'était pas un seul, mais des centaines des milliers de végétaux qui reposaient à l'horizontale. La petite se mit debout, sonnée par l'évidence. Sa mère avait dit vrai, mais le récit s'avérait moins douloureux que le constat d'horreur.

Cet espace, cet endroit de la forêt qu'elle avait certainement déjà foulé au cours de ses précédentes expéditions se présentait à elle dans un terrible silence. On avait fait taire une partie du cœur de l'île.

Très vite, la terreur laissa place à la haine dans le cœur de l'enfant. Elle avait été trop gentille. Trop confiante. Malgré les avertissements et les récits de ses aïeux, elle n'en avait fait qu'à sa tête. Elle avait voulu donner une chance aux étrangers comme à n'importe quel autre être vivant. Or il fallait se rendre à l'évidence : les ennemis portaient bien leur nom. La trahison ne s'arrêterait d'ailleurs sans doute pas à ce tronçon de forêt. Il faudrait raisonner toute la famille, les dissuader d'accepter le produit vanté par les Blancs. Non, le scientifique ne poserait pas le pied sur cette île. Pas une personne de plus de franchirait la côte. Yepa marcha d'un pas déterminé dans l'allée artificielle. Si celle-ci rejoignait le campement, prise en sens inverse, elle devait sans doute mener vers la côte est. La route s'orientait manifestement vers les bateaux des militaires. La fillette irait accueillir les prochains arrivants à sa façon. De son carquois, elle sortit une flèche. De l'autre main, elle attrapa l'arc qu'elle avait accroché à sa ceinture de liane.

Quelques minutes plus tard, une forme mouvante attira son attention au bout du chemin. Un oiseau ? Un rongeur ? La petite fille se cacha derrière un arbre accolé au tas de troncs. Elle laissa l'agitation s'intensifier. La chose s'approcher. La silhouette au bout de l'allée grandit encore et encore, pour finalement prendre l'apparence d'un humain. La peau blanche s'illumina au soleil et la fillette prit la lueur comme un signal. Elle pointa sa flèche vers l'abdomen de l'individu, plissa les yeux et tira. La personne s'écroula. Yepa sentait le sang battre dans les veines de son cou. Elle courut vers l'individu.

C'était une femme. Vêtue d'un t-shirt et d'un short, ses cheveux châtains couraient sur ses bras dénudés. La seule femme-ennemie qu'elle avait pu rencontrer sur le quartier général ne lui ressemblait en rien. Celle-ci n'était manifestement pas préparée au combat. La preuve, elle était tombée à la première flèche. Yepa vérifia en fouillant les poches de sa victime : elle ne portait pas d'arme. Sa musculature paraissait moins développée que celle de son petit-frère Timi. Quant à sa résistance, elle n'égalait pas celle des soldats du camp. Du moins pas celle de l'homme qui s'était retiré la lance du corps. Celle-là perdait du sang et ne semblait pas pouvoir guérir seule.

« Mais alors, si tous les Blancs n'ont pas accès au remède magique, pourquoi les Zingas y auraient droit ? »

— ON NE BOUGE PLUS !

De fait, la jeune Zinga ne pouvait faire autrement. Quelqu'un l'avait attrapée par surprise, alors qu'elle s'était penchée au-dessus de la blessée. Immobilisée, les mains dans le dos, la fillette hurla de toutes ses forces. Elle tourna la tête et mordit la chair de la personne qui l'avait piégée.

— AÏÏE !!

L'individu lâcha prise et Yepa en profita pour dégainer une nouvelle flèche. Elle s'apprêtait à la planter dans le ventre qui lui faisait face, mais un coup net dans son avant-bras la força à desserrer les poings. La flèche tomba. Deux enchaînements suffirent à l'adversaire pour mettre la petite fille hors d'état de nuire. La femme brune qui se tenait devant elle tenait le carquois en l'air. Trop haut pour l'enfant qui tentait tant bien que mal de le récupérer. La femme en profita pour casser les flèches au niveau de la pointe. Heureusement pour elle, il n'y en avait que trois et le bois frêle ne résista pas.

— Comme quoi, les cours d'arts martiaux, ça n'était pas une perte de temps ! Petite morveuse, va, je t'ai bien eue !

L'enfant resta un temps sans voix. Elle était stupéfaite, à la fois de la dextérité de la femme et du sourire de cette dernière, alors qu'elle venait de l'insulter. Les propos suivants n'atténuèrent pas son étonnement, bien au contraire.

— Excuse-moi fillette, je n'avais pas le choix. Je t'aiderai à en fabriquer d'autres.

Yepa attrapa le carquois vide, désormais à sa portée. Les flèches serviraient à allumer un feu. Désarmée, elle fut contrainte de parler.

— Qui êtes-vous ?

— Je t'expliquerai après. Pour l'instant, je dois régler ce petit problème, si ça ne te dérange pas. Son doigt pointait le corps inerte de Jeanne.

Filipine courut vers les tentes plantées non loin de là et réapparut aux côtés de Galen, le guérisseur. Yepa avait profité de l'instant pour ramasser un caillou et le tenait fermement dans sa main droite. Le moment venu, elle assommerait l'un d'entre eux. Mais ce qui suivit contraria ses plans. Celui qui accompagnait la guerrière jeta un coup d'œil curieux à la fillette, avant de se pencher sur la victime. Il ferma les yeux, posa une main sur le front de Jeanne. Quelques minutes plus tard, la flèche s'expulsait de son abdomen par une force invisible. Le garçon souleva le t-shirt ensanglanté : la plaie avait disparu. La peau lisse semblait ne jamais avoir été touchée. La jeune femme allongée ouvrit les yeux.

De surprise, Yepa lâcha le caillou, sans regret. Que valait une minuscule pierre face à des super-héros ?

— Vous êtes des sorciers ? Vous êtes des dieux ? Dites-moi la vérité !

— Pas plus que toi, petite, s'amusa Filipine en grattant les cheveux de l'enfant redevenue elle-même.

Yepa se mit à pleurer.

— Je me suis encore fait avoir, vous aussi allez venir dans ma famille et les embêter. Je n'ai pas réussi à vous repousser, je suis nulle !

— Pas du tout ! s'apitoya Jeanne, à peine remise de ses propres émotions. Tu as fait ce qu'il fallait, tu t'es montrée méfiante et tu as eu raison. Alors c'est vrai, tu n'as pas réussi à me tuer, ni à maîtriser mes amis. Mais tu y étais presque ! Et puis, nous ne voulons aucun mal à ta tribu. Au contraire, nous sommes venus pour vous aider.

— Je ne vous crois pas ! Les autres aussi ont dit qu'ils ne voulaient pas nous nuire, et puis au final ils ont tué des arbres. Ils se moquent de nous et n'arrêtent pas de nous faire travailler pendant qu'ils restent couchés sur la plage.

Filipine, Jeanne et Galen se regardèrent, dépités, puis jetèrent un œil à leur environnement. À cette allée artificielle. Les employés du gouvernement avaient déjà eu le temps de marquer leur territoire.

— Ont-ils blessé quelqu'un ?

— Les arbres, je vous dis !!

— Oui, mais parmi les Zingas ?!

— À part les pêcheurs, non... Pourquoi ? Ils ont prévu de nous tuer ?

— Que vous ont-ils promis pour que les tiens leur obéissent ?

— La guérison et l'immortalité... Ils ont trouvé le poisson qu'ils cherchaient pour fabriquer leur produit, mais ils doivent le faire transformer par un scientifique. Il va venir. D'ailleurs, je croyais que c'était vous ! Il y a bien des Zingas qui ne veulent pas de leurs promesses, mais face à des soldats invincibles, on est impuissants. Ils nous l'ont prouvé : on ne peut pas leur tirer dessus !

Jeanne tint la main de l'enfant tremblante et la regarda droit dans les yeux.

— Je ne te garantis pas la paix absolue. Ces gens-là sont déterminés. Ils sont sans pitié. Tout ce qu'ils veulent, c'est faire du profit. Mais je te promets une chose : je ferai tout pour que tu survives à cette période difficile. J'en fais une affaire personnelle. N'aie plus peur, je suis là.

La petite fille ne comprit pas tout ce que la femme aux cheveux châtain venait de lui dire. Surtout la partie où il était question de profit. Toutefois elle avait saisi l'intention. Une belle et noble intention en laquelle elle avait envie de croire. Elle voulait s'y accrocher comme à un repère dans ce contexte incertain. Malgré la gravité de la situation, elle pourrait compter sur cette personne. Elle en était persuadée. Qui l'eût cru ! La couleur de peau, tout compte fait, n'avait aucun lien avec la bonté d'un individu. Désormais, elle ne qualifierait plus les ennemis de « Blancs ».

— Tu peux m'appeler Jeanne, fit l'Éphémère accroupie, alors que la petite venait de poser sa tête sur son épaule.

— Moi c'est Yepa.

— Bon, pardon de vous déranger dans ce moment de pure douceur, mais Jeanne, si vraiment tu n'as pas de pouvoir, il faudra que tu m'expliques comment tu as fait ! Cette petite t'a tiré une flèche dans le ventre, et maintenant la voilà qui te fait des câlins. Si j'avais su, ça m'aurait évité une morsure, et une prise de karaté sur une mineure de moins de dix ans !

Jeanne, soulagée, s'abandonna au rire. Jamais elle ne s'était sentie aussi complète et utile.

— Alors là, admit-elle, je ne peux pas te répondre.

Filipine s'approcha de l'oreille de sa bénévole et parla à voix basse.

— Attention quand même à ne pas trop faire miroiter de choses à ces gamins. Tu sais comme moi qu'à part faire reculer l'échéance, on ne pourra pas vraiment éviter le danger.

Jeanne ignora la remarque. Quoi qu'il advînt, elle tiendrait sa promesse. Cette enfant, elle s'en occuperait.

Galen montra du doigt la flèche ensanglantée qui restait juchée sur le sol. La chef d'équipe s'empressa de la ramasser.

— Laissez-la moi, implora subitement la fillette, voyant ce qu'elle s'apprêtait à faire. Ne la cassez pas ! Si vraiment vous êtes honnêtes comme vous le dites, alors je n'utiliserai pas cette flèche contre vous. Mais à la moindre erreur de votre part, je n'hésiterai pas. Et votre guérisseur n'en saura rien.

Les trois adultes se regardèrent avant de hocher la tête à l'unisson.

— C'est d'accord, accepta Filipine en guise de confiance. Maintenant, allons réveiller les autres et démonter les tentes. La journée va être longue.

CHAPITRE 22

Le réseau

Harold crut entendre un cri. Une voix humaine. Mais il ne pouvait l'affirmer à 100%. Malgré sa volonté de suivre les militaires jusqu'au campement, cela faisait près d'une heure qu'il avait quitté l'allée principale, sans même s'en rendre compte. Au lieu de chercher à les rattraper, il avait plongé dans le bain de forêt qui l'attirait tant. Il n'avait pu résister à cet appel qui à la fois l'apaisait, le guérissait et consumait son énergie. Car les arbres en souffrance autour de lui gagnaient en vitalité à mesure qu'il les approchait. De même que pour les humains, Harold puisait leurs émotions et en tarissait la provenance. Mais chez les arbres, la sensation différait en termes d'enjeux et de conséquences. Cette fois, il ne vivait pas cette situation comme un calvaire, mais comme un objectif personnel de haute importance. Un acte qui l'enrichissait et le réjouissait pleinement, malgré la fatigue. Tout autant que dans le bois parisien, Harold se sentait investi d'une mission qui le dépassait. Était-ce la nature de ces êtres vivants qui éveillaient en lui cette ambition ? Harold était-il uniquement né pour venir en aide aux arbres ? Si telle était la réponse, il l'accepterait avec plaisir. Cette idée donnerait enfin du sens à ses questions existentielles insolubles, tout en mettant un terme à ses angoisses. Or, même s'il se trouvait sur la bonne voie, Harold sentait que le fin mot de l'histoire dépassait le simple règne végétal.

La preuve : il était venu en aide à un animal et la même détermination était venue l'habiter. Cette même force l'avait d'ailleurs poussé à soulever un tronc comme pour sauver son propre fils. L'humain faisait partie du monde animal. Tout cela relevait bien de facteurs plus larges que celui de l'espèce concernée.

Au fil de ses pas sur la terre humide de la forêt vierge. Harold comprenait mieux les signaux qui lui étaient envoyés. Les émotions des arbres qu'il frôlait se solidifiaient. D'une certaine façon, il les voyait. Ou les entendait. Peut-être les deux. Une sorte de brouhaha au départ qui, bientôt, s'éclaircit. Dans la masse impalpable perçue par le mental d'Harold, un élément se distingua. Une information singulière sur laquelle il se focalisa. Pour mieux la percevoir, l'homme ferma les yeux. Ses pieds continuaient d'avancer. Ils franchissaient les racines, évitaient les creux et les troncs. Sa tête s'inclinait dès qu'une branche un peu basse lui barrait le passage. Les yeux fermés, Harold voyait plus clair. Étonné par son pouvoir, son cœur palpita de plus belle et il accéléra naturellement la cadence. À travers ses paupières, une intense lumière verte attira toute son attention. La lueur se ravivait à mesure qu'il avançait. La « voix » dans sa tête s'intensifiait. Pourtant, il ne pouvait déceler de mot ni de phrase précise. Harold porta ses mains à ses paupières, ébloui par tant d'ardeur. Mais l'épaisseur de ses paumes n'y changea rien. Des larmes coulèrent le long de son visage. Désorienté, il s'arrêta de marcher, n'y pouvant plus. Il tenta alors l'impensable et ouvrit les yeux, tout en se protégeant avec l'avant-bras.

Aussitôt, la lumière disparut. Il baissa le bras et se retrouva nez à nez avec un immense obstacle. Un mur lui faisait face. À y regarder de plus près, la texture de cette façade lui paraissait familière. Harold posa sa main sur la paroi et comprit. Il était en train de toucher un arbre. Mais celui-ci ne s'apparentait à aucun autre. De son point de vue, à seulement dix centimètres de l'écorce, il ne pouvait discerner ni les branches ni les limites du tronc. Harold recula. Il leva la tête. Plus haut. Encore plus haut. Le tronc s'étirait infiniment vers le ciel. Son regard eut beau grimper vers la branche la plus lointaine, Harold ne parvint même pas à apercevoir la plus basse. Les nœuds du bois qui se dessinaient devant les yeux ébahis du garçon ressemblaient à s'y méprendre à des visages. Des sculptures sur bois ridées, quasiment vivantes. Ce qui s'apparentait à des yeux, des bouches ou des pommettes, était relié par des lignes courbes et sinueuses. Tels des plis, les rainures de l'arbre gigantesque témoignaient du passé, mais également du futur. Car l'origami titanesque était prêt à se déplier, à se déployer autant que les années qu'il pourrait encore connaître.

Totalement subjugué par l'être qui se présentait à lui, le jeune homme tentait d'évaluer sa taille.

— Difficile à dire ! s'exclama-t-il tout haut, alors qu'il tendait ses mains de part et d'autre.

Impossible de mesurer l'épaisseur de cette façon, et encore moins de l'encercler à bout de bras. Pour se persuader soi-même de l'incroyable dimension du tronc, il décida d'en faire le tour. Les pas s'enchaînèrent à l'infini. À tel point qu'Harold se perdit dans ses comptes. Sur son chemin, une grosse racine s'imposa. Celle-ci, plus élevée que les autres, naissait au niveau de sa tête, courait au sol pour plonger dans la terre à deux mètres de la base du tronc. Tout bien réfléchi, une bonne trentaine de personnes les bras tendus n'aurait pas suffi à encercler entièrement le châtaigner d'Amazonie. Quant à la hauteur de l'arbre, comment en juger ? Il aurait fallu pour cela connaître celle des premiers nuages.

À côté de ce monstre de bois et de feuilles, les autres troncs, d'habitude si imposants, si visibles, devenaient de simples allumettes prêtes à se casser. Éreinté par la longue marche qu'il venait d'effectuer, Harold s'assit, le dos en appui contre le bois humide, mais solide. La tête au frais sous l'immense parasol végétal, le garçon souffla enfin. Après quelques minutes d'engourdissements, ses douleurs se réduisirent à un mauvais souvenir. Soulagé, il leva instinctivement la tête vers le ciel et le vertige des hauteurs le scotcha dans cette position quelques minutes supplémentaires. L'arbre rejoignait les astres. Un gratte-ciel des temps anciens.

Soudain, alors que la paix intérieure avait littéralement embrassé Harold, la voix mystérieuse résonna à nouveau. Cette fois, l'onde sonore ébranla tout le corps de l'humain. Les fréquences basses faisaient vibrer chacun des organes, des parcelles de peau et des cinq sens du garçon. D'où provenaient ces étranges vocalises ? Harold ferma les yeux et se concentra.

— Enfin, te voilà.

L'homme rouvrit les paupières. Il se trouvait toujours seul au milieu de la jungle.

— Ça va mieux ? Tu as moins mal à la tête ?

La voix indéfinissable – car elle n'était pas captée par ses oreilles – émanait vraisemblablement du tronc derrière lui à son contact. Son corps, son abdomen, ses poumons et son crâne faisaient office de caisse de résonnance. Sans réfléchir, Harold plaça ses deux mains de chaque côté de lui, paumes contre écorce.

— Oui en effet, répondit-il au mystérieux interlocuteur. C'est comme si je n'étais pas tombé. La douleur a totalement disparu. Comment le savez-vous ?

— J'ai entendu parler de toi. Mais surtout, je t'ai soigné.

— Vous êtes guérisseur ?

— De fait, oui. Mais ce n'est pas ma vocation. Je suis un témoin du temps. Des peuples. Un spectateur immobile qui voit se perpétuer devant lui les erreurs et les avancées des êtres vivants. Bon. Je dois avouer que j'ai compté plus d'erreurs que d'avancées depuis que je suis sorti de ma graine. Du moins chez les humains. Quoique les singes en font de belles, parfois. Ça doit venir des gênes...

— Vous voulez dire que vous nous observez sans pouvoir agir ?

— Mon rôle ne se trouve pas dans l'action ni l'interaction. Je suis né pour recevoir et émettre les informations. Je suis connecté au plus grand réseau de la planète.

— Internet ?

— Presque.

— C'est-à-dire ?

— Disons que c'est tissé de la même manière, et que ça rame moins. On n'a pas la fibre, mais on a les filaments. On fonctionne aux mycorhizes. Ces fils blancs sont issus de la symbiose entre nous autres, les arbres, et les champignons. Les mycorhizes servent de relais aux racines, qui au contact de l'azote et du sol humide se mettent à conduire nos messages. On envoie nos informations par des courants électriques relayés sur toute la surface du globe en moins de deux.

— Toute la surface ?? Et les mers ? Les océans ? Il n'y a ni arbre ni terre dans l'eau…

— Détrompe-toi. C'est dans les milieux aquatiques que le courant passe le mieux. Dans les fonds marins, les Hommes laissent encore tranquilles une bonne quantité d'êtres vivants. Ainsi, les champignons microscopiques peuvent étirer leurs filaments librement dans les sols, jusqu'aux plages du monde entier. À l'inverse, je t'avoue qu'on a un peu de mal à garantir une communication idéale dans les espaces les plus urbanisés. Là-bas, il y a de la friture sur la ligne. Non seulement les arbres sont absents, ou presque, mais les champignons et mycorhizes se font rares. Parfois, des insectes primitifs, appelés collemboles, sauvent la mise en transportant quelques spores, mais ça reste compliqué. Sous le béton, il est difficile de survivre sans étouffer. Le pire, c'est les fongicides. Ces produits chimiques tueurs sont présents partout et nuisent fortement à la qualité du réseau. Heureusement, il nous reste suffisamment de relais fiables pour garder un œil sur ce qu'il se passe actuellement. Et puis, même si la transmission a été altérée ce dernier siècle, on a quand même accumulé des millions d'infos.

— Des millions ? Mais tu as quel âge ?

— Il semblerait, à mon grand regret, que je sois le doyen. Les confrères les plus âgés d'Afrique et d'Asie ont été décimés depuis

longtemps. Si j'ai pu résister, c'est grâce à ma position géographique. Ici, les Zingas n'ont jamais saccagé la végétation ou les animaux.
— Tu n'as pas répondu à ma question...
— Ce ne sont pas des questions qui se posent, humain. Disons que quand j'étais petit... je n'étais pas grand.
— ...
—Trêve de plaisanterie. Quand j'étais jeune, les humains n'avaient pas le même profil qu'aujourd'hui.
— Physiquement ?
— Entre autres.
— Tu ne peux pas être aussi vieux, c'est absurde ! Cela voudrait dire que tu es plus ancien que le premier Éternel ? Allons... Inconcevable.
— Bien plus... Et encore, moi ce n'est rien. Certains arbres clonaux ont vécu au moins 80 000 ans, en âge d'Homme. Puis, ils ont été arrachés à la vie par un tractopelle, ou une quelconque machine issue du progrès humain...
— Quelle tristesse...
Harold se recroquevilla. Si petit sous un si grand arbre.
— Écoute-moi, je vais te raconter ce dont j'ai été témoin. Ce qu'on m'a rapporté. Les premiers millénaires que j'ai connus n'ont rien d'exceptionnel. Pour nous autres, les arbres, c'était plus ou moins la routine. Des problèmes de riches. Quand on rencontrait quelques biches un peu trop gloutonnes, il fallait aider les copains en balançant des alcaloïdes dans les feuilles, histoire de leur donner un goût désagréable. Quelques tempêtes nous ont fait un peu de tort, mais on s'est vite remis. Il faut dire qu'avant, les forêts ne manquaient pas. C'était le bon temps. Par contre, pour les êtres mouvants, ça a commencé à se ternir assez tôt.
— Les êtres mouvants ?
— Oui, les non-végétaux, si tu préfères. Rapidement, certains Hommes ont pris l'ascendant sur d'autres et se sont mis à les exploiter. Quant aux animaux non humains, pas de bol pour eux. Ne

sachant ni parler avec des mots, ni construire des armes, ils se sont fait domestiquer, puis à leur tour, utiliser comme de vulgaires objets. Là où ça a réellement dévié, c'est dans le dernier millénaire. Les derniers cinq cents ans, même.

— Tant que ça ??

— Tu n'as pas idée. Aux guerres entre les humains se sont ajoutées les injustices, la colère, la haine, la discrimination… Et comme toujours, lorsque l'Homme s'en prend à l'Homme, tu peux être sûr qu'il s'attaque d'autant plus à l'animal non humain. C'est lié, ne me demande pas pourquoi.

— Attends, attends. Comment un arbre peut-il savoir tout ça ? Je veux dire : tu n'as ni yeux, ni oreilles… Tu ne peux pas te mouvoir, tu l'as dit toi-même ! s'exclama Harold, la tête à nouveau pointée vers la cime lointaine de son interlocuteur.

— Tu doutes de moi ?

— Il y a de quoi, quand même.

— Dans ce cas, doute de toi-même ! Tu es en train de parler à un arbre…

— Hé mais, c'est bien ce que je fais ! C'est parce que je doute que j'ai voulu devenir immortel ! Une bonne façon de se suicider sans douleur. Vivre éternellement sans plus rien ressentir… En tout cas pas les émotions des autres.

— C'est là où tu te trompes, mon ami. Le Bogolux représente certainement l'une des pires inventions de l'humanité. Elle a réduit une frange de la population au rang d'esclaves sans qu'ils aient conscience d'en faire partie. Après la modification génétique, le clonage et la sélection d'embryons sur catalogue, l'immortalité obligatoire a clairement marqué l'étape du non-retour dans l'absurdité humaine.

— Ah oui ? Et le Grand Plan de Sauvegarde de l'Environnement ?

— Avec ce que les Hommes avaient fait subir à la planète, ils lui devaient bien une petite trêve. Mais comme on ne change pas sur un simple contrat signé, l'Humain n'a pas tardé à reprendre le massacre contre ses colocataires. Lui, les appellera « environnement », ce qui prouve bien son égocentrisme maladif. Sapiens, sapiens, mais ça ne réfléchit pas beaucoup. Il n'a pas su comprendre que sur une terre déjà meurtrie, une deuxième guérison était impossible. Voilà pourquoi je fais appel à toi...

— Tu vas trop vite ! Tu ne m'as même pas répondu ! Comment fais-tu pour connaître tous ces détails, sans la vue ni l'ouïe ?!

— À nouveau, comme tout humain qui se respecte, tu transposes ce que tu ne connais pas sur ce que tu maîtrises le mieux. Comme Dieu, créant le reste de l'univers à sa propre image. Nous, les arbres, sommes dotés d'autres sens. Ton don ressemble d'ailleurs beaucoup à l'un de ceux que nous utilisons. Sauf que ton cerveau me prête une voix humaine, encore un exemple de personnification narcissique.

Harold s'amusa de ce que venait de dire l'immense feuillu. Il vit là l'occasion de percer quelques mystères intemporels. Obtenir des scoops.

— En parlant de Dieu... Si tu es né il y a cinq ou dix mille ans...Tu dois bien avoir une petite idée sur la question, non ?

Déjà, tu es apparu sur Terre avant Jésus Christ, Mahomet, Moïse... Bouddha même ! Alors ? Alors ? Un avis ?

Un grondement ébranla l'immense tronc contre lequel s'appuyait Harold, désormais debout.

— Ah lala... On ne vous changera donc jamais, vous les humains. Avec l'immortalité, je pensais qu'on n'entendrait plus parler de religions... Mais c'était sans compter la peur de la mort, qui de fait, donne du crédit à cette histoire de Paradis et d'Enfer... Écoute, je n'en dirai pas plus sur ces potins propres aux Hommes. À vous de trouver vos réponses. On n'a pas le temps pour ces histoires. Tu veux que je t'explique les sens que j'utilise, oui ou non ?

Harold abandonna sa mine malicieuse et reprit son sérieux. Il posa une main sur les reliefs du tronc et la laissa glisser alors qu'il initiait une ronde autour de son nouvel ami.

— Oui, oui, bien sûr ! Excuse-moi.

— Bon. Je te disais que nous n'avions besoin ni d'yeux – ni Dieu – ni d'oreilles pour suivre les actualités de la Terre. Nous n'avons pas non plus besoin de connaître votre langue pour comprendre vos concepts. J'avoue que parfois, vous fonctionnez de manière assez farfelue, mais on arrive toujours à saisir l'essentiel. Notre réseau de communication souterrain nous permet avant tout de connaître l'état de santé et les humeurs de la population végétale. Mais pas seulement ! Tous les êtres vivants émettent et reçoivent sans le savoir des courants électriques. Pour nous, c'est par les racines que ça se passe. Les animaux entrent en contact avec notre réseau en marchant sur la terre ferme, en nous grimpant dessus, en nous touchant et même en mangeant nos feuilles. Ils nous transmettent alors des tas d'informations. De même, nous pouvons leur partager des renseignements utiles quand il y a un danger, par exemple. Je peux te dire que les informations qu'ils nous donnent à votre sujet ne sont pas reluisantes. Les singes, les cochons, les chevreuils et les animaux domestiques nous apportent pas mal d'éléments sur la vie quotidienne et le comportement des êtres humains. Année après année, nous avons accumulé nombre de détails cruciaux sur les décisions des Hommes, comme sur notre avenir à tous. Car chaque acte offre son lot de conséquences sur le reste du Vivant, et pas des moindres... En fait, nous sommes tous liés. Tu n'avais pas remarqué que la forme des nervures des feuilles ressemblait à celle des cours d'eau, des veines, des arbres, des orages, des mycorhizes et même des flocons de neige ? Rien n'est fait par hasard.

Subitement envieux, davantage curieux, Harold fronça les sourcils.

— Puisque nous sommes également des animaux, comment se fait-il que nous n'ayons pas eu accès à ce réseau de communication ? Tout le monde rêverait de pouvoir parler à un chien ou à un prunier.

À nouveau, un vrombissement fit trembler le bois millénaire. Cette fois, l'onde ressemblait à un éclat de rire. Ou à une quinte de toux.

— Si vos dirigeants entendaient ce que les arbres et les animaux avaient à leur dire, crois-moi bien qu'ils rêveraient d'être sourds ! Et pour te répondre, si vous, humains ne parvenez pas à entrer en communication avec nous, c'est à cause des chaussures ! Vous passez votre temps enrubannés par les pieds dans des semelles toujours plus épaisses, juchés sur des talons toujours plus hauts. Et puis vous faites disparaître les sols sous des tonnes de béton. Ne vous plaignez pas après de ne pas capter le réseau... Normal, que ça passe mal, dans ces conditions. Ton grand-père ne t'a pas enseigné les bienfaits de la marche pieds nus ? C'est pourtant de cette façon que les Éphémères ont appris à régénérer leurs dons.

— Tu connaissais June ?!
— Et comment ! D'ailleurs, c'est lui qui t'envoie. Il a dit : « je m'en occupe ». Un truc en rapport avec ses capacités, je crois.

La nouvelle paralysa Harold.

— Les Hommes ont donc détruit à peu près tout ce qui les entourait, jusqu'aux membres de leur propre civilisation, de leurs familles, de leur espèce. Ainsi, ils se sont attaqués aux plus faibles, soit en termes de manque de moyens, soit par leur infériorité numérique, cérébrale ou encore musculaire. Ils ont enfermé, torturé, dépecé, dominé, violé, humilié, frappé et même dévoré les animaux non humains. Ils ont éliminé des espèces dans leur intégralité. Ils ont fait de même avec les végétaux. Finalement, les Hommes ont pris la place du dieu qu'ils vénéraient. Ils se croient désormais légitimes à contrôler les naissances, les existences et les décès de tout ce qui les entoure. Depuis longtemps, les humains croient que sans eux, la nature ne peut se débrouiller. Si on les écoute, sans l'élevage, les paysages se feraient la malle. Sans la tondeuse à gazon, les pelouses seraient « sales ». Sans les pesticides, les légumes ne pourraient pas pousser. Sans les chasseurs pour les réguler, les animaux sauvages envahiraient la planète. Sauf qu'à force de mettre son grain de sel ici et là, de supprimer un maillon de la chaîne, de le remplacer par un autre, de créer des mutants et de les arroser de produits chimiques à tout-va, tout se meurt. La terre se meurt. Les animaux crèvent.

— Faut pas exagérer non plus...

L'arbre demeura silencieux quelques instants.

— Tu as raison. Les mots ne sont rien tant qu'on ne les a pas incarnés. L'expérience vaut tous les discours du monde. C'est là que ton hyperempathie développée entre en jeu. Recule.

Légèrement agacé à l'idée d'obéir à un arbre, qui en plus d'être un simple végétal, ne cessait de dénigrer son espèce, Harold ne put malgré tout résister à son élan de curiosité.

— Ferme les yeux.

Derrière ses fines paupières, Harold perçut à nouveau l'intense lumière verte qui l'avait guidé dans la forêt. La lueur prit la forme d'une ligne verticale qui devint courbe, avant de se rejoindre en un cercle. Celui-ci s'allongea pour former le dessin d'un arbre, et grossit jusqu'aux contours du châtaignier géant. À l'intérieur, le tronc resté sombre sur l'image projetée dans l'esprit du garçon se fissura brusquement par le milieu. Là encore, une lumière vive et chaude s'en dégagea. Comme si l'arbre prenait feu en son centre. La brèche rouge-orangé s'élargit. S'étendit encore. Effrayé, Harold ouvrit les yeux. L'immense végétal demeurait aussi paisible qu'au début de la conversation. Aucun départ d'incendie en vue. Pas même une étincelle. L'Éphémère referma aussitôt ses paupières et le spectacle reprit là où il s'était arrêté. Le tronc s'écarta latéralement en deux, laissant place en son centre à un vide lumineux.

Hypnotisé par la clarté, Harold se laissa conduire à l'intérieur. À sa grande surprise, l'air ne brûlait pas. Le feu n'en était pas un. Subitement, tout s'obscurcit autour de lui, dans ce tronc béant. Puis, au fond de ses entrailles, le garçon ressentit une douleur qui ne lui appartenait pas, et qui par sa violence, le cloua au sol. D'un coup, une série d'images envahit son cerveau. D'abord, une scène montrant des hommes enchaînés, fouettés, puis vendus. Ensuite, la vidéo d'une souris découpée vivante, patte par patte, sur ce qui ressemblait à un établi de laboratoire. Puis, celle d'un oiseau amaigri, mourant péniblement de faim. Un bosquet brûlant de l'intérieur sous l'effet des herbicides à peine déversés. Une femme s'immolant par le feu devant une entreprise. Un requin amputé de son aileron, chutant conscient, mais inerte, au fond de l'eau. Un arbre tronçonné. Une abeille désorientée, asphyxiée. Un enfant frappé. Un dromadaire s'écroulant de fatigue sous le poids de touristes obèses. Une foule de manifestants tentant d'échapper aux balles des policiers. Un blaireau violemment déterré par un chasseur et sa horde de chiens. Un enfant observant son père se faire exécuter en pleine rue. Une tribu d'indiens pendus à la branche d'un arbre. Un ours polaire dans un désert.

Les images défilaient ainsi en excellente résolution dans le crâne brûlant d'Harold. Déjà terrifiants par eux-mêmes, les clips s'accompagnaient de sons, et surtout de sensations. Harold vivait les événements autant qu'il les voyait. Il étouffait en même temps que le poisson sorti de l'eau. Il agonisait comme l'homme assis sur cette chaise électrique. Il pâtissait tout autant que le grand chêne scindé en deux. Au bout de quelques minutes d'effroi et de torpeur, Harold, effondré au sol, ne tint plus.

— STOOOOOOP !!! hurla-t-il. J'AI COMPRIS !!!

Les yeux grands ouverts, il se réveilla du terrible cauchemar qu'il venait de vivre. Sauf les larmes, il ne souffrait d'aucune séquelle physique. Pour autant, le traumatisme et la prise de conscience venaient d'être marqués à jamais dans son cœur.

CHAPITRE 23

La Terre gronde

Lorsque son patron lui avait demandé de partir à l'autre bout du monde pour permettre à l'Ère d'Éternité de perdurer, Paul s'était senti privilégié. Fier, il avait immédiatement accepté le contrat. Lui qui avait toujours été relégué au second plan, voyait le vent tourner depuis le licenciement de Bernie. Puis, il s'était entraîné, avait répété les gestes nécessaires à la réalisation du Bogolux.

Le protocole était complexe. Il lui manquait encore quelques détails. Partagé entre l'envie de marquer des points auprès de son supérieur et la peur de tout gâcher, Paul ne savait où donner de la tête. La fabrication du sérum d'immortalité répondait à un tel niveau de confidentialité que les chimistes eux-mêmes ne connaissaient pas l'ensemble du mode d'emploi. Celui-ci se divisait en plusieurs étapes, chacune réalisée par une équipe différente, de manière à sécuriser l'ensemble de la production. Le seul qui connaissait la globalité, car il avait autrefois coordonné les groupes de chercheurs, c'était Bernie. Or, il avait été congédié. Le considérant comme un traître et comme son principal concurrent au poste d'adjoint au laboratoire, Paul renonça à lui passer un coup de fil.

Il n'osa pas non plus avouer à son directeur ses propres lacunes professionnelles. Le scientifique ne voulait pas passer à côté de la chance qui lui était offerte. Cela lui prendrait plus de temps, mais tôt ou tard, il serait en mesure de reproduire la précieuse formule.

Paul avait donc accepté la requête de son responsable hiérarchique, espérant ainsi gagner en considération et en avantages financiers. Après avoir rassemblé les informations nécessaires, il prépara sa mallette de voyage.

***

— Qui est-ce que tu nous amènes encore ? demanda Jinn à la fillette. Tu veux surpeupler l'île ou quoi ? Tu ne vois pas dans quel état le premier groupe a mis la tribu ? Le second a déjà entrepris des travaux de rénovation... Que va bien pouvoir inventer ce troisième bataillon pour nous réduire au néant ? Nos anciens seraient tellement déçus, Yepa !

— Ceux-là viennent nous aider, je t'en donne ma parole ! Et si cette fois je me trompe, je les tue avec mes propres flèches !

— Les Blancs sont immortels, idiote !

— Pas ceux-là ! Ce sont des guérisseurs, mais ils peuvent mourir ! Et d'ailleurs peut-être que les soldats ne sont pas tous invincibles, contrairement à ce qu'ils prétendent. Laissons une chance à ceux-ci, nous n'avons plus rien à perdre...

— Enchantée, déclara la responsable d'Humania, en tendant la main au guetteur. Je m'appelle Filipine et voici mes associés. Nous formons une équipe de volontaires pour vous soutenir dans cette épreuve. Nous pouvons vous soigner et nous tâcherons de négocier avec les militaires pour préserver un maximum de vos terres.

— L'homme vêtu de feuillages et de plumes garda son air grave. Il ignora la main tendue de la femme, mais lui octroya un signe de la main en guise de salutation.

— Vous êtes bien la première à nous saluer et à vous présenter. Les autres ont immédiatement abordé la question qui les intéressait avant de nous donner des ordres. C'est peut-être une stratégie de votre part, mais c'est tout de même appréciable.

— Tu vois ! s'exclama Yepa, la main accrochée à celle de Jeanne.

— La politesse ne fait pas tout... Quand on voit le résultat, on se demande comment on va réussir à les faire partir...

Les bénévoles tournèrent leur regard vers le campement. Tout près des vingt abris en argile qui épousaient parfaitement le décor de l'île, et qui avaient résisté à toutes les tempêtes, une colonie de cabanes neuves occupait la clairière délimitant la plage. Quelques souches d'arbres encore fraîches faisaient office de tables autour desquelles des soldats servaient des verres à des femmes Zingas. D'autres Peaux-Rouges s'attelaient au travail, bâtissant de nouvelles huttes, s'activant en cuisine ou s'épuisant à pêcher le bogo. La plupart passaient leur temps à chercher suffisamment de nourriture pour rassasier les vingt-cinq étrangers qui squattaient désormais la Terre d'Amande.

— Que leur servent-ils à boire ? demanda Jeanne à Jinn en montrant du doigt les verres distribués aux femmes aborigènes.

— Ils appellent ça « alcool ». J'ai pas encore goûté, mais apparemment c'est un liquide magique qui donne le sourire.

Ils ont dit qu'ils pourraient nous en donner beaucoup si on les laissait faire quelques trous sur l'île...

Les bénévoles firent aussitôt le lien avec les forages prévus, et se lancèrent un regard attristé.

— Ont-ils déjà tué l'un d'entre vous ?

— Pourquoi, c'est au programme ? demanda Jinn, la main sur le carquois, prêt à se défendre.

Jeanne posa une main amicale sur l'épaule de l'homme.

— Je ne vous conseille pas de tirer sur l'un deux, lui dit-elle.

— Je croyais qu'ils n'étaient pas tous éternels !

— Là n'est pas la question, mon ami. Toi, tu as des flèches et quelques plantes médicinales. Eux possèdent des mitraillettes, peuvent faire venir des tanks et disposent de quoi guérir un régiment.

Alors pardonne-moi : tu sais certainement bien viser, mais à ce stade, les flèches, c'est juste mignon.

Jinn, vexé, garda la face.

— Pourtant, ils nous ont priés de ne pas leur faire de mal, lorsqu'ils sont arrivés sur l'île...

— Et maintenant, ils vous narguent avec leur immortalité. Ils ont même réussi à corrompre tes amies avec de l'alcool. Ils vous promettent la vie éternelle. Tu vois bien qu'il s'agit là d'une stratégie de communication ! Range tes flèches, nous représenterons vos meilleures armes. Nous partageons la même culture qu'eux, nous pourrons peut-être, si ce n'est les faire partir, au moins éviter le pire.

— Bien parlé, Jeanne, déclara la chef d'équipe, admirative.

La jeune fille sourit. Elle avait beaucoup remis en question son engagement chez Humania, l'abandon de sa recherche d'emploi, son départ précipité. Ce soir, après une journée de marche et les rencontres qui avaient rythmé sa route, elle ne regrettait plus rien. La forêt saccagée, et maintenant ce visage inquiet d'un peuple sur la sellette lui donnaient toutes les raisons de rester. Jeanne sentait qu'elle aurait son rôle à jouer, quoi qu'il advînt.

Alors que le groupe aux t-shirts « Humania » s'avançait sur la plage, les soldats-conquérants se préparèrent à les recevoir. Les Zingas redoutèrent de nouveaux malheurs, mais Yepa leur adressa quelques mots rassurants dans leur dialecte.

— Heureusement qu'ils savent faire à manger, sinon on aurait pu crever en vous attendant, lança John Smith en brandissant sa main vers celle qui marchait le plus vite dans leur direction.

La poignée de main ressembla à un début de bras de fer.

— Bonjour, commandant. La route a été longue, veuillez nous en excuser. Nous avons apporté quelques vivres et nos recrues disposent des capacités dont vous aurez besoin. Le bateau est encore plein, vous ne manquerez donc de rien.

— Je vous dis ça, mais je me demande bien ce que des Éphémères viendraient apporter à des Éternels experts en maintien de l'ordre.

Nous ne craignons pas la mort et n'avons pas besoin de psys non plus. Pourquoi le gouvernement Venture vous a-t-il envoyés ? Voilà bien un mystère à élucider.

— Nous représentons la toute dernière ONG humanitaire du pays. Toutes les autres ont été insidieusement dissoutes, sous prétexte que les guerres n'avaient plus lieu d'être, et qu'aucune victime n'aurait lieu d'exister.

— Cela me semble tout à fait cohérent, affirma le commandant en jetant un regard amusé à ses subalternes, qui acquiescèrent.

— Sauf votre respect, monsieur, si l'Ère d'Éternité a en effet permis d'instaurer la paix mondiale sur le plan des armées, il ne vous a pas échappé que les conflits internes ont explosé durant ces deux derniers siècles. La guerre a toujours subsisté, mais au lieu de concerner deux pays, elle a ensuite opposé les gouvernements à leurs citoyens. Ainsi, des millions de mortels ont été brûlés vifs. Depuis la fin de l'immortalité obligatoire, c'est presque pire. Car l'élite a choisi de créer la division au sein même de son peuple. Les violences entre les Éternels et les Éphémères ne sont pas rares, et nous connaissons d'avance le nom des victimes de ces conflits inéquitables. Et je ne parle même pas des violences quotidiennes et insidieuses liées aux inégalités salariales, à la misère et au surendettement. Si Humania existe encore, c'est uniquement parce que cela permet à notre cher président de remplir les caisses de sa commission sociale, grâce aux fonds internationaux. Ai-je à préciser que ces aides ne nous sont pas versées intégralement ? Vous connaissez les stratégies gouvernementales. Néanmoins, nous comptons bien profiter de cette opportunité pour venir en aide à ceux qui en ont besoin, comme ici pour cette mission en Terre d'Amande.

— Je vous remercie pour la leçon, mais je connais déjà mes classiques. Cette mission relève de l'économie mondiale et n'a aucun rapport avec le social.

— Tout est lié. Quoi qu'il en soit, nous préférons venir pour rien, plutôt que de faillir à nos principes humanitaires. En espérant qu'en effet, personne n'ait besoin de nous, ce qui voudrait dire que l'intelligence humaine n'a pas totalement disparu de la surface de la Terre.

Smith ne sut quoi répondre, Filipine en profita pour s'éloigner.

Le groupe de volontaires serra la main à l'ensemble des soldats et Zingas qu'il croisa sur le campement. Jeanne sauta sur l'occasion pour chuchoter à l'oreille de son mentor :

— Vous ne lui avez pas dit pour qui nous venions ?

— Si les militaires apprennent que notre unique motivation est de faire capoter leur mission, et de préserver la forêt et la tribu, nous sommes condamnés d'avance. Nous pourrons soigner l'un d'entre nous s'il se prend une balle, mais nous ne pourrons pas empêcher une tuerie de masse. Nous resterons discrets sur nos intentions, tout en tentant de les faire abandonner.

Jeanne transmit l'information à l'un de ses coéquipiers, qui fit de même avec le suivant. Bientôt, toute l'équipe connaissait le mot d'ordre.

La discrétion ou la mort.

***

Le cœur d'Harold battait des records lorsqu'il ouvrit les yeux. Harold tremblait encore comme une feuille. Les émotions qu'il venait de vivre par procuration l'avaient chamboulé. Allongé en face de l'immense tronc, il comprit qu'il avait été projeté en arrière par la violence des images. Il passa une main sur sa joue, elle dégoulinait. Les sanglots continuaient à se former sans qu'Harold ne pût les contrôler. Les larmes n'étaient pas seulement les siennes, elles appartenaient à tous les opprimés. Tous ces faibles qui subissaient la domination d'une poignée d'individus sans pouvoir réagir, et ce depuis trop longtemps. Pour tous ceux qui ne pouvaient parler, Harold s'exprimerait.

— Il faut que le monde entier découvre ces scandales ! s'exclama Harold, hors de lui, avant de se relever.

— La plupart sait tout ça depuis longtemps, mais ne veut pas voir la vérité en face. Les gens préfèrent l'ignorer, ou considérer les victimes comme des objets insensibles. C'est plus simple comme cela. Sinon, ça reviendrait à tout remettre en question... Y compris le mal qu'ils ont eux-mêmes causé, indirectement ou non.

— Tu ne comprends pas, il leur faut un électrochoc ! Ce qui se passe est grave !

— Ça fait des siècles que ça dure, humain. L'Homme a commis beaucoup trop d'erreurs. Une seule de plus et c'est fini pour lui. Nous allons nous rebeller, Harold. La Terre gronde, tu ne l'entends pas ?

— Je croyais que c'était un bourdonnement d'oreilles... Qu'entends-tu par « rebeller » ?

— « Gronder » est une expression. Par contre, la révolte aura bien lieu, c'est inéluctable. La planète est malade, elle devra expulser ses parasites, quel qu'en soit le prix à payer. Faire table rase du passé. Recommencer sur une terre saine. L'insurrection, que nous avons nommée Vivantica, se prépare depuis longtemps. C'est pour bientôt. Voilà pourquoi il était temps que tu viennes me voir.

— Pourquoi moi ? Quel est mon rôle là-dedans ?!

— Ton grand-père te l'expliquera mieux que moi.

— Mon grand-père ?!

— Va regarder ma racine haute, derrière.

Harold crut d'abord que le géant se moquait de lui. Qu'il avait mal traduit. Ou qu'il perdait la tête. Ou bien que l'arbre parlait de sa racine pour changer de sujet. Sans autre mot de sa part, Harold alla trouver le fameux tubercule apparent. Celui qui l'avait tant impressionné lorsqu'il avait fait le tour du tronc.

— Je dois voir quoi ? s'impatienta-t-il.

L'arbre ne répondit pas. L'homme continua d'inspecter le bois sans trop y croire. Juste avant de baisser les bras, il fut intrigué par un détail. À la base, quelque chose altérait la surface si lisse et si parfaite de la racine. Comme si on l'avait incisée à coups de couteau. Peut-être était-ce le cas. Les entailles s'étalaient sur une trentaine de centimètres. En les observant de plus près, Harold décela des lettres capitales. Des mots. Lorsqu'il lut la première phrase, son cœur se souleva à nouveau.

« *J'AI VU TON AVENIR, HAROLD.*
TE VOILÀ DONC HYPEREMPATHIQUE, MAIS AUSSI TÉLÉPATHE-INTERESPÈCES.
TES RENCONTRES TE PERMETTENT DÉSORMAIS DE CONTRÔLER TON DON COMME TU LE SOUHAITES. TU NE LE SUBIRAS PLUS.
TU ES UN ÊTRE RARE ET ESSENTIEL À LA SAUVEGARDE DE L'ÊTRE HUMAIN.

DIFFUSE LE MESSAGE DE L'ARBRE AUPRÈS DU PEUPLE. FAIS-TOI AIDER D'ERNEST.
PARLE-LUI DU PROJET "NEUROTRANSCODE", IL COMPRENDRA.
SAUVE CEUX QUE TU PEUX SANS TE FAIRE REPÉRER.
LES RÉSEAUX MILITAIRESTE PERMETTRONT DETROUVER LES COORDONNÉES GPS.
BONNE CHANCE, MON GRAND ! JUNE »

CHAPITRE 24

Une légère décharge électrique

Le pilote du chalutier peina à amarrer. Les rafales de vent élevaient les vagues vers le ciel à mesure que le bateau s'approchait du rivage, déjà bien rempli.

Il était difficile de croire que seulement trois semaines auparavant, l'île demeurait inexploitée. Désormais, la côte est ressemblait au port de Marseille. Deux gros cargos et un bateau à moteur y étaient déjà stationnés. Malgré la tempête, le navire de pêche se fraya une place et s'y gara sur l'eau mouvementée.

Paul Berger et deux autres scientifiques posèrent le pied à terre. Les trois hommes portaient des mallettes noires sur lesquelles était inscrite en lettres blanches la mention « fragile ». Une délégation de deux soldats conquérants vint accueillir la recrue de Pharmabion. Paul ayant été promu responsable de la production de Bogolux, il fut accueilli comme un roi. Tel un dealer reçu par un groupe de toxicomanes.

Aussitôt le peloton débarqué sur le sol de l'île, le conducteur du petit chalutier, réquisitionné contre quelques billets de banque, leva l'ancre. Le peu qu'on lui avait raconté au sujet de la Terre d'Amande l'épouvantait, et il préférait ne pas s'attarder.

Il avait accepté le voyage, mais contre une bonne prime. De quoi nourrir sa famille pendant un mois au Pérou. L'homme s'accrocha à sa récompense pour supporter le trajet du retour.

Une heure de marche suffit pour atteindre les premières huttes. L'allée déserte facilitait grandement les choses. Paul était impressionné. Le territoire, bien que trop végétal à son goût, n'était finalement pas si sauvage. Les troupes avaient déjà réalisé un bon nettoyage. Il ne manquait plus que le goudron.

— C'est prévu ! annonça fièrement un soldat, alors que Paul lui faisait part de son sentiment.

Le campement prenait l'allure d'un camp militaire. Les armes s'affichaient désormais sans honte. Les ordres se donnaient à longueur de journée. Le point de secours offert par Humania avait été aménagé dans une cabane en bois d'acajou. Question matériaux, il y avait le choix. Les soldats n'hésitaient pas à raser tout ce qui gênait leurs mouvements ou leur vue sur l'océan. C'était à la nature de s'adapter à eux. Cependant, ils n'hésitaient pas à planter un parasol là où ils venaient de couper un arbre, dès que le soleil les dérangeait un peu trop.

Même manipulés par les promesses de vie éternelle, ou par leur nouvelle dépendance à l'alcool, les Zingas restaient profondément meurtris chaque fois que les envahisseurs s'attaquaient gratuitement à un être vivant. Autant dire qu'ils pâtissaient quasiment à chaque instant. Pour autant, ils ne pouvaient pas lutter contre le comportement des Occidentaux. La crainte de se faire tuer les en dissuadait. Filipine, Jeanne, Galen et les autres humanitaires leur avaient bien fait comprendre la réalité et l'omniprésence du danger. Ils comptaient sur le temps et les négociations pour retrouver la paix de leur île bien-aimée.

Dans la fournaise tropicale, Paul et ses collègues furent guidés vers l'abri le plus sécurisé du territoire.

À la vue de l'insigne au logo de Pharmabion sur la veste trempée du scientifique, le militaire à la kalachnikov lui céda le passage. À l'intérieur, la chaleur atteignait des extrémités impressionnantes. Malgré l'honneur et les principes, Paul ne put résister plus longtemps et retira son pardessus. Au milieu de la hutte, sur une table, le bocal attira immédiatement le regard du biologiste. Dans l'aquarium, le bogo entièrement reconstitué tournait désespérément en rond. L'homme savoura cette vision. Ses peurs de manquer s'envolèrent pour son plus grand soulagement. Aussitôt après, l'homme se replongea dans ses angoisses. Il allait devoir réaliser une performance des plus techniques, à quelques milliers de kilomètres de son laboratoire, sans soutien hiérarchique. Paul inspira profondément et se mit au travail.

Sans prévenir, un sifflement lointain attira toutes les attentions. C'était le signal pour annoncer la pêche d'un bogo. Le commandement Smith n'y crut pas tout de suite. Ces « saletés de sauvages » lui avaient fait le coup deux jours auparavant, mais il s'était agi d'une fausse alerte. Le poisson qu'ils avaient alors attrapé ressemblait comme deux gouttes d'eau à la cible, sans disposer des qualités autorégénérantes tant convoitées. S'en étaient suivis quelques coups de fouet, interrompus par les supplications des humanitaires.

— Espérons qu'ils auront compris la leçon, ou qu'ils auront retrouvé la vue... lâcha le militaire en rejoignant le groupe de pêcheurs.

Ceux-ci s'attelaient à rejeter à l'eau les nombreuses proies attrapées hasardeusement. Les coups de fouet répétés avaient eu raison de leur bienveillance à l'égard des poissons. Ainsi, les Zingas avaient finalement cédé à la méthode du filet.

— Prochaine étape : la pêche électrique ! s'écria joyeusement le commandant, en arrachant le bogo des mains de l'un des indigènes.

— OK, allez donc reprendre des forces auprès du guérisseur, dans la hutte Humania. Je peux bien vous accorder ça. Par contre, cette après-midi, vous retournez au boulot. S'il y a encore d'autres bogos, on ne va pas se priver !

La tête baissée, les Zingas abandonnèrent tristement les poissons sortis de l'eau et rejoignirent les humanitaires sans broncher. Peu à peu, ils prenaient la fâcheuse habitude de ne plus se révolter.

— Ça va mieux ? demanda Galen après avoir cicatrisé la peau brûlée d'un pêcheur.

— Oui, merci, répondit-il sans réelle joie.

— J'ai appris que le forage allait débuter, annonça Filipine aux volontaires. Dans deux jours, ils vont préparer la zone, et donc abattre et brûler des arbres.

— Quoi ?! hurla un Zinga alors qu'on lui servait à boire.

— Chut... fit Yanis, tandis qu'il regardait par une fissure de la porte. Ils ne sont pas loin.

— Nous allons tenter de les en empêcher, mais la mission s'annonce périlleuse. Galen, tu auras un grand rôle à jouer dans cette mission à haut risque. Les télépathes également : il vous faudra nous prévenir dès qu'un ordre d'exécution s'apprête à être donné. Les autres, restez soudés ! Nous en aurons bien besoin. Quant à Jeanne, je compte sur ta douceur et ta bienveillance pour contrer les mauvaises intentions des militaires. Et n'oublie pas de protéger les enfants.

— Comment oublier une telle chose ! s'exclama la jeune femme.

Face aux mines inquiètes des pêcheurs, et à l'idée de se confronter à un probable drame, quel que fût le nombre de victimes, Jeanne sentit sa gorge se nouer. Animée par l'optimisme depuis son arrivée sur l'île, elle voyait désormais la réalité en face : le sauvetage était irréalisable. Et même si les Zingas sortaient vivants de cette aventure, ils n'auraient nulle part où vivre, devraient abandonner leurs mœurs, leurs coutumes, leur langage. Quant à la planète, sans l'ultime forêt primaire, elle deviendrait rapidement invivable. Irrespirable. Jeanne ne s'y connaissait pas suffisamment en réchauffement climatique, le sujet étant volontairement évincé des médias, mais elle pouvait se baser sur les connaissances et les enseignements transmis par le réseau secret de Filipine.

Submergée par l'émotion, elle sortit de la hutte et s'éloigna du camp. La solitude lui ferait le plus grand bien. Devant son équipe, devant les Zingas, Jeanne se devait de garder la tête haute. Elle ne voulait pas montrer sa fragilité. Loin de la foule et des injustices, Jeanne s'accorda quelques larmes. Mais bientôt, une plainte éveilla sa curiosité. Elle perçut alors un mouvement au loin, derrière les arbres. Méfiante, Jeanne s'approcha. Un militaire tirait par le bras une jeune aborigène. Celle-ci se débattait comme elle pouvait, mais ses gestes lents traduisaient son état second. Décidément, l'alcool offrait aux colons l'accès à tous les excès.

Sans réfléchir, malgré le danger, Jeanne s'interposa entre les deux individus et donna un violent coup de pied bien placé à l'homme, qui se plia en deux de douleur. Jeanne en profita pour attraper la main de la jeune fille et courut avec elle dans la forêt. Au loin, le soldat pestait.

— Saleté d'Éphémère ! Tu vas voir ce que je vais te faire, tu ne perds rien pour attendre !

Les deux femmes s'étaient bien trop enfoncées dans la jungle pour craindre la course-poursuite. Depuis la création des GPS, le sens de l'orientation n'était réservé qu'aux animaux et aux peuples libres. Jeanne elle-même ne savait plus quelle direction prendre.

— Merci, articula Aponi.
— Refuse l'alcool, désormais. Ou ils te feront du mal.
Garde l'esprit clair, c'est la priorité.
La fille aux cheveux noirs acquiesça.
— Je veux rentrer…
— Tu sais où on se trouve ? Ça va aller ? Moi je reste un peu, le temps de me faire oublier… Je vous rejoins plus tard.

La Zinga plaça une main sur son cœur en guise de remerciement et fila à travers les arbres, comme un animal sauvage relâché. Jeanne enregistra mentalement la direction à suivre et s'assit contre un arbre.

Elle réfléchissait à une stratégie pour éviter les représailles quand elle entendit à nouveau bouger dans la forêt. Son cœur s'emballa. Était-ce le militaire ? Un tigre affamé ? Sur l'île, tout était possible.

Jeanne tenta de grimper à un arbre mais les forces lui manquaient. Lorsqu'elle sentit une main dans son dos, elle poussa un cri perçant.

— Doucement, je ne te veux aucun mal !

Jeanne se retourna et tomba nez à nez avec un visage inconnu, mais sympathique. Le jeune homme, habillé en soldat, n'en avait pas l'air. Déjà, elle ne l'avait jamais croisé avant. Et contrairement aux autres, il parlait français. En plus, elle sentait en lui une bienveillance qui la désarçonna. Ses cheveux longs, bien qu'attachés en chignon, contredisaient son uniforme. Quelque chose la paralysa alors qu'il plongeait son regard dans le sien.

— Tu sembles perdue… Tu viens d'où ? Ne me dis pas que tu es militaire ?!

— Bien sûr que non, je suis venue aider… Attends, mais qui es-tu ?

La bénévole baissa les yeux en direction des vêtements abîmés du garçon.

— Ne te fies pas à mon insigne, j'ai fui mon groupe. Je m'appelle Harold, et moi aussi je suis venu pour aider. Je ne savais pas qui ou quoi au départ, mais désormais les choses sont claires et j'ai besoin de volontaires.

— Moi c'est Jeanne, et je suis déjà embauchée chez Humania. Nous nous sommes engagés à protéger les Zingas et empêcher les soldats de détruire l'île. Mais notre mission a capoté. Les puissances militaires et gouvernementales sont bien trop puissantes. Nous sommes de simples mortels sans influence. Et puis, ils fabriquent un nouveau Bogolux. C'est foutu !

Malgré la catastrophe qu'elle lui annonçait, Harold restait subjugué par la beauté de la jeune femme. Il lui attrapa la main et sentit comme une légère décharge électrique dans tout le bras. Le garçon ne se laissa pas déconcentrer et alla droit au but, il n'y avait pas de temps à perdre.

— Sais-tu où ils cachent leurs téléphones ?

— Oui, mais on risque notre peau ! Tu veux en voler un ?

— Nous n'avons pas le choix. Dans quarante-huit heures, le monde tel que nous le connaissons prendra fin. Nous devons prévenir certaines personnes.

Malgré l'incompréhension dans laquelle elle se trouvait, Jeanne, en confiance, guida Harold dans la jungle.

— Tu as un don ?

— Malheureusement oui… Et toi ?

— Malheureusement non ! Comment peux-tu te plaindre ? J'ai toujours rêvé d'en avoir !

— Quelle chance tu as !

La discussion s'arrêta net, les habitations ne se trouvaient qu'à quelques mètres.

— Il y a un téléphone dans cette hutte, j'en suis sûre.

C'est là qu'ils rangent leurs affaires.

— OK, Jeanne. Tu attires leur attention, et je vais rentrer à l'intérieur. À ton avis, ils le rangent où ?

— Dans un sac à dos.

— D'accord, vas-y.

Le regard d'Harold lui donna la force d'improviser, malgré la peur. Jeanne se dirigea vers les pêcheurs. Elle traversa le camp sans se retourner, attrapa le sifflet accroché autour du cou de l'un des Zingas et souffla. Le son strident attira instantanément l'attention des soldats. Ceux qui ne se trouvaient pas déjà sur la plage quittèrent leurs abris. La jeune fille profita du mouvement de foule pour faire demi-tour en s'écriant :

— Ils ont trouvé un autre bogo !

Elle le savait, les indigènes seraient battus par sa faute. Jeanne s'en voulait atrocement et faillit avouer son mensonge, lorsqu'au loin, elle aperçut Harold entrer dans la hutte militaire centrale. Sentant le danger qu'il courait, elle renonça et s'empressa de rejoindre leur point de rassemblement, à l'orée de la forêt. Dégoûtée par ce qu'elle venait de faire, elle espéra que la cause en valait la peine et s'accrocha à cette idée. La minute qui suivit s'éternisa.

Le garçon la rejoignit enfin, un sac sous le bras.
— Je n'ai pas eu le temps de fouiller, on le fera sur place.

CHAPITRE 25

Le projet Neurotranscode

— Allô ?
— C'est Harold Tag. Je n'ai pas beaucoup de temps.
Raccorde ton téléphone à un ordinateur et note les coordonnées GPS. Recontacte-moi le plus vite possible avec un télépathe qui me connaît bien. C'est une question de vie ou de mort.
— Qu'est-ce que tu racontes ?!
— Dépêche-toi, il n'y a pas beaucoup de batterie !
— Punaise ! Tu n'es pas le petit-fils de June par hasard, toi... Quand on te cherche, tu disparais, mais quand t'as besoin, il faut être là dans la seconde ! Ça va que j'en dois une aux Éphémères...
Ernest trouva le bon câble et le raccorda à son poste informatique. Immédiatement, le logiciel du scientifique trouva l'emplacement géographique de son correspondant.
— J'espère au moins que tu vas répondre aux télépathes, cette fois ! Qu'on ne les dérange pas pour rien !!
La conversation se coupa. La vision de l'Océan Pacifique sur son écran de bureau le tétanisa. Même si Loula l'avait prévenu, l'affirmation se concrétisait, et ramenait Ernest à l'urgence écologique et sociétale. Celle qu'il avait apprise par mail. L'image de la catastrophe à venir hantait ses nuits depuis près d'une semaine et le

déprimait chaque jour davantage. D'autant que rien ne fonctionnait comme Loula et lui avaient prévu. L'esprit d'Harold était resté insensible aux transmissions de pensées envoyées par les Éphémères. Ernest, de son côté, avait bien essayé d'informer quelques connaissances au sujet de la déforestation prévue en Amazonie. Mais tant que cela ne touchait pas directement les gens dans leur quotidien, personne ne semblait prendre la mesure de la situation. À présent, l'appel d'Harold lui redonnait de l'espoir autant qu'il l'inquiétait. Malgré tout, si une seule solution existait, il fallait la tenter sans attendre.

Le scientifique réveilla Colette en sonnant à sa porte. Il était 5 heures du matin. Madame Tag n'hésita pas plus de deux minutes. Harold appelait à l'aide ? Sa maman ne le décevrait pas. Pour la première fois, son fils reconnaissait l'utilité des capacités extrasensorielles. Manifestement, son périple avait opéré en lui un véritable déclic.

Tandis qu'il lui racontait la conversation téléphonique, Colette servit un café à son hôte. Puis, elle passa en revue les choix de télépathes susceptibles de leur rendre ce service, et de réussir. Il fallait un ami. Un intime d'Harold. Elle se remémora alors la jeunesse de son fils et une idée lui vint. Après sa famille proche, c'était certainement Félix, le petit-fils de Paola, qui avait passé le plus de temps auprès de lui. Jusqu'à leurs six ans, les deux terreurs avaient fait les quatre cents coups, jusqu'à se casser une jambe en essayant d'imiter un oiseau. Même s'ils ne s'étaient pas vus depuis longtemps, Harold se souvenait certainement de son copain d'enfance. Aussitôt la mémoire retrouvée, Colette passa deux ou trois coups de téléphone avant d'obtenir le numéro de l'intéressé. Surpris, le jeune télépathe accepta d'aider son ancien camarade de jeu malgré l'heure matinale. Si la fille de June lui demandait de l'aide, c'est que l'heure était grave. Pour plus de discrétion, la mère d'Harold téléporta Félix jusqu'à chez elle pour lui exposer les détails.

— Je te ressers un café ? lui demanda-t-elle, après une heure de discussion.

— Qui sait, ça facilitera peut-être la connexion... J'espère qu'il veille bien à garder son esprit ouvert, sinon ça va être difficile.

— Connaissant mon fils, il va te falloir passer en force !

— Déjà quand on était petits, Harold avait un sacré caractère...

Déterminé, le jeune homme but son café d'une traite, puis posa ses mains sur ses tempes. Il regarda une photo de sa cible, avant de fermer les yeux.

Malgré ses efforts, comme ceux qui avaient essayé avant lui, Félix se confronta à un mur.

— C'est fou ! D'habitude, les esprits aussi barricadés, on n'en trouve que chez les Éternels !

Colette soupira. Son fils s'était parqué dans la solitude jusqu'aux portes de son cerveau.

— Essaie encore, le supplia-t-elle. S'il a appelé Ernest, c'est qu'il est de bonne volonté, cette fois. Des œillères construites sur quinze ans, ça ne se détruit pas si facilement.

Félix recommença, en se remémorant les moments passés avec le petit garçon, dix-huit ans plus tôt. Il visualisa son visage, sa voix, ses yeux... Son rire.

— Ah, je sens une brèche, annonça-t-il enfin. Ernest et Colette se regardèrent.

— Harold, tu m'entends ? envoya Félix à son interlocuteur par la pensée. Harold ?

Il était en pleine discussion avec Jeanne sous l'arbre millénaire, quand une vibration désagréable lui parcourut la tête.

— HAROLD, C'EST FÉLIX ! FÉLIX DOUMER ! ON JOUAIT ENSEMBLE QUAND ON ÉTAIT PETITS ! JE SUIS AVEC ERNEST ET TA MÈRE !

— Ne hurle pas, s'il te plaît, je n'ai pas l'habitude...

— Mais... Je n'ai pas crié ! rétorqua Jeanne, étonnée par le soudain comportement de son ami.

— Je ne m'adresse pas à toi !
— C'est à moi que tu parles ? demanda Félix, qui n'y comprenait rien.

Harold se retourna vers Jeanne.

— Excuse-moi, on me parle par télépathie.

Une fois les choses posées, Harold expliqua à son copain d'enfance tout ce qu'il avait vécu depuis son départ. De sa mésaventure en bateau, jusqu'à sa rencontre avec l'arbre, en passant par le sauvetage du jeune fourmilier. Il s'attarda évidemment sur ce que lui avait annoncé le châtaigner pour les jours suivants, avant d'en venir au cœur du problème.

— Il faut absolument qu'Ernest passe l'information à son réseau. Bien sûr, il s'agit de rester discrets tout en prévenant un maximum de gens.

— Il me dit qu'il a déjà essayé, et que personne ne l'a pris au sérieux.

— C'est parce qu'il n'a pas diffusé le message de la bonne manière. Il paraît qu'il doit s'appuyer sur le projet Neurotranscode.

Félix transmit mot pour mot le discours d'Harold à Ernest. Le terme cité interpella le scientifique.

— J'ai déjà entendu parler de ce projet, je ne me souviens plus à quel sujet... Ça remonte aux années 2000, au tout début de ma carrière...

— Je ne peux pas vous aider, expliqua Harold avant même qu'on lui posât la question. Je ne suis que l'interprète de l'arbre, rien de plus. Dis à Ernest qu'une fois qu'il aura rassemblé tous les éléments dont il a besoin, il faudra qu'il me rejoigne le plus rapidement possible. Je compte sur maman pour l'aider à venir !

Le télépathe traduisit la pensée d'Harold, et Colette sourit. L'idée d'épauler son fiston la réjouissait, malgré le stress que la situation impliquait.

— Je dois retourner dans mon atelier pour retrouver des données sur le fameux projet. Je vous informe dès que j'en sais plus, annonça Ernest en se levant.

Colette le raccompagna chez lui par la téléportation. Face aux risques de la mission qui s'annonçait, il n'était pas question d'attiser l'attention des services de renseignements. Le voyage instantané et la télépathie remplaceraient désormais les transports en commun et les téléphones portables. Rien de tel que les forces mentales pour rester libre.

Une fois dans son bureau, Ernest ne tarda pas à retrouver l'objet de sa recherche et à se plonger dans ses souvenirs.

À l'époque où les progrès technologiques avaient encore le vent en poupe, des chercheurs se penchèrent sur l'encodage des pensées. Le projet fut mené dans un but purement médical : celui de donner la parole aux personnes tétraplégiques. Un scientifique mit alors au point une méthode permettant, à l'aide de neurocapteurs, de traduire l'activité psychique des cobayes par des textes et des images. Le brevet de cette découverte grandiose venait d'être acheté par Pharmabion lorsque le Bogolux devint obligatoire. L'immortalité rendue publique fit rapidement basculer le projet Neurotranscode dans l'oubli, le handicap n'ayant de fait, plus lieu d'être.

Le nez plongé dans ses notes, Ernest fit tout de suite le lien avec le problème d'Harold. Il s'agissait de décoder les pensées de l'arbre, et de la planète toute entière, par le biais de l'hyperempathique. Les neurocapteurs seraient posés sur le crâne du garçon. Animé par le plan qui se dessinait, le scientifique devait néanmoins s'assurer de la bonne méthode à suivre. Or, les éléments techniques qui lui manquaient pour mettre en place le mécanisme de transposition de la pensée se trouvaient inscrits au Centre Pharmabion. Le cahier des charges du projet Neurotranscode faisait partie des documents confidentiels classés uniquement sur papier. Comment le récupérer sans risque ? Le défi était de taille.

Malgré tout, il s'imposa à lui, car il en allait de l'avenir du monde. Alors qu'il avait toujours agi à distance, sacrifié sa vie à travailler pour ses opposants idéologiques, Ernest Floute voyait là l'occasion en or de lutter activement contre la dictature. L'épisode de la suppression du premier bogo était déjà une belle action, celle qui se dessinait devant lui constituait un challenge bien différent. Celui-ci relevait d'enjeux encore plus importants. Il n'était plus seulement question d'immortalité, et donc du nombre d'années à vivre, mais de la possibilité de vivre tout court. Il était question de préparer le peuple à la révolte des éléments.

Alors qu'il préparait son sac pour se rendre au Centre Pharmabion, Ernest entendit les bruits de klaxons et des mégaphones. Les slogans aussi. Les chants populaires. Le scientifique commençait à s'habituer. Les manifestations s'amplifiaient chaque semaine. Contre l'industrie pharmaceutique d'abord, mais également contre les injustices sociales en général. Le nombre de personnes sevrées du jaune grandissait chaque jour, et cela allait de pair avec l'insurrection. Les cerveaux libérés de l'emprise de la drogue se mettaient à réfléchir. Les gens discutaient, échangeaient. Tout le monde n'était pas d'accord, mais au moins les langues se déliaient. Ernest s'amusa de la synchronicité entre le soulèvement des populations et celui de l'environnement. Tous ceux qui s'étaient tus depuis des millénaires, tous ces êtres vivants utilisés par un système qui les dépassait répondaient à un dénominateur commun : s'ils étaient silencieux, ils n'en pensaient pas moins. Désormais, le temps était venu pour eux de désobéir, d'alerter leurs pairs et de changer les choses. La transition ne se ferait pas en douceur, c'était évident. Mais elle serait incontournable.

Sa réflexion mena Ernest sur le parvis de son ancien lieu de travail. L'homme montra son ancienne carte d'employé aux policiers qui barraient la route. Miraculeusement, ils le laissèrent passer.

— Ernest Floute. Je viens chercher quelques affaires que j'ai laissées dans mon bureau. J'en ai pour une dizaine de minutes à peine, annonça-t-il à l'interphone de l'entrée sécurisée.

Après quelques secondes d'attente, la porte s'ouvrit. Jean Bion lui-même l'attendait dans le hall d'accueil. Le sourire n'était pas au rendez-vous. Ernest s'en était douté.

— Vous avez intérêt à faire vite. Je vous avais demandé de ne plus venir ici.

— Je vous le promets, répondit Ernest par une main tendue.

Jean Bion la serra à contrecœur et guida son ancien employé vers le troisième étage. Floute connaissait évidemment le chemin mais il sentait que la moindre remarque de sa part jouerait en sa défaveur. Il décida de garder ses opinions pour lui.

— Surveillez-le, ordonna le grand patron aux deux hommes qui sécurisaient le couloir. Pas plus de deux minutes. Vous vérifiez bien ce qu'il prend : rien de la propriété de Pharmabion.

Jean Bion ouvrit la porte du bureau sur laquelle figurait désormais une plaque neuve au nom de Paul Berger.

— S'il reste des choses à vous, c'est dans l'armoire métallique. Je ne vous dis pas au revoir.

— Merci, monsieur, répondit Ernest sur un ton impassible.

Au fond de lui, l'homme bouillonnait de rage et d'angoisse. Il se précipita vers le meuble et ses yeux glissèrent sur les différents dossiers. « Études 2200 », « Études 2100 », « Partenariats », « Copies cellulaires », « Archives/projets confidentiels ». Le dernier semblait correspondre.

Ernest sentait la pression des regards dans son dos. Il toussa en ouvrant le classeur concerné et parcourut les intercalaires le plus rapidement possible.

« *PROJET NEUROTRANSCODE* ».

Tremblant, Floute tira la chemise associée, attrapa le premier livre qu'il vit sur l'étagère supérieure – un dictionnaire – et introduisit la pochette à l'intérieur. L'ouvrage semblait assez grand pour que rien ne dépassât. Prenant une profonde inspiration, Ernest se retourna. Les deux hommes regardèrent immédiatement ce que le scientifique tenait dans ses mains.

« Avec un peu de chance, ils ne savent pas lire et ne s'amuseront pas à tourner les pages ».

Le manque d'instruction était une réalité depuis des siècles, la lecture étant considérée comme une perte de temps. Un comble à une époque où les existences n'avaient plus de fin.

— C'est un dictionnaire, expliqua Ernest aux surveillants, dont la mine confuse trahissait leur ignorance. C'était à moi, je m'en servais pour rédiger mes comptes rendus.

L'un des deux employés ouvrit la première page. Le logo de l'entreprise n'avait pas été tamponné, contrairement à tous les documents de la firme. Une chance pour Floute, dont le cœur s'emballait alors que le surveillant refermait le livre.

— Vous ne récupérez que ça ? s'étonna le deuxième homme en bleu.

— Oui, oui, je vous remercie.

Les deux gardiens se lancèrent un regard approbateur et accompagnèrent Ernest jusqu'au rez-de-chaussée. Ils lui ouvrirent la porte de sortie. Un violent courant d'air s'engouffra alors à l'intérieur du bâtiment, et déploya le dictionnaire dans les mains d'Ernest. Le vent parcourut les pages à une vitesse folle. La chemise cartonnée glissa de l'ouvrage et tomba au sol, sous les yeux réactifs des surveillants. Si les mots inscrits sur la couverture ne disaient rien aux analphabètes, le célèbre logo rouge ne nécessitait aucune capacité de lecture. Ernest se jeta sur la pochette et s'échappa de la tour sans demander son reste.

Les gardes, comprenant leur faute, se lancèrent à la poursuite de l'individu qui venait de voler Pharmabion, tout en donnant l'alerte via leurs talkie-walkies. Ernest se perdit dans la foule de manifestants, tentant d'égarer ses poursuivants. Son cœur battait la chamade, il n'avait pas le droit à l'erreur. Malgré les risques d'être écouté, il composa le numéro de téléphone de Colette et lui intima de venir le chercher au détour d'une ruelle. Lorsqu'il vit la téléportatrice apparaître, après quelques secondes interminables accroupi au milieu de jambes d'inconnus, les agents de sécurité ne se trouvaient qu'à une dizaine de mètres. Ernest eut le temps d'apercevoir leurs képis dépasser au-dessus des passants, avant de s'élancer vers sa conductrice mentale.

CHAPITRE 26

Le discours de l'arbre

Quelques heures s'étaient écoulées depuis sa conversation téléphonique avec Félix. Malgré l'urgence de la situation, et l'échéance qui approchait, Harold n'avait pas vu le temps passer. Il faut dire qu'avec Jeanne, ils avaient refait le monde. Ils avaient même entrepris la construction d'une hutte de fortune, sous les commentaires persifleurs du vieil arbre.

Lorsque Colette et Ernest apparurent devant l'entrée de leur nouvel abri, les deux amis sursautèrent. Mais très vite, Harold retrouva sa sérénité et sa bonne humeur. Au grand étonnement de sa mère, il se jeta à son cou. Le temps d'un instant, elle se crut de retour vingt ans auparavant. Pour ne pas rompre le charme, Colette ne prononça aucun commentaire.

— Maman, Ernest, je vous présente Jeanne, une copine. Elle vient en aide à la tribu de l'île. Jeanne, voilà ma mère et un ami scientifique.

La jeune femme salua les deux invités, puis Harold leur montra l'arbre. À vrai dire, ni Colette ni Ernest n'avait besoin d'indications. Le châtaigner se repérait comme le nez au milieu de la figure. Sa dimension restait invraisemblable, même pour Harold qui avait pourtant eu le temps de s'habituer.

Après une brève observation, Ernest ouvrit une mallette semblable à celle de Paul, et en sortit de longs câbles.

— Ça devrait fonctionner, dit-il. Avant de venir, j'ai testé la méthode sur mon chat. Je me demande comment cette découverte a pu être si vite abandonnée. Elle aurait eu un succès fou... Si je sors indemne de cette aventure, je ne regarderai plus jamais mon chat comme avant.

— Je me demande surtout comment June connaissait ce projet, renchérit Harold.

— June ?! fit Colette.

— Je t'expliquerai plus tard.

Ernest plaça les capteurs autoadhésifs à des endroits stratégiques du crâne du cobaye, qui se laissa faire sous les yeux admiratifs de Jeanne.

— Tiens, tu peux me tenir ça ? lui demanda Floute.

La bénévole d'Humania attrapa le boîtier qu'Ernest lui tendit. Ce dernier alluma une tablette informatique, puis vérifia les connexions. Il suggéra alors à Harold de toucher l'arbre.

— Demande-lui de te dire quelques mots, on va faire un test !

— Fous d'humains, lança l'arbre.

— Bien reçu, s'amusa le scientifique en découvrant les mots qui s'affichèrent sur son écran.

Colette lisait derrière l'épaule de son ami et éclata de rire. De son côté, Harold apprécia le moment : il ne subissait plus les émotions des humains qu'il côtoyait. Il sentait qu'il pouvait les capter s'il le souhaitait, mais seulement sur commande. La constatation d'une telle avancée l'aurait presque fait pleurer, s'il n'avait pas voulu impressionner Jeanne.

— Maintenant, demande-lui de t'envoyer une image, s'il te plaît.

À la demande d'Harold, l'arbre transmit ce qui lui vint à l'esprit, c'est-à-dire aux racines.

— Un hérisson ? s'étonna Ernest devant l'écran. J'en avais pas vu depuis des lustres !

— C'est la première chose qui m'est venue, s'excusa le châtaigner. La phrase apparut dans le logiciel d'Ernest, qui apprécia le bon fonctionnement de la connexion.

— OK, on va pouvoir commencer... Je commence à enregistrer, c'est quand vous voulez.

Quelques secondes plus tard, Harold ferma les yeux. Il redoutait la séance : se sachant entendu par un large public d'humains, l'arbre se permettrait la plus grande transparence. Le message serait certainement difficile à entendre, surtout pour son traducteur. Toutefois, il se sentait prêt. Les mots et les images passèrent alors dans les branches, le long des racines, à travers le cerveau d'Harold puis par les câbles auxquels il était relié, pour finalement apparaître sur la tablette du scientifique.

Le discours de l'arbre débuta avec une rétrospective des horreurs subies par les humains, mais aussi par les animaux et les plantes. Après quelques minutes d'images douloureuses, l'arbre s'adressa à ceux qui le liraient :

«Voilà ce que notre planète a traversé. Les opprimés de ce monde ont trop longtemps choisi le silence. Demain, l'Homme réalisera son ultime barbarie. Il rasera le dernier espace sauvage et libre de la Terre. Je serai moi-même abattu. Alors avant de mourir, j'aimerais vous transmettre une information capitale qui vous permettra peut-être de survivre. Les éléments vont se révolter. La Terre va montrer de quoi elle est capable. La plupart des êtres vivants ne s'en sortiront pas indemnes. Seuls les plus malins et les plus robustes connaîtront le monde d'après. Le Vivant préfèrera sacrifier une partie de sa population pour supprimer les parasites qui le rongent. L'Homme n'a pas su écouter ses avertissements. Ils étaient pourtant clairs. L'Humain a voulu jouer avec des lois qui le dépassaient. Or la Nature n'a besoin de personne pour faire tourner le monde. Il est temps de revenir à des bases saines, quitte à se séparer de nombreuses espèces. Tout comme elle fonctionnait avant l'apparition de l'Humain, la Nature lui survivra. Paradoxalement, vous êtes nombreux à être devenus les premières victimes de votre propre espèce. Nous en sommes conscients. C'est pourquoi nous vous proposons de vous protéger. Préparez des réserves de nourriture et occupez les terriers et bunkers que nous vous indiquerons. Faites-en bon usage afin que le monde ne soit pas qu'un éternel recommencement. Ne pensez pas individuel, mais collectif. La survie doit être utile. Vivantica commencera au moment où la dernière forêt primaire tombera. Je vous remercie de votre attention ».

Le discours du gigantesque feuillu se termina par un plan de la Terre et de ses cavités les plus sûres.

Sentant le message terminé, Harold s'écroula de fatigue. L'exercice l'avait éreinté. Jeanne lui tendit sa gourde qu'il s'empressa de porter à sa bouche.

— C'est dans la boîte ! annonça Ernest.

Colette, qui avait lu absolument tout le récit de l'arbre et qui s'était confrontée aux terribles images, ne put retenir ses larmes. Elle ne savait dire ce qui la touchait le plus, entre la souffrance muette des plus faibles et le cataclysme qui se préparait.

— Il me semble que vous avez compris comme moi, fit Harold d'une voix légèrement cassée. Les militaires démarreront la déforestation dans deux jours. Voilà l'échéance pour diffuser ce précieux message aux personnes de confiance, et se préparer à vivre la transition la plus importante de ces derniers siècles. Ne me demandez pas qui prévenir, c'est un choix qu'il m'est impossible de faire.

Colette lança un regard à Ernest. Le scientifique hocha la tête : il était déterminé. Il partagerait la vidéo et le texte sur la plateforme intranet, puis il ferait appel à des traducteurs pour toucher un maximum de pays. Colette se chargerait de prévenir ses propres connaissances. Quant à Jeanne, elle pensa immédiatement à la petite Yepa, ainsi qu'à sa communauté. Et puis à l'équipe d'Humania, bien sûr. Par le biais de son réseau racinaire, l'arbre avait déjà informé les végétaux du monde entier. Condamnés à rester immobiles, ils ne pourraient se protéger de grand-chose. Par contre, ils misaient sur leurs graines et leur descendance pour prendre la suite. Les animaux non humains n'avaient pas besoin d'être prévenus. Grâce à la pression atmosphérique et les émotions environnantes, leur sixième sens leur permettait de connaître à l'avance les catastrophes naturelles quand elles se présentaient. Seuls ceux qui sauraient s'adapter survivraient. Comme toujours dans l'histoire des êtres vivants.

Harold, pour sa part, n'éprouva pas le même entrain à alerter de potentiels privilégiés. Un poids s'était subitement abattu sur ses épaules. Comme la redescente après une montée d'adrénaline, le jeune homme broyait du noir. Une multitude d'interrogations torturait son esprit. Qui était-il pour décider des personnes à sauver ? Comment les Éphémères pouvaient-ils s'octroyer le droit de choisir entre un boulanger, un éboueur, une mère de famille, un président ou un policier ? Et sous quels critères ? Le droit de vivre n'était-il pas universel ? Le monde se résumait-il aux méchants et aux gentils ? N'y avait-il pas des nuances, une question de libre arbitre à se poser ? La responsabilité qui s'imposait à lui le dérangeait profondément. D'autant qu'Harold n'était pas neutre. En tant que traducteur de l'arbre, et de l'ensemble des Silencieux de la planète, il avait sans doute donné un ton, une ambiance qui émanait de sa personne. Bien qu'il eût traduit le plus fidèlement possible le message du châtaignier, Harold avait choisi certains mots plutôt que d'autres, pour illustrer la pensée captée. Après tout, peut-être s'était-il trompé !

La main tiède de Jeanne dans la sienne interrompit le flux des réflexions. Celle-là ne disposait peut-être d'aucun « don » à proprement parler, mais elle avait celui de l'apaiser.

— Tu m'accompagnes ? Je retourne aux habitations pour prévenir quelques personnes.

— Si le commandant me voit, il me fera la peau...

— Tu parles, il est bien trop occupé à préparer le forage.

— Bon d'accord, mais promets-moi qu'on revient vite ici.

— Tant qu'on quitte le camp avec Yepa et Timi, ça me va. Je me suis promis de veiller sur eux.

— De ce que tu m'en as décrit, les Zingas doivent être les premiers avertis. S'il y a bien un peuple que je n'hésite pas à avertir, c'est eux. Ils n'ont jamais participé ni de près ni de loin au désastre causé à la planète. Ils ne doivent donc pas en subir les conséquences.

***

— Attends, attends. Tu es en train de me dire qu'il faut qu'on annule notre blocage de la zone de forage, parce que ton ami parle aux arbres et qu'ils lui ont annoncé la fin du monde pour après-demain ?
— Exactement !
— Malgré mes facultés, j'avoue que je ne te cerne plus, Jeanne. Nous sommes là pour sauvegarder l'île, pas pour nous protéger d'un cyclone !
Dans la hutte humanitaire, Harold était en train de troquer son uniforme contre un t-shirt de bénévole lorsqu'il répondit :
— Je comprends que ce soit difficile à croire, mais je vous assure que même si les arbres ne tombent pas sous les machines, ils ne résisteront pas à la tempête qui s'annonce. Autant éviter de se faire tuer par les soldats, qu'en pensez-vous ?
Filipine souffla et fit les cent pas. Au bout d'un long silence, elle trancha.
— Non, vraiment, je prends le risque. Si ce que vous me dites n'arrive jamais, je me trouverais bien bête de ne pas avoir tenté d'éviter cette terrible déforestation. Car même si les conséquences n'interviennent pas immédiatement, elles seront similaires à la fin du monde que vous annoncez. Je préfère m'en tenir au plan. Que chacun fasse comme bon lui semble. Par contre pour le blocage, il vaudrait mieux que je ne sois pas seule.
— On vient, annoncèrent Natigan et Galen, à l'unisson.
Peu de temps après, l'ensemble des bénévoles se joignit à Filipine.
— Bon… conclut Jeanne, attristée mais compréhensive.

Et les Zingas ?

— Il faut voir avec eux, répondit sa chef d'équipe. Tout ce que je sais, c'est que le Bogolux sera mis en fiole dès ce soir. La tribu risque de se faire injecter le produit dans les prochaines heures.

— Si vous voulez mon avis, lança Harold, les soldats ne partageront jamais leurs stocks avec des « sauvages ». Le commandant nous a bien dit que son principal objectif en venant ici était de tirer un maximum de profit de ce territoire et qu'il n'hésiterait pas à abattre les indigènes s'ils s'interposaient. Ils ne vont pas rendre immortelles leurs potentielles victimes et perdre ne serait-ce que quelques gouttes de leur précieux sérum. Comme si un dictateur offrait des cadeaux de Noël à son peuple ! Non, cette promesse d'une vie éternelle n'était qu'une façon de les soumettre davantage.

— Bien vu, admit Filipine.

— Vous avez parlé d'un arbre qui parle ? fit soudain une voix rauque depuis un angle sombre de l'abri.

Harold et Jeanne s'approchèrent de la source sonore. C'était le doyen de la tribu. Le vieillard coiffé de plumes d'aras multicolores apparut couché sur un lit de camp.

— Vous en avez parlé comme si c'était une chose extraordinaire. Vous ne saviez donc pas que les arbres parlaient ? Ils le font, pourtant. Ils se parlent entre eux et ils vous parleront si vous écoutez. L'ennui avec les Blancs, c'est qu'ils n'écoutent pas ! Ils n'ont jamais écouté les Zingas. Aussi, je suppose qu'ils n'écouteront pas les autres voix de la Nature. Pourtant, les arbres m'ont beaucoup appris. Tantôt sur le temps, tantôt sur les animaux, tantôt sur le Grand Esprit[1]. Ainsi, les arbres annoncent la fin du monde tel qu'on le connaît. Si telle est la volonté du Grand Esprit, alors je m'éteindrai en même temps que ce

---

[1] Véritable discours de l'Autochtone Tatanga Mani (ou Walking Buffalo), légèrement adapté, extrait du livre *Pieds nus sur la terre sacrée*, Folio Sagesses, 2021

monde. Sur la terre qui m'a accueilli. Laissez-moi ici avec mes frères Zingas. La Nature sait quoi faire de nous.

Les Occidentaux restèrent sans voix. Ils ne feraient pas changer d'avis le doyen des Peaux-Rouges. Son propos conforta l'idée première de Filipine, qui fit ses adieux aux deux Éphémères. L'équipe d'Humania se chargea de répandre discrètement la nouvelle auprès des autres membres de la tribu, tandis que Jeanne et Harold partirent à la recherche des enfants. Quel que serait le choix de Yepa, Jeanne suivrait la fillette. Quant à Harold, il se réfugierait dès que possible sous la protection de l'arbre. Le lieu de rendez-vous avait été donné aux téléportateurs pour emmener ceux de l'île au Repaire avant le début des hostilités.

CHAPITRE 27

Vivantica

Les premiers tremblements provinrent de l'île. Pas de la terre en elle-même, mais de ses envahisseurs. Les vibrations ne s'apparentaient d'ailleurs à rien de naturel. Elles annonçaient la mort des plus anciens habitants du territoire : les végétaux. L'arbre millénaire se plia sous le poids et la puissance des engins. Les cris désespérés des humanitaires n'y changèrent rien.

Les mitrailleuses les firent taire en quelques secondes.

Les indigènes, conscients de ce qui allait suivre, grimpèrent sur la colline culminante de l'île. Vue de haut, la forêt gardait encore son profil d'autrefois. Les branchages restaient suffisamment nombreux pour recouvrir ce qui restait de la jungle. Au-dessus, les oiseaux inquiets réalisèrent un ballet dramatique. Ils faisaient des va-et-vient, se regroupaient pour mieux s'organiser. Ils balayèrent le ciel, et finirent par former une masse unie et coordonnée.

À l'autre bout de la Terre, dans un zoo, des singes capucins tapèrent sur la vitre de leur cellule. Des semaines qu'ils avaient commencé à aiguiser ces cailloux. Il était temps de tester leur efficacité. Le verre éclata sous les yeux des visiteurs ébahis. Aux quatre coins du monde, les rats se réfugiaient dans les égouts.

Les renards, blaireaux et lapins renforçaient leurs terriers. Des ours se firent la courte échelle pour enfin fuir les fosses bétonnées. Fougères, pissenlits et autres crocus fendirent l'asphalte qui les recouvrait.

C'est à cet instant que la Terre commença véritablement à gronder. Une dizaine de volcans endormis depuis des siècles entrèrent en éruption, brisant au même instant le silence qui les caractérisait. La lave recouvrit villes, vallées, pour terminer dans les fleuves. Ce n'était que le début d'un immense chamboulement. Le vent, déjà violent, prit de la vitesse, soufflant sur les milliers de départs de feu dispersés sur la planète. Comme si la Terre voulait nettoyer sa surface de toute impureté. La fumée s'éleva dans le ciel, formant des pyrocumulonimbus prêts à foudroyer à leur tour tous les sols les plus secs de la planète. Au même moment, le dernier bloc de glace de l'Antarctique se liquéfia entièrement dans l'océan. La montée des eaux se répercuta de pays en pays, sur le principe des vases communicants. Une à une, les îles les plus basses rapetissèrent à vue d'œil de mouette. Les côtes disparurent à mesure que les vagues déferlaient sur le rivage.

Le doyen Zinga ouvrit les yeux sur son lit de camp. Il était prêt. Paul venait de s'injecter une dose de Bogolux. La première de ce nouveau lot. Il célébrait à sa façon la reprise de l'Ère d'Éternité. Quelques minutes plus tard, l'eau investissait son laboratoire improvisé. Les soldats se dépêchèrent de rejoindre leurs bateaux, mais la tempête les avait déjà retournés.

Dans son palais, Benoît Venture tentait de rattraper les objets qui, les uns après les autres, s'écrasaient sur les dalles de pierre. L'immense statue d'Idunn – déesse de l'immortalité – qui ornait son cabinet, chuta dans un immense fracas sur son bureau en cristal.

Déjà le second séisme en une heure. Celui-ci s'avéra encore plus puissant que le premier. Qu'en serait-il du suivant ?

Boris Billcoin brandissait plusieurs billets de banque dans la trappe entrouverte d'un bunker. Il n'était pas le seul. Quelques Éternels aisés avaient eu vent de la rumeur et tentaient d'acheter ceux qui s'étaient déjà réfugiés. Certains n'hésitaient pas à user de la force et réussirent à entrer. D'autres encore comptèrent sur leur invincibilité naturelle pour survivre au cataclysme. La plupart des Éternels n'était pas préparée à l'apocalypse planétaire. Au Centre Pharmabion, les dernières fioles de Bogolux éclatèrent au sol, à l'occasion d'un nouveau tremblement de terre.

Dehors, Ernest attendit sereinement la mort arriver. Il n'avait pas renouvelé son injection et ses premières rides naissaient déjà sur son visage. Bob, comme d'autres, n'avait pas attendu la fin du monde pour s'éteindre. Après un sursaut de prise de conscience, les cellules de son corps, libérées définitivement des particules régénératrices, avaient repris leur travail naturel. La vieillesse avait rattrapé le temps perdu. Le corps éternellement juvénile avait laissé place à celui d'un bicentenaire, le cœur ne supportant pas la métamorphose. Le paradoxe était éloquent : les Éphémères survivraient à ces immortels d'un autre temps.

« Place aux jeunes ! », avait lâché Bob Tag avant de sombrer.

Dans le Repaire, des mains se tenaient. Quatrième, Loula, Jackpot, Paola, Accident… Les anciens combattants avaient l'impression de retourner quarante ans en arrière. Cette fois, ceux qui décideraient de leur destin ne portaient pas de képi. C'était leur propre planète, celle qu'ils avaient tant aimée, qui se retournerait peut-être contre eux. Le Repaire, comme tous les bunkers et cavités naturelles indiqués par l'arbre, n'était pas totalement sûr. Personne ne savait si le lieu avait été construit pour résister aux inondations et séismes. Les yeux fixaient le plafond. Les mains se serraient davantage au fil des minutes.

Harold regarda autour de lui. Le groupe s'était réfugié dans la Salle Naturelle. Il y avait sa famille, ses proches. Il y avait aussi deux chats, une poule, des arbres, un potager. Il y avait un banquier, un ouvrier, un gérant d'une boutique, un plombier. Il y avait aussi ces deux enfants, vêtus de plumes et de feuillages. Cet homme portant des pinces à linge à ses lobes d'oreilles. Il y avait Jeanne.

Harold se demanda alors quel genre de civilisation se relèverait de cette aventure. Quel monde se bâtirait sur celui en ruines...

« ... lorsque les tours seront tombées. Lorsque les châteaux, les palais, les manoirs seront dissous. Lorsque le goudron aura enfin laissé respirer la terre étouffée. Quand le vert et le bleu recouvriront le gris, couleur d'un temps révolu ».

CHAPITRE 28

Le socle

Pendant ce temps, à 15 000 mètres sous l'île d'Amande, une cité engloutie. Dans l'obscurité d'un monde endormi, dans le silence d'un univers protégé, des êtres vivants avancent. Remuent dans les bas-fonds de quoi se nourrir. L'épaisse couche d'eau au-dessus de cet univers inexploré l'isole du cataclysme supérieur. Même les tremblements de terre n'ébranlent pas les abysses. La pression qui s'abat en haut forme ici-bas comme une bulle de verre.

De temps à autre, quelques échantillons du monde extérieur réussissent à s'échouer dans les fonds marins. Alors, une myriade de petits poissons gris aux nageoires bleues, guidés par l'odorat, apparaît. Tels des piranhas appâtés par le sang, les créatures se précipitent sur ces objets non identifiés. Le plastique possède une odeur particulière.

Le bogo, résistant par nature, a la faculté de dissoudre cette matière. À cent sur un reste de bouteille de soda, les cyprinidés auront rongé et aspiré les particules de l'objet en seulement une heure. Leur longévité infinie leur permet d'assurer la réparation des erreurs humaines. Car celles-ci ont de beaux jours devant elles. Il faut s'adapter à la réalité.

De cette façon, l'Éternité prend le sens qui lui est destiné : assurer le socle de l'éphémérité perpétuelle. Permettre au monde de tourner, éternellement, et sans prétention.

CHRONOLOGIE

Depuis la création du Bogolux

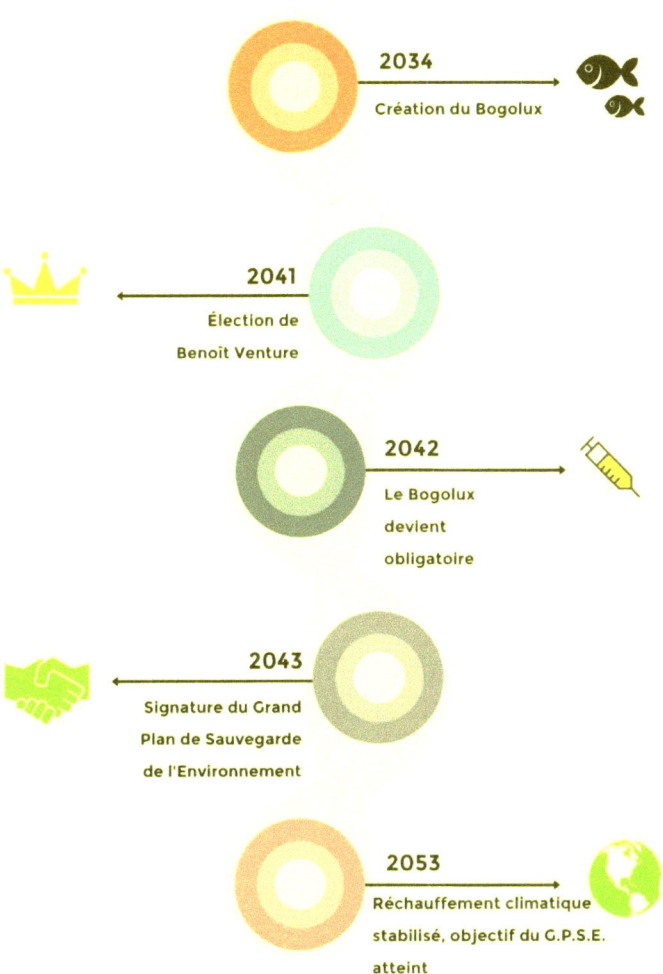

2034
Création du Bogolux

2041
Élection de
Benoît Venture

2042
Le Bogolux
devient
obligatoire

2043
Signature du Grand
Plan de Sauvegarde
de l'Environnement

2053
Réchauffement climatique
stabilisé, objectif du G.P.S.E.
atteint

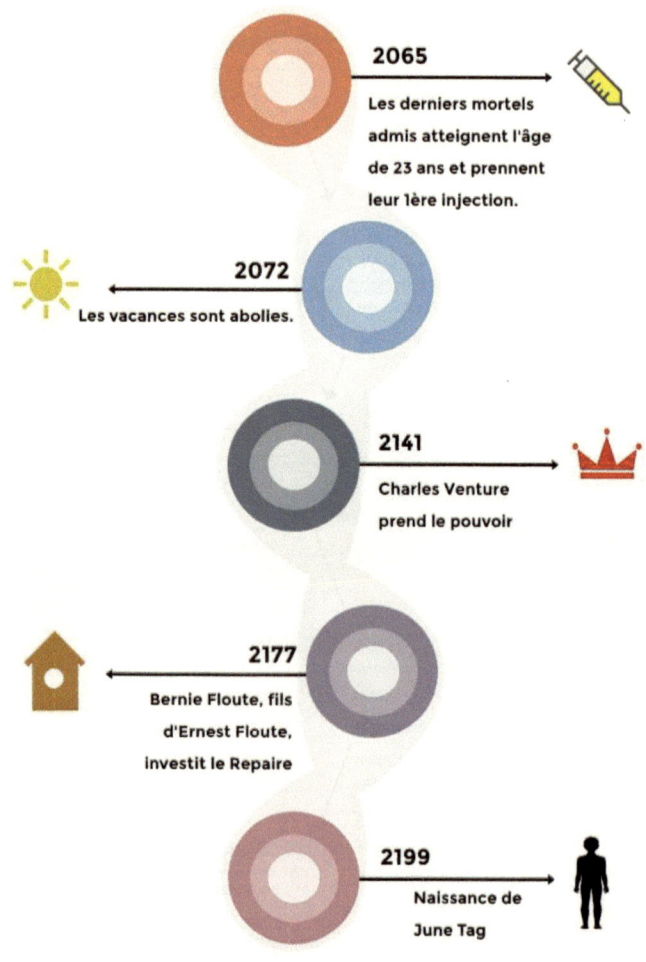

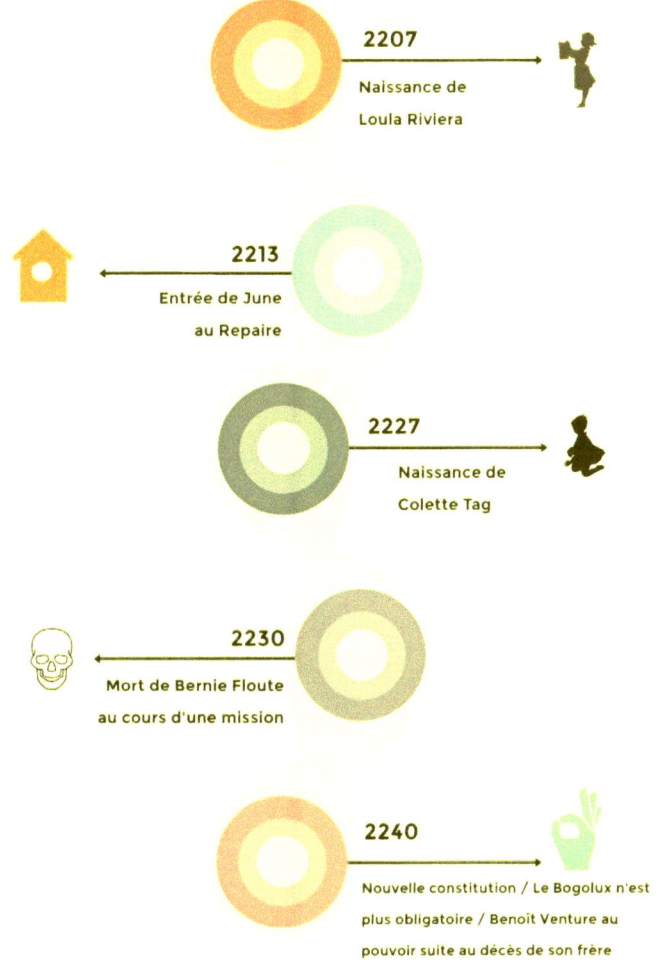

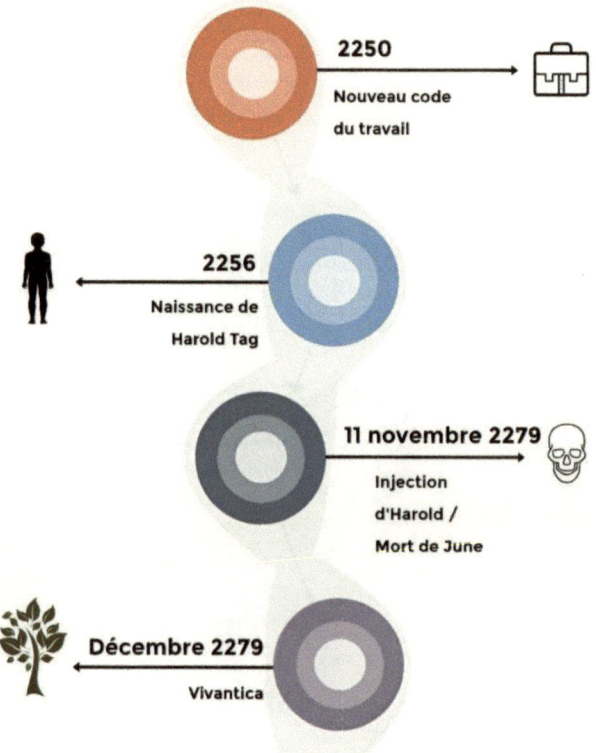

CETTE HISTOIRE SE DEROULE
CHRONOLOGIQUEMENT APRÈS
LES ÉPHÉMÈRES SONT ÉTERNELS,
DU MEME AUTEUR.
POUR AUTANT, LES DEUX LIVRES
PEUVENT SE LIRE INDÉPENDAMMENT
ET DANS L'ORDRE QUI VOUS PLAIRA.

DU MÊME AUTEUR

En toute transparence

Roman fantastique
publié chez Rebelle Editions en 2017,
réédition en 2019 chez Faralonn Éditions,
autoédition prévue en janvier 2025

Absurditerre

Roman d'anticipation
publié chez Rebelle Éditions en 2018,
réédition en 2019 en Faralonn Éditions
autoédition en novembre 2024

Les Éphémères sont éternels

Roman d'anticipation
publié chez Faralonn Éditions en 2019,
autoédition en janvier 2025

Perles de confinement

Recueil de citations politiques coécrit avec Hermy Bout,
autoédition via Books On Demand en 2020

S'unir ou subir

Essai politique,
publié chez Pomarède & Richemont en 2022,
autoédition en janvier 2025

Si même le sol se dérobe…

Roman d'anticipation à paraître